Anna Zaires

♠ Mozaika Publications ♠

Copyright © 2018 Anna Zaires
https://www.annazaires.com/book-series/francais/

Publié par Mozaika Publications, une mention légale de Mozaika LLC.
www.mozaikallc.com

Couverture: Najla Qamber Designs
najlaqamberdesigns.com

Sous la direction de Valérie Dubar
Traduction : Laure Valentin

e-ISBN: 978-1-63142-334-5
Print ISBN: 978-1-63142-335-2

PARTIE 1

— Ils gagnent du terrain, dit Ilya tandis que le hurlement des sirènes et le grondement des pâles d'hélicoptère se font entendre, de plus en plus fort.

La lumière des voitures, de l'autre côté de l'autoroute, se reflète sur son crâne rasé, créant l'illusion que les tatouages de sa tête dansent, lorsqu'il jette un œil avec inquiétude dans le rétroviseur, en fronçant les sourcils.

— D'accord.

Sans prêter attention à l'adrénaline qui déferle dans mes veines, je resserre le bras autour de Sara afin d'éviter que sa tête ne glisse sur mon épaule. Au même moment, Ilya fait une embardée pour doubler une voiture plus lente. Je m'attendais à ces représailles – on n'enlève pas sans conséquence une femme surveillée par le FBI –, mais maintenant que nous y sommes, je me fais du souci.

Mes trois coéquipiers et moi, nous pouvons parfaitement nous livrer à une course poursuite aussi rapide, mais je ne peux pas mettre ainsi Sara en danger.

Ma décision est prise.

— Ralentis, dis-je à Ilya. Qu'ils nous rattrapent.

Anton se retourne sur le siège passager. Son visage barbu exprime l'incrédulité la plus totale et il agrippe son M16.

— Tu es fou ?

— Nous ne pouvons pas les conduire jusqu'à l'aéroport, souligne Yan, le frère jumeau d'Ilya.

Assis de l'autre côté de Sara, il semble avoir compris mon plan, car il est déjà en train de fouiller dans le grand sac marin que nous avons fourré sous la banquette arrière de notre 4x4.

— Tu crois que les fédéraux savent qu'on la tient ? demande Anton en posant les yeux sur la femme inconsciente affalée contre moi.

J'éprouve un élan de jalousie irrationnelle en voyant son regard noir balayer le visage de Sara, s'attardant plus longuement que nécessaire sur ses lèvres roses charnues.

— Sans doute. Ces types qui la surveillaient sont stupides, mais pas totalement débiles, répond Yan en se redressant, un lance-grenades dans les mains.

À la différence de son frère, il a opté pour une coupe de cheveux classique et une tenue de ville impeccablement repassée – son déguisement de banquier, comme l'appelle Ilya. En général, Yan donne l'impression de ne pas savoir se servir d'une clé à molette, et encore moins d'une arme, et pourtant c'est l'un des individus les plus dangereux que je connaisse – comme le reste de mon équipe.

Si nos clients nous paient des millions, ce n'est pas pour rien, et ça n'a rien à voir avec nos choix vestimentaires.

— J'espère que tu as raison, lance Ilya en resserrant sa poigne autour du volant tout en jetant un nouveau coup d'œil dans le rétroviseur.

Seuls quatre véhicules nous séparent encore des deux 4x4 noirs du gouvernement et des trois voitures de patrouille. Les gyrophares bleus et rouges clignotent tandis qu'ils dépassent les véhicules plus lents.

— Les flics américains sont des tendres. Ils ne prendront pas le risque de nous tirer dessus s'ils savent que nous l'avons.

— Et ils n'ouvriront pas le feu en pleine autoroute, ajoute Yan en enfonçant le bouton pour baisser sa vitre. Trop de civils autour.

— Attends une minute, lui dis-je lorsqu'il s'approche de la vitre, son lance-grenades à la main. L'hélico doit être le plus bas possible au-dessus de nous. Ilya, ralentis un peu et insère-toi sur la voie de droite. Nous prenons la prochaine sortie.

Ilya obéit et nous bifurquons sur la voie lente, notre vitesse retombant sous la limite autorisée. Une Toyota Camry grise nous double à vive allure sur la gauche et je ramène Sara contre moi tout en demandant à Yan de se tenir prêt. Le vacarme de l'hélicoptère est assourdissant – à présent, il est presque suspendu au-dessus de nos têtes –, mais j'attends encore.

Quelques instants plus tard, je l'aperçois.

Le panneau qui annonce la prochaine sortie dans cinq cents mètres.

— Maintenant ! je m'écrie.

Aussitôt, Yan entre en action. Il sort la tête et le torse par la vitre en brandissant son lance-grenades.

Boum ! On dirait que le feu d'artifice le plus impressionnant du monde vient d'éclater au-dessus de nous. Les freins crissent tout autour, mais nous avons déjà emprunté la bretelle et Ilya quitte l'autoroute au moment où l'enfer se déchaîne. Sur les deux voies, les voitures se percutent dans un fracas de tôle froissée, tandis que l'hélicoptère explose en une boule de métal flamboyante.

— Putain ! se récrie Anton en regardant le chaos que nous venons de semer.

Il pleut des morceaux d'hélico en flammes, un énorme camion des magasins Walmart est en train de se renverser, et pas moins d'une dizaine de voitures se sont déjà percutées, tandis que chaque seconde, de nouveaux accidentés viennent grossir le carambolage. Les 4x4 du gouvernement font partie des victimes et les véhicules de patrouille sont pris au piège derrière eux. Maintenant, nos poursuivants n'ont aucun moyen de nous prendre en chasse, et même si je déplore les civils blessés, je sais que c'est notre seule échappatoire.

Le temps qu'ils se rassemblent et envoient d'autres flics à nos trousses, nous serons déjà loin.

Personne ne m'enlèvera Sara.

Elle m'a choisi, et elle reste à moi.

Nous atteignons sans encombre le passage souterrain où nous avons laissé l'autre véhicule. Une fois l'échange effectué, nous respirons plus librement. Je ne doute pas que les fédéraux réussiront à nous localiser, mais à ce moment-là, nous serons déjà en sécurité dans les airs.

Nous sommes presque arrivés à l'aéroport quand Sara pousse un gémissement. Elle remue à côté de moi, ses paupières frémissent et elle ouvre les yeux.

L'effet du somnifère que je lui ai administré est passé.

— Là, là, dis-je d'une voix apaisante en déposant des baisers sur son front tandis qu'elle essaie de se débarrasser de la couverture qui la protège jusqu'au cou. Tout va bien, ptichka. Je suis là, et tout se passe bien. Tiens, bois ça.

De ma main libre, je débouche une bouteille en plastique remplie d'eau et la porte à ses lèvres pour lui permettre d'absorber un peu de liquide.

— Quoi… Où suis-je ? fait-elle d'une voix rauque quand j'éloigne la bouteille et resserre les bras autour de ses épaules pour l'empêcher de se dégager de la couverture et de révéler son corps nu.

— Que s'est-il passé ?

— Rien de grave ! je lui promets en reposant la bouteille avant d'écarter une mèche de cheveux de son visage. Nous allons juste faire un petit voyage.

De l'autre côté de Sara, Yan ricane et marmonne quelque chose en russe à propos de mon léger euphémisme.

Le regard de Sara se tourne vers Yan, avant d'englober toute la voiture, et je vois le moment précis où elle comprend ce qui se passe.

— Je t'en prie, ne me dis pas que… s'exclame-t-elle d'une voix suraiguë. Peter, ne me dis pas que…

— Chut.

Je me tourne vers elle pour poser deux doigts sur ses lèvres souples.

— Je ne pouvais pas rester, et je ne pouvais pas t'abandonner, ptichka. Tu le sais. Tout va bien se passer. Il ne va rien t'arriver de mal. Je te protégerai.

Elle me dévisage, ses yeux noisette remplis de stupeur et d'effroi, et malgré ma certitude d'avoir fait le bon choix, mon cœur se serre douloureusement.

Sara m'a prévenue au sujet du FBI, consciente que je tenterais probablement de l'emmener, mais elle ne s'attendait pas à ce que je m'y prenne de cette façon. J'aurais pu trouver un autre moyen, qui n'implique pas de somnifère ni d'enlèvement en pleine nuit.

Non. Ces doutes ne me ressemblent pas et je m'empresse de les chasser pour me concentrer sur la seule chose qui importe : rassurer Sara et lui faire accepter la situation.

— Écoute-moi, ptichka, dis-je en refermant la paume autour de son menton délicat. Je sais que tu t'inquiètes pour tes parents, mais dès que nous serons dans les airs, tu pourras les appeler et…

— Dans les airs ? Alors, nous sommes toujours à… ? Oh, Dieu merci.

Elle ferme les yeux et je sens un frisson la parcourir. Puis elle ouvre à nouveau les paupières pour affronter mon regard.

— Peter… fait-elle d'une voix douce, enjôleuse. Peter, s'il te plaît. Tu n'es pas obligé de faire ça. Tu pourrais simplement me laisser ici. Ce serait beaucoup moins dangereux pour toi… et il te serait beaucoup plus facile de t'enfuir s'ils ne sont pas à ma recherche. Tu disparaîtrais et ils ne t'attraperaient jamais, et ensuite…

— Dans tous les cas, ils ne m'attraperont jamais.

Je parle d'un ton sec, mais je ne peux contenir ma colère lorsque je laisse retomber ma main. Sara avait l'occasion de se débarrasser de moi, et elle ne l'a pas saisie. En me prévenant, elle a scellé son destin, et maintenant, il est trop tard pour revenir en arrière. Oui, je l'ai droguée et je l'ai enlevée sans lui demander la permission, mais elle devait bien se douter que je ne l'abandonnerais pas. Je lui ai avoué à quel point je l'aimais, et bien qu'elle ne me l'ait pas dit en retour, je sais qu'elle n'est pas indifférente. Ce n'est peut-être pas exactement ce qu'elle attendait, mais elle m'a choisi, et la voir maintenant me supplier de la laisser, essayer de me manipuler avec ses grands yeux et sa belle voix… C'est bête, mais son rejet me fait mal.

Pourtant, j'ai tué son mari pour m'imposer dans sa vie.

— Nous y sommes, me dit Anton en russe tandis que la voiture ralentit.

Je tourne la tête pour apercevoir notre avion, une vingtaine de mètres plus loin.

— Peter, s'il te plaît.

Sara commence à se débattre dans la couverture, sa voix est de plus en plus forte. La voiture s'arrête et mes hommes se précipitent à l'extérieur.

— S'il te plaît, ne fais pas ça. Ce n'est pas bien. Tu sais que ce n'est pas bien. Toute ma vie est ici. J'ai ma famille, mes patients et mes amis…

À présent, elle pleure et redouble de force tandis que je me penche pour attraper ses jambes enroulées dans la couverture et la tirer hors du véhicule.

— Je t'en prie, tu m'as dit que tu ne ferais pas ça si je coopérais, et j'ai obéi. J'ai fait tout ce que tu voulais. S'il te plaît, Peter, arrête ! Laisse-moi ici ! Je t'en supplie !

Maintenant, elle est hystérique. Elle se contorsionne et se cabre dans sa couverture, alors que je l'entraîne hors de la voiture et que je la maintiens contre mon torse. Anton me lance un regard gêné tout en aidant les jumeaux à récupérer les armes sous la banquette arrière. Mon ami a beau m'avoir suggéré à plusieurs reprises d'enlever Sara si je la voulais, la réalité de la situation doit lui paraître plus cruelle qu'il l'imaginait.

On pourrait nous traiter de monstres, mais nous sommes capables de sentiments – et il faudrait avoir un cœur de pierre pour ne rien éprouver devant Sara qui implore et supplie, prise au piège dans sa couverture, tandis que je l'emporte vers l'avion.

— Je suis désolé, lui dis-je en l'entraînant dans la cabine des passagers pour la déposer précautionneusement sur l'un des grands sièges en cuir à l'avant de l'appareil.

Sa détresse me fait l'effet d'une lame empoisonnée enfoncée dans le flanc, mais l'idée de l'abandonner m'est encore plus insupportable. Je n'imagine pas ma vie sans Sara, et je suis assez impitoyable – et égoïste – pour ne pas m'y résoudre.

Avec du recul, elle a peut-être quelques doutes sur sa décision, mais elle finira par revenir à la raison et accepter la situation, comme elle avait commencé à accepter notre relation. Ensuite, elle sera à nouveau heureuse – et même encore plus heureuse. Nous allons bâtir une nouvelle vie ensemble, et elle l'appréciera tout autant.

Je dois le croire, car autrement, je ne pourrai jamais l'avoir.

C'est ma seule chance de connaître à nouveau l'amour.

Des larmes de panique et de frustration amère roulent sur mes joues alors que les roues du jet se détachent du tarmac et que les lumières de l'aérodrome s'estompent dans un noir d'encre. Au loin, je distingue l'agglomérat de lumières de Chicago et sa banlieue, mais il ne tarde pas à disparaître à son tour, me laissant avec une évidence écrasante, la fin de mon ancienne vie.

J'ai perdu ma famille, mes amis, ma carrière et ma liberté.

La nausée me retourne l'estomac et des éclats de verre me transpercent les tempes. Ce que Peter m'a injecté pour m'endormir a terriblement accentué mes migraines. Mais le pire, c'est encore cette sensation d'asphyxie qui me comprime la poitrine, la terrible impression de manquer d'air. Je prends de grandes inspirations pour y remédier, mais ça ne fait qu'empirer. La couverture est comme une camisole de force qui maintient mes bras plaqués le long de mon corps, et mes poumons ne parviennent pas à se remplir d'oxygène.

Mon tourmenteur a mis sa menace à exécution.

Il m'a enlevée, et je ne reverrai peut-être jamais ma maison.

Il n'est pas avec moi en ce moment – dès que nous avons décollé, il s'est levé et a disparu au fond de la cabine, où deux de ses hommes sont assis. Je m'en réjouis. Je ne supporte pas de le regarder, de me demander comment j'ai pu être assez stupide pour l'avertir alors qu'il savait déjà tout.

Alors qu'il avait préparé son aiguille et jouait avec moi.

Comment a-t-il su ? Y avait-il des caméras et des micros dans le vestiaire de l'hôpital où Karen m'a prise à partie ? Les hommes que Peter avait chargés de me surveiller ont-ils repéré mon escorte du FBI et lui en ont-ils parlé ? À moins qu'il ait des liens avec le FBI, comme son contact en avait avec la CIA ? Est-ce possible ou suis-je en train de délirer ? Quoi qu'il en soit, ça n'a plus la moindre importance, car le fait est qu'il était au courant.

Il le savait, tout en faisant mine de l'ignorer, jouant avec mes émotions en attendant que je craque.

Seigneur, comment ai-je pu être aussi bête ? Comment ai-je pu le prévenir en sachant ce qui risquait de se passer ? Comment ai-je pu rentrer chez moi alors que je me doutais – non, que je *savais* ce que mon harceleur était capable de faire s'il était au courant du danger imminent ? J'aurais dû tout dire à Karen quand j'en avais l'occasion pour qu'elle envoie les agents chez moi, et le FBI m'aurait placée en détention par mesure de protection. Oui, Peter se serait peut-être échappé, mais il ne m'aurait pas emmenée – ou du moins, pas à ce moment-là. J'aurais disposé de temps pour m'organiser, pour trouver le meilleur moyen de nous protéger, mes parents et moi. Il serait sans doute revenu me chercher, mais au moins, il y avait une chance que le FBI nous défende.

Au lieu de ça, je suis tombée dans le piège de Peter. Je suis rentrée chez moi et je l'ai laissé me mentir, me faire croire qu'il avait quelque chose d'humain – quelque chose de bon – en lui.

« Je t'aime », a-t-il dit. Et moi, je suis tombée dans le panneau, me berçant d'illusions en croyant que nous tenions quelque chose d'authentique, que sa tendresse signifiait qu'il tenait véritablement à moi.

Je me suis laissé aveugler par mon attachement irrationnel pour le meurtrier de mon mari, refusant de voir ce qu'il était réellement. Maintenant, j'ai tout perdu.

La tension augmente dans ma poitrine et mes poumons se contractent à tel point que respirer devient un combat. La rage et le désespoir se mélangent, me donnant envie de hurler, mais je ne peux émettre qu'un râle tant la couverture autour de mon corps m'étouffe comme un nœud coulant. J'ai trop chaud, je suis trop à l'étroit, ma tête m'élance et mon cœur bat trop vite. J'ai l'impression de suffoquer, de mourir, et j'ai envie de me griffer la gorge pour la déchirer et aspirer de grandes goulées d'air.

— Là, là, tout va bien.

Peter est agenouillé devant moi. Je ne l'ai pas vu revenir. Ses mains puissantes dénouent la couverture et écartent les cheveux de mon visage en sueur. Je tremble et j'ai la respiration sifflante, subissant le contrecoup d'une crise de panique renversante. Curieusement, son contact m'apaise et atténue la sensation d'asphyxie.

— Respire, ptichka, insiste-t-il.

C'est ce que je fais. Mes poumons, qui refusaient d'obtempérer jusqu'à présent, lui obéissent. Ma poitrine se gonfle en une profonde inspiration, puis une autre, et bientôt je respire presque normalement. Ma trachée se relâche pour laisser entrer le précieux oxygène. Je suis toujours en nage, toute tremblante, mais mon pouls ralentit. Je n'ai plus peur de m'étouffer et Peter libère mes bras de la couverture avant de me tendre un t-shirt d'homme.

— Je suis désolé. Je n'ai pas eu l'occasion de te prendre des vêtements, dit-il en m'aidant à passer le t-shirt noir et ample par-dessus ma tête. Heureusement, Anton a mis de côté des habits à l'arrière. Tiens, tu peux aussi enfiler ce pantalon.

Il guide mes jambes tremblantes dans un jean d'homme, m'aide à passer une paire de chaussettes noires et me débarrasse de la couverture, qu'il jette sur la table à côté de nous.

Je nage dans le jean, comme dans le tee-shirt, mais il y a une ceinture autour de la taille. Peter la resserre sur mes hanches avant de la nouer sur le devant telle une cravate, puis il retrousse les jambes du pantalon.

— Et voilà, dit-il en contemplant son œuvre avec satisfaction. Ça devrait faire l'affaire pour le vol. Ensuite, je t'offrirai une toute nouvelle garde-robe.

Je ferme les yeux pour ne plus le voir. Je ne supporte pas son beau visage aux traits exotiques ni la chaleur de ses yeux d'un gris métallique. Ce n'est qu'un mensonge, qu'une illusion. Il ne tient pas à moi, pas réellement. L'obsession, ce n'est pas de l'amour, et c'est ce qu'il éprouve envers moi : une obsession terrible et sombre qui avilit et qui détruit.

Elle a déjà détruit ma vie de bien des manières.

Je l'entends soupirer et ses grandes mains se referment sur mes paumes glacées.

— Sara…

Sa voix grave au léger accent me fait l'effet d'une caresse sur la peau.

— Nous allons y arriver, ptichka, je te le promets. Ce ne sera pas aussi difficile que tu l'imagines. Maintenant, dis-moi… veux-tu appeler tes parents pour tout leur expliquer ?

Mes parents ? J'ouvre des yeux ébahis pour le regarder, bouche bée. C'est alors que je me rends compte qu'il l'a déjà évoqué, mais je n'y ai pas prêté attention sur le moment.

— Tu me laisses appeler mes parents ?

Mon ravisseur hoche la tête, un petit sourire au coin de ses lèvres sculpturales. Il reste accroupi devant moi, les mains autour des miennes.

— Bien sûr. Tu ne veux pas qu'ils s'inquiètent, avec le cœur de ton père et le reste…

Oh, mon Dieu. *Le cœur de mon père.* À cette pensée, ma migraine s'intensifie. À quatre-vingt-sept ans, mon père tient une forme olympique pour son âge, mais il a été opéré pour un triple pontage il y a quelques années et il doit éviter le stress. Et je n'imagine rien de plus stressant que…

— Tu crois que le FBI leur a déjà parlé ? je me récrie avec horreur. Ont-ils annoncé à mes parents que j'avais été enlevée ?

— Je doute qu'ils aient eu le temps.

Peter me serre les mains dans un geste rassurant, avant de me lâcher pour se relever. Il sort alors un smartphone de sa poche et me le remet.

— Appelle-les, pour leur donner ta version de l'histoire.

— Ma version de l'histoire ? Et quelle version ?

Le téléphone est aussi lourd qu'une brique dans ma main, son poids amplifié par ma crainte de tuer mon père si je dis quelque chose de travers.

— Que puis-je bien leur annoncer pour faire passer la pilule ?

Mon ton est sarcastique, mais ma question sincère. Je ne trouve rien qui pourrait atténuer la panique de mes parents devant ma disparition ni expliquer ce que le FBI s'apprête à leur annoncer – d'autant plus que j'ignore ce que les agents vont révéler exactement.

L'avion choisit ce moment pour traverser une zone de turbulences et Peter s'assoit à côté de moi.

— Dis-leur que tu as rencontré un homme… un homme dont tu es tombée amoureuse.

Il pose sa paume chaude sur mon genou et l'intensité de son regard d'acier m'hypnotise.

— Dis-leur que, pour la première fois de ta vie, tu as décidé de faire une folie, quelque chose d'inconsidéré. Que tu vas bien, mais que pendant les prochaines semaines, tu voyageras dans le monde entier avec ton amoureux.

— Les prochaines semaines ?

Un espoir farouche m'envahit.

— Es-tu en train de dire que…

— Non. Tu ne rentreras pas dans quelques semaines. Mais ils ne sont pas obligés de le savoir pour l'instant.

Mon espoir se flétrit aussitôt avant de disparaître, et le désespoir écrasant fait un retour en force.

— Je ne les reverrai jamais, n'est-ce pas ?

— Si.

Sa main me serre le genou.

— Un jour, quand il n'y aura plus de danger.

— Mais quand ?

— Je l'ignore, mais nous trouverons un moyen.

— *Nous* ?

Un rire amer s'échappe de ma gorge.

— Aurais-tu l'impression qu'il s'agit d'un partenariat ? Que *nous* m'avons enlevée de connivence ?

Le regard de Peter s'assombrit.

— Ça *pourrait* être un partenariat, Sara. Si tu le voulais bien.

— Ah, vraiment ? dis-je en repoussant sa main de mon genou. Dans ce cas, que ce putain d'avion fasse demi-tour, *partenaire*. Je veux rentrer chez moi.

— C'est impossible, et tu le sais.

Son menton se contracte sous sa barbe de plusieurs jours.

— Ah bon ? Pourquoi ? Parce que tu adores me baiser ? Ou parce que tu m'aimes trop ?

Ma voix s'échauffe et je me lève d'un bond, les poings tout faits. J'aperçois ses hommes sur les sièges derrière nous, la mine impassible, tournés vers les hublots comme s'ils ne nous écoutaient pas, mais ça m'est bien égal. J'ai dépassé le stade de la gêne, j'ai dépassé la honte. Tout ce que je ressens, c'est une rage profonde.

Jamais encore n'ai-je voulu faire autant souffrir un être vivant que Peter en cet instant.

Le regard de mon tourmenteur est sombre et son expression fermée quand il se lève.

— Assieds-toi, Sara, m'ordonne-t-il sèchement.

Il tend la main vers moi au moment où l'avion rencontre un autre trou d'air, et je me retiens au mur près du hublot pour garder l'équilibre.

— C'est dangereux.

Il me prend le bras pour me forcer à m'asseoir, et mon autre main réagit de sa propre initiative.

Le téléphone bien serré entre mes doigts, je lance le poing – et atteins ma cible, car au même moment, l'avion fait un autre soubresaut qui nous déstabilise tous les deux. Dans un bruit distinct, le téléphone s'écrase sur le visage de Peter. L'impact projette sa tête sur le côté et se répercute jusque dans mes os.

J'ignore qui est plus étonné par le coup que je viens de lui asséner, moi ou les hommes de Peter.

Je remarque leurs regards incrédules tandis que Peter me lâche le bras, lentement et délibérément, avant d'essuyer le sang qui coule sur sa pommette. La coque métallique du téléphone a dû lui entamer la peau, à moins que les turbulences inattendues aient donné plus d'élan à mon coup, augmentant sa force.

Ses yeux rencontrent les miens et mon cœur bondit dans ma gorge quand je lis une fureur glaciale dans les profondeurs argentées de son regard. Je recule avec méfiance. Le téléphone échappe à mes doigts engourdis et atterrit sur le sol dans un bruit de métal sourd.

Je n'ai pas oublié ce dont Peter est capable, ce qu'il m'a fait lors de notre première rencontre.

Je parviens à esquisser deux pas en arrière avant que mon dos rencontre la cloison de la cabine du pilote, m'empêchant de battre en retraite. Je n'ai nulle part où fuir dans cet avion, aucune cachette possible, et la peur m'enserre le ventre tandis qu'il s'avance vers moi. Je suis captive de son regard furieux. Il plaque les paumes sur le mur de part et d'autre de ma tête et je me retrouve prise au piège entre ses bras musclés.

— Je…

Je devrais dire que je suis désolée, que je n'en avais pas l'intention, mais je ne peux me résoudre à proférer de tels mensonges et je garde la bouche fermée, de peur d'aggraver la situation en lui disant à quel point je le déteste.

— Tu, *quoi* ?

Sa voix est grave et dure. Il se penche en avant et baisse la tête jusqu'à ce que ses lèvres effleurent mon oreille.

— Tu, *quoi* Sara ?

Je frissonne en sentant son souffle chaud et humide, et mes genoux manquent de se dérober. Mon pouls redouble de vitesse, mais cette fois, ce n'est pas entièrement de la peur. Malgré tout, il est si proche que mes sens sont en ébullition et mon corps tremble en imaginant ses caresses. Quelques heures plus tôt, il était en moi et j'éprouve encore les séquelles de cette possession, la douleur du rythme effréné de ses coups de reins. En même temps, j'ai une conscience aiguë de mes tétons durcis qui pointent sous le t-shirt qu'il m'a prêté et de la moiteur qui se forme entre mes jambes.

Même habillée, j'ai l'impression d'être nue dans ses bras.

Il lève la tête et me dévisage. Je sais qu'il la ressent, lui aussi, cette chaleur magnétique, cette obscure connexion dont l'air vibre autour de nous, intensifiant chaque instant jusqu'à ce que les millisecondes nous paraissent durer des heures. Les hommes de Peter sont à moins de quatre mètres de nous et nous observent, mais j'ai l'impression que nous sommes seuls, enveloppés dans une bulle de désir sensuel et de tension volatile. J'ai la bouche sèche, le corps aux aguets, et je redouble d'efforts pour ne pas me laisser aller, pour rester immobile au lieu de me presser contre lui et céder au désir qui me brûle de l'intérieur.

— Ptichka…

La voix de Peter s'est radoucie, a pris une intonation plus intime, tandis que la glace de son regard commence à fondre. Sa main quitte le mur pour se poser sur ma joue et quand son pouce frôle mes lèvres, je retiens ma respiration. Au même moment, son autre main m'attrape le coude, d'une poigne à la fois délicate et implacable.

— Viens, allons nous asseoir, dit-il en m'écartant de la cloison. C'est dangereux de rester debout et de se promener comme ça.

Étourdie, je me laisse reconduire vers le siège. Je sais que je devrais continuer à me débattre, ou du moins lui opposer une certaine résistance, mais la colère qui m'a envahie est retombée, ne laissant dans son sillage qu'hébétude et désespoir.

Même après ce qu'il a fait, j'ai envie de lui. Je le désire autant que je le hais.

J'ai froid aux pieds en sentant le sol glacial à travers mes chaussettes, et je suis soulagée quand Peter récupère la couverture sur la table pour l'enrouler autour de mes jambes avant de prendre place à côté de moi. Il tire ma ceinture de sécurité et la boucle. Je ferme les yeux pour fuir son regard à présent chaleureux. Aussi effrayant que soit le côté sombre de Peter, c'est l'homme attentionné – l'amant tendre et prévenant – qui me terrifie le plus.

Je peux résister au monstre, mais à l'homme, c'est une tout autre histoire.

Des doigts chauds effleurent ma main et je sens du métal froid contre ma paume. Étonnée, j'ouvre les yeux et regarde le téléphone que Peter vient de me donner.

Il a dû le récupérer là où je l'avais laissé tomber.

— Si tu veux appeler tes parents, tu devrais peut-être le faire maintenant, dit-il d'un ton affable. Avant qu'ils apprennent quelque chose de leur côté.

Je déglutis et regarde fixement le téléphone dans ma main. Peter a raison, je n'ai pas de temps à perdre. J'ignore ce que je vais dire à mes parents, mais ça vaudra toujours mieux que ce que les agents du FBI risquent de leur annoncer.

— J'appelle comment ? je demande en regardant Peter. Y a-t-il un code spécial ou quelque chose à faire ?

— Non. Tous mes appels sont automatiquement encodés. Il te suffit de composer leur numéro comme d'habitude.

Je prends une grande inspiration et saisis le numéro de portable de ma mère. Un appel en pleine nuit risque de la faire paniquer, mais elle a neuf ans de moins que mon père et on ne lui connaît aucun problème cardiaque. Portant le téléphone à mon oreille, je me détourne de Peter et contemple le ciel nocturne par le hublot en attendant que la connexion s'établisse.

Au bout d'une dizaine de sonneries, le répondeur automatique s'enclenche.

Maman doit avoir le sommeil trop lourd pour l'entendre, à moins qu'elle ait éteint le téléphone pour la nuit.

Frustrée, j'essaie à nouveau.

— Allô ? répond ma mère d'une voix ensommeillée et bougonne. Qui est-ce ?

Je pousse un soupir de soulagement. Apparemment, le FBI ne les a pas encore contactés, sinon maman ne dormirait pas si profondément.

— Salut, maman. C'est moi, Sara.

— Sara ?

Aussitôt, ma mère a l'air plus vive.

— Que se passe-t-il ? D'où appelles-tu ? Il est arrivé quelque chose ?

— Non, non. Tout va bien. Je vais très bien.

Je prends une inspiration, laissant à mon esprit en désordre le temps d'inventer une histoire rassurante. Tôt ou tard, le FBI contactera bel et bien mes parents, et mon mensonge sera mis au grand jour. Et à ce moment-là, ils seront soulagés que je les aie appelés pour leur raconter ma version des faits. Ils sauront au moins que lors de notre échange téléphonique, j'étais en vie et en bonne santé, ce qui atténuera le choc de ce que la police leur annoncera.

Je reprends d'une voix plus assurée :

— Désolée d'appeler si tard, maman, mais je pars pour un petit voyage de dernière minute. Je voulais te prévenir, tu sais, pour que tu ne t'inquiètes pas.

— Un voyage ?

Ma mère a l'air perplexe.

— Où ça ? Pourquoi ?

— Eh bien…

J'hésite avant d'opter pour la suggestion de Peter. Ainsi, quand mes parents auront vent de l'enlèvement, ils croiront peut-être que je l'ai suivi de mon plein gré. Ce que le FBI en pense, c'est une autre paire de manches, mais je m'en inquiéterai une prochaine fois.

— J'ai rencontré quelqu'un. Un homme.

— Un homme ?

— Oui, ça fait quelques semaines que je le fréquente. Je ne voulais pas vous en parler, parce que je ne le connaissais pas assez et je n'étais pas certaine que ce soit bien sérieux.

Comme je sens ma mère prête à se lancer dans un interrogatoire, je m'empresse d'ajouter :

— Quoi qu'il en soit, il a dû quitter le pays de manière inattendue et il m'a invitée à l'accompagner. Je sais que c'est complètement fou, mais j'avais besoin de m'éloigner – tu sais, de tout ça – et j'ai sauté sur l'occasion. Nous allons faire le tour du monde pendant quelques semaines, alors…

— Quoi ? s'écrie ma mère d'une voix haut perchée. Sara, c'est…

— De la folie ? Je sais.

Je fais la grimace, contente qu'elle ne puisse pas voir le chagrin sur mon visage. Entre ce mensonge et mes maux de tête permanents, je me sens au plus mal.

— Je suis désolée, maman. Je ne voulais pas t'inquiéter, mais je devais le faire. J'espère que papa et toi, vous comprendrez.

— Attends une minute. Qui est cet homme ? Comment s'appelle-t-il ? Que fait-il ? Où vous êtes-vous rencontrés ?

Ses questions fusent comme des balles.

Je me tourne vers Peter et il hoche légèrement la tête d'un air impassible. J'ignore s'il entend ma conversation, mais j'interprète son geste comme une autorisation à donner plus de détails à mes parents.

— Il s'appelle Peter, dis-je en décidant de rester aussi proche de la vérité que possible. Il est entrepreneur, en quelque sorte, et travaille principalement à l'étranger. Nous nous sommes rencontrés quand il était dans la région de Chicago, et depuis, on sort ensemble. Je voulais t'en parler à notre déjeuner sushis, mais le moment m'a semblé mal choisi.

— D'accord, mais… et ton travail ? Et la clinique ?

Je me pince l'arête du nez.

— Je vais tout régler, ne t'inquiète pas.

Bien sûr, je n'en ferai rien – ce genre de sornettes ne passera pas auprès du personnel hospitalier, même si Peter m'autorise à les appeler –, mais je ne peux pas le dire à ma mère sans l'inquiéter prématurément. Sa crise de panique surviendra bien assez tôt, quand les agents débarqueront sur le pas de sa porte. En attendant, j'aime autant que papa et maman me croient folle.

Une fille qui agit sur un coup de tête, comme une adolescente tardive, c'est infiniment mieux qu'une fille enlevée par l'assassin de son mari.

— Sara, ma chérie… dit ma mère d'un ton soucieux. Tu es sûre de ce que tu fais ? Enfin, tu as dit toi-même que tu ne connaissais pas bien cet homme, et maintenant tu quittes le pays avec lui ? Ça ne te ressemble pas du tout. Tu ne m'as même pas dit où tu allais. Tu pars en avion ou en voiture ? Et de quel numéro m'appelles-tu ? Il est masqué, et la réception est mauvaise, comme si tu…

— Maman.

Je me frotte le front. Ma migraine est lancinante. Je ne peux plus répondre à ses questions et je me contente de lui dire :

— Écoute, je dois y aller. Notre avion va décoller. Je voulais juste te tenir au courant afin que tu ne te fasses pas de souci, d'accord ? Je t'appellerai dès que possible.

— Mais, Sara…

— Au revoir, maman. On se reparle bientôt !

Je raccroche avant qu'elle puisse ajouter quoi que ce soit, et Peter me prend le téléphone, un sourire approbateur aux lèvres.

— Bien joué. Tu as un vrai talent pour ça.

— Pour mentir à mes parents à propos de mon enlèvement ? Oui, un vrai talent, bien sûr.

Mes paroles exsudent une amertume que je ne prends pas la peine de dissimuler. J'en ai assez d'être gentille et agréable.

Ce jeu-là est terminé. Mais Peter ne se laisse pas démonter.

— Ce que tu leur as dit apaisera leurs pires craintes. Je ne sais pas ce que leur dévoileront les fédéraux, mais au moins tes parents seront rassurés de te savoir en vie, en tout cas aujourd'hui. Espérons que ça leur suffise jusqu'à ce que tu reprennes contact avec eux.

Mes pensées ont suivi le même fil et ça m'ennuie que nous soyons sur la même longueur d'onde. C'est infime, un raisonnement similaire sur un point de détail, mais je me sens entraînée sur une pente glissante, comme si je faisais un pas en direction de ce partenariat mentionné par Peter, de cette illusion qu'il existe un « nous », que notre relation est authentique.

Je ne peux pas – je ne veux plus – me laisser avoir par ce mensonge. Je ne suis pas la partenaire de Peter, ni sa petite amie, ni sa maîtresse.

Je suis sa captive, la veuve d'un homme qu'il a tué pour venger sa famille, et je ne peux pas le lui pardonner.

M'efforçant de maîtriser ma voix, je demande :

— Alors, j'aurai l'occasion de les rappeler ?

Comme Peter hoche la tête, j'insiste :

— Quand ?

Ses yeux gris étincellent.

— Une fois qu'ils seront contactés par le FBI et qu'ils auront eu le temps de digérer la nouvelle. En d'autres termes, bientôt.

— Comment sauras-tu qu'ils ont été contactés par… ? Oh, laisse tomber. Tu fais surveiller mes parents aussi, n'est-ce pas ?

— Oui, leur maison est sur écoute.

Il n'a pas l'air gêné le moins du monde et ajoute :

— Nous saurons exactement ce que la police leur annonce, et quand. Ensuite, nous réfléchirons à ce que tu devras leur dire et par quel moyen entrer en contact avec eux.

Je pince les lèvres. Encore ce « nous » insidieux. Comme s'il s'agissait d'un projet commun, tel que la décoration d'intérieur ou le choix d'une bouteille de vin pour une réunion de famille. S'attend-il à ce que je sois reconnaissante ? À ce que je le remercie d'être si gentil et prévenant dans le déroulement de mon kidnapping ?

En me laissant soulager l'inquiétude de mes parents, croit-il que j'oublierai qu'il m'a volé ma vie ?

Grinçant des dents, je me tourne vers le hublot avant de me rendre compte que je ne connais toujours pas la réponse aux questions de ma mère.

Je tourne alors la tête vers mon ravisseur et rencontre son regard amusé.

— Où allons-nous ? je demande d'une voix sereine. D'où allons-nous réfléchir à tout ça, exactement ?

Peter sourit, révélant ses dents blanches. Entre ses incisives inférieures légèrement de biais et la petite cicatrice sur sa lèvre du bas, son sourire aurait dû me rebuter, mais ces imperfections ne font que renforcer l'attirance dangereusement sensuelle qu'il exerce sur moi.

— *Nous* réfléchirons à tout ça depuis le Japon, ptichka, dit-il en s'avançant par-dessus la table pour prendre ma main dans sa large paume. Un nouveau foyer nous attend au Pays du Soleil Levant.

Je ne parle pas à Peter pendant le reste du vol. Au lieu de ça, je sombre dans le sommeil, mon esprit choisissant de se déconnecter pour échapper à la réalité. J'en suis heureuse. Les maux de tête ne me laissent aucun répit et, chaque fois que j'essaie d'ouvrir les yeux, des tambours me martèlent le crâne. Ce n'est que lorsque nous amorçons notre descente que je me réveille assez pour traîner les pieds jusqu'aux toilettes.

En revenant, je trouve Peter sur le siège à côté du mien, qui travaille sur un ordinateur portable. Peut-être a-t-il passé tout le vol à côté de moi, mais je n'en suis pas sûre. Je me rappelle m'être endormie la main dans la sienne, ses doigts puissants massant ma paume. Il a remonté la couverture autour de moi quand la cabine s'est considérablement rafraîchie.

— Comment te sens-tu ? demande-t-il en levant les yeux de son ordinateur au moment où je le contourne pour revenir m'asseoir sur mon siège en cuir confortable.

Maintenant que le choc initial de l'enlèvement est passé, je me rends compte que le jet est luxueux, sans être excessivement grand. Au fond de l'appareil, il y a deux autres rangées en plus de la nôtre. Chaque siège est imposant et inclinable, et au centre de la cabine se trouve un canapé en cuir beige avec deux tables de part et d'autre.

— Sara, insiste Peter devant mon absence de réaction.

Je me contente de hausser les épaules. Je n'ai pas envie de lui donner bonne conscience en admettant que je me sens mieux après cette longue sieste. Les effets des somnifères ont dû s'estomper, car la nausée et la migraine qui me tourmentaient ont disparu.

En revanche, j'ai faim et soif, et je tends la main vers la bouteille d'eau et le bol de cacahuètes posés sur la petite table entre nos sièges.

— Nous prendrons un vrai repas bientôt, dit Peter en poussant le bol dans ma direction. On ne s'attendait pas à quitter le pays si soudainement et c'est tout ce que nous avions à bord.

— Hmm, hmm.

Sans croiser son regard, j'avale la moitié de l'eau, grignote une poignée de cacahuètes et les fais passer avec le reste de la bouteille. Je ne suis pas étonnée d'apprendre qu'il n'y a rien à manger à bord. Ce qui est surprenant, c'est que Peter ait un avion à sa disposition, en attente. Je sais que son équipe touche des sommes hallucinantes pour assassiner des barons du crime et autres sinistres personnages, mais le coût de ce jet de taille moyenne doit atteindre les huit chiffres.

Incapable de contenir ma curiosité, je jette un œil vers mon ravisseur.

— C'est à toi ? je demande en désignant la cabine de la main. Tu l'as acheté ?

— Non.

Il referme son ordinateur et sourit.

— Je l'ai reçu en guise de paiement de la part d'un client.

— Je vois.

Je détourne le regard, concentrée sur le ciel noir de l'autre côté du hublot pour ne pas voir son sourire magnétique. Maintenant que je me sens mieux, j'ai encore plus amèrement conscience de ce qu'a fait Peter – et du caractère désespéré de ma situation.

Si j'étais à la merci de mon tourmenteur chez moi, où je craignais ce qui se passerait si je m'adressais aux autorités, je le suis d'autant plus maintenant. Peter Sokolov peut me faire tout ce qu'il veut, me garder captive jusqu'à la mort s'il en a envie. Ses hommes ne m'aideront pas, et je m'apprête à entrer dans un pays dont je ne parle pas la langue et où je ne connais rien ni personne.

J'aime les sushis, mais mes connaissances sur le Japon s'arrêtent là.

— Sara ?

La voix grave de Peter interrompt mes pensées et je me tourne instinctivement vers lui.

— Attache-toi, dit-il en désignant la ceinture de sécurité détachée à côté de moi. Nous allons bientôt atterrir.

J'amène la ceinture devant ma taille avant de reporter mon attention sur le hublot. Je n'aperçois pas grand-chose dans l'obscurité – nous avons dû voler assez longtemps pour qu'il fasse nuit au Japon, malgré le décalage horaire –, mais je garde les yeux rivés sur le ciel, à l'extérieur, dans l'espoir de voir quelque chose et surtout d'éviter les conversations avec Peter.

Je ne vais pas me comporter comme si nous étions vraiment des amants en voyage, faire semblant que ça me convient sous quelque forme que ce soit. Le moyen de pression qu'il exerçait sur moi – sa menace de m'enlever si je n'entrais pas dans son fantasme de bonheur conjugal – a disparu, et je n'ai aucune intention d'être à nouveau sa victime docile. Je commençais à céder, à tomber sous son charme tordu, mais maintenant c'est terminé. Peter Sokolov m'a torturée et a tué mon mari, et voilà qu'il m'enlève. Il n'y a rien entre nous, à l'exception d'un passé malsain et d'un avenir encore plus noir.

Il me possède peut-être, mais je n'y prendrai aucun plaisir.

Je m'en assurerai.

Ma pommette pique encore après le coup de Sara. Nous atterrissons dans un aérodrome privé non loin de Matsumoto avant d'embarquer à bord de l'hélicoptère qui nous y attend. Demain, j'aurai un œil au beurre noir – une idée que je trouve amusante maintenant que le choc initial de la colère est passé. La douleur infligée par Sara est infime – j'ai enduré bien pire lors de mes entraînements de routine –, mais voir mon joli petit médecin s'en prendre physiquement à moi m'a ému.

Comme si je m'étais fait griffer par un chaton, alors que je cherchais uniquement à le câliner et à le protéger.

Elle m'en veut toujours. C'est évident, à en juger par sa posture rigide, la manière dont elle me parle et même les coups d'œil qu'elle me lance au moment où l'hélicoptère décolle. Il fait encore nuit, mais elle garde les yeux braqués sur le paysage en contrebas, et je sais qu'elle essaie de mémoriser notre trajet.

Elle essaiera de s'enfuir à la première occasion, je le devine.

Anton pilote l'hélico, et Ilya est assis à l'arrière avec Sara et moi. Yan a pris place à l'avant. Nous n'attendons aucune difficulté particulière, mais nous sommes armés, et je conserve un œil attentif sur Sara pour m'assurer qu'elle ne tente rien d'inconsidéré, comme essayer de m'arracher mon pistolet ou celui d'Ilya.

Étant donné son humeur, elle en serait bien capable.

Notre repaire japonais se trouve dans la préfecture de Nagano, une région montagneuse à la densité de population faible, dans une épaisse forêt, au sommet d'un mont escarpé surplombant un petit lac. Par temps clair, la vue est à couper le souffle, mais la raison pour laquelle j'ai acheté cette propriété, c'est que le sommet n'est accessible que par la voie des airs. Autrefois, il y avait un chemin de terre sur le flanc ouest – c'est ainsi qu'un riche homme d'affaires de Tokyo a bâti sa résidence secondaire là-haut, dans les années quatre-vingt-dix –, mais un séisme a entraîné un éboulement et la pente s'est changée en falaise, coupant tout accès terrestre à la propriété et faisant ainsi chuter sa valeur.

Les enfants de l'homme d'affaires étaient aux anges quand l'une de mes sociétés-écrans la leur a rachetée l'an dernier, les libérant du fardeau des taxes à payer pour un endroit dont ils ne voulaient pas et qu'ils n'avaient pas les moyens de visiter régulièrement.

— Alors, pourquoi le Japon ?

La voix de Sara est atone et désintéressée. Elle est tournée vers la vitre de l'hélicoptère, mais pour rompre le silence qui dure depuis plus d'une heure et m'adresser la parole, elle doit mourir de curiosité.

À moins qu'elle cherche à grappiller quelques informations susceptibles de faciliter son évasion.

— Parce que c'est le dernier endroit où l'on penserait à nous chercher.

Après tout, je ne risque rien en lui disant la vérité.

— Rien ne m'attache à ce pays. La Russie, l'Europe, le Moyen-Orient, l'Afrique, l'Amérique du Nord et du Sud, la Thaïlande, Hong Kong, les Philippines – à un moment ou à un autre, les autorités m'ont repéré sur leur radar dans chacun de ces endroits, mais jamais ici.

— Et puis, c'est une planque agréable, ajoute Ilya en anglais, s'adressant à Sara pour la première fois. Bien mieux que de se terrer dans une grotte au Daguestan ou suer comme un bœuf quelque part en Inde.

Sara lui lance un regard indéchiffrable avant de reporter son attention sur le paysage. Je ne peux pas le lui reprocher. Les premières lueurs de l'aube éclairent le ciel et on distingue des pentes montagneuses et des forêts en contrebas. Quand nous arriverons dans notre repaire, elle pourra admirer la vue dans toute sa splendeur – et elle se rendra compte que tout espoir d'évasion est impossible. Parce que j'ai également choisi le Japon pour une autre raison : l'emplacement éloigné de cette maison.

La nouvelle cage de mon petit oiseau sera magnifique, et elle ne pourra pas s'en échapper.

Nous atterrissons quarante minutes plus tard sur un petit héliport non loin de la maison. Je regarde le visage de Sara quand elle découvre notre nouveau foyer : une construction résolument moderne tout en bois et en verre qui se mêle sans fausse note à la nature préservée environnante.

— Ça te plaît ? je demande en rencontrant son regard, tandis que je l'aide à descendre de l'hélico.

Elle détourne les yeux et retire sa main de la mienne dès que ses chaussettes ont touché le sol.

— Quelle importance ? Si je réponds non, tu me ramèneras ?

Elle se retourne et se dirige vers le bord de la piste, où la montagne forme une falaise à pic qui plonge dans le lac en contrebas.

— Non, mais si tu la détestes, nous pourrons envisager l'une de nos autres planques.

Je la suis et lui attrape le poignet avant qu'elle atteigne les limites de la plateforme. Je ne pense pas qu'elle soit assez bouleversée pour sauter, mais je ne veux pas prendre le risque.

— Où ça ? Au Daguestan ou en Inde ?

Elle finit par lever les yeux vers moi, les paupières plissées. Le printemps touche à sa fin, et pourtant il règne un froid hivernal à cette altitude, et l'air mordant du matin soulève ses boucles brunes autour de son visage et plaque le tee-shirt ample sur son buste élancé. Je la sens frissonner, son poignet fin et fragile dans ma main, mais son menton délicat est contracté avec obstination, tandis qu'elle soutient mon regard.

Elle est tellement vulnérable, ma Sara, pourtant forte à la fois. C'est une battante, comme moi, même si la comparaison ne lui plairait pas.

— Le Daguestan et l'Inde sont deux options, en effet, lui dis-je sans cacher mon amusement.

Elle essaie de me contrarier, de me faire regretter de l'avoir emmenée, mais tout le sarcasme ou le mutisme du monde n'y parviendront pas.

J'ai besoin de Sara comme j'ai besoin d'air et d'eau, et je ne regretterai jamais de la garder près de moi.

Elle pince ses lèvres souples en agitant le bras pour essayer de libérer son poignet de mes doigts de fer.

— Lâche-moi, siffle-t-elle en voyant que je tiens bon. Enlève tes sales pattes de moi.

Malgré mon intention de rester de marbre, une pointe de colère me traverse. Si elle n'a pas exactement souhaité que tout cela arrive, Sara m'a choisi et je refuse qu'elle me traite comme un pestiféré.

Au lieu de libérer son poignet, je resserre la main et l'attire à moi, l'éloignant du bord de la plateforme. Une fois qu'elle ne risque plus de tomber, je me penche et la soulève, sourd à son cri de protestation.

— Non, dis-je froidement en la pressant contre mon torse. Je ne te lâcherai pas.

Sans prêter attention à ses tentatives pour se dégager, j'emporte la femme que j'aime dans notre nouvelle maison.

CHAPITRE 5
SARA

Peter ne me libère pas avant d'être à l'intérieur. Quand il me pose sur mes pieds, il garde une poigne d'acier autour de ma main, m'enchaînant à ses côtés tandis que je découvre ma somptueuse prison.

Et elle est vraiment somptueuse. Malgré la colère et la frustration qui m'étouffent, j'apprécie les lignes modernes et épurées du vaste étage à aire ouverte, ainsi que le paysage de carte postale que m'offrent les montagnes et le lac que l'on aperçoit à travers les immenses baies vitrées. Au centre de la salle, à côté d'une cuisine ultra-moderne, les marches en bois d'un escalier en colimaçon conduisent au premier étage – et c'est là que Peter m'entraîne, sa main possessive autour de mon poignet.

— Un homme d'affaires japonais l'a fait construire il y a vingt ans, mais je l'ai rénovée quand je l'ai achetée l'an dernier, me dit Peter tandis que nous gravissons les marches.

J'ignorais qu'on reviendrait bientôt ici, mais mieux vaut être prêt.

Je ne réagis pas, car si j'essaie de parler, je risque d'éclater en sanglots. En ce moment même, le FBI doit être en train d'annoncer ma disparition à mes parents, et j'ai sans doute des dizaines d'appels en absence du boulot, ainsi que de la clinique où je travaille en tant que bénévole. L'une de mes patientes doit accoucher cette semaine, et j'ai une césarienne prévue demain. À moins que ce soit aujourd'hui ? C'est le début de matinée, au Japon, est-ce que ça signifie que c'est le soir chez moi ? J'ignore le nombre d'heures de décalage, mais il doit y en avoir au moins dix. Dans ce cas, j'ai déjà raté une journée entière et tout le monde me cherche. Peut-être même a-t-on contacté mes parents pour savoir où j'étais et pourquoi je ne répondais à aucun appel ni message.

Mes pauvres parents doivent être malades d'angoisse.

— Je peux les appeler ? je demande d'une voix blanche, tandis que Peter me conduit dans une chambre spacieuse.

L'un des murs est en verre, révélant une vue à couper le souffle sur les sommets enneigés dans le lointain et le lac qui s'étend en contrebas. Ou du moins, la vue me couperait le souffle si j'étais capable de la contempler, au lieu d'être obnubilée par le nœud d'inquiétude dans ma gorge.

Je vous en prie, pourvu que mon père aille bien.

— Pas encore, me répond Peter.

Son expression se radoucit et il me lâche enfin le poignet. Si je ne le connaissais pas, je croirais presque qu'il partage mes appréhensions au sujet de mes parents.

— Nous devons visionner les enregistrements vidéo pour voir ce qui s'est passé. Ensuite, nous trouverons un moyen de contacter ta famille sans trahir notre position.

Je déglutis et détourne le regard pour ne pas lui montrer les larmes qui me montent aux yeux. Tout est de ma faute. Si je n'étais pas rentrée chez moi, si je m'étais confiée à Karen dans ce vestiaire, tout aurait été différent. Certes, mes parents et moi, nous aurions bénéficié de la protection de témoins et nous aurions été contraints de déménager, mais cela aurait encore été préférable à ce cauchemar. Je me demande ce que j'avais dans la tête en rentrant de l'hôpital hier soir. Ai-je cru que si je rentrais chez moi comme si de rien n'était, Peter ne saurait pas que le FBI m'avait parlé ? Que les fédéraux ne se rendraient pas compte que l'homme qu'ils recherchent vivait pratiquement avec moi, et que nous pourrions continuer comme avant ?

Que si je prévenais mon tourmenteur du danger imminent, il me remercierait et s'en irait joyeusement de son côté ?

— Arrête, Sara.

Il s'avance devant moi et me force à lever les yeux pour affronter son regard. Sa mâchoire est crispée et ses yeux sombres quand il ajoute d'une voix grave et implacable :

— Ne fais pas semblant que ce n'est pas ce que tu voulais. Je sais que tu as peur et que tu te poses des questions, mais tu m'as choisi ; tu *nous* as choisis. C'est pour ça que tu m'as dit qu'ils me cherchaient, c'est pour ça que tu es rentrée chez toi au lieu de les laisser t'emmener loin d'ici. Je t'ai attendue. Je savais qu'ils étaient proches, et j'ai tout de même attendu, parce que j'avais besoin de savoir si tu me haïssais vraiment… si tu voulais te débarrasser de moi. Mais ce n'est pas le cas, n'est-ce pas ?

Il prend mon menton dans sa main et son pouce effleure ma joue.

— N'est-ce pas, ptichka ?

— Si.

Ma voix chevrote et, à ma grande honte, des larmes chaudes ruissèlent le long de mon visage. Je ne veux pas lui montrer ma faiblesse, mais je suis incapable de maîtriser le tourbillon toxique qui bouillonne dans ma poitrine.

— J'étais épuisée et j'avais mal à la tête. Je ne pensais pas correctement. En d'autres circonstances…

— Oh, vraiment ?

Son rictus est à la fois cruel et amusé quand il laisse retomber sa main.

— C'est le mensonge dont tu essaies de te convaincre ? Que je t'ai enlevée contre ta volonté… que tu ne voulais rien de tout ça ?

— Non, je ne voulais pas !

Je recule en le dévisageant avec incrédulité. Il ne croit pas sérieusement ce qu'il dit.

— Je n'aurais jamais accepté ça. Mes parents, mes patients, mes amis, toute ma vie – tout est là-bas. Tu m'as *kidnappée*, Peter. Il n'y a aucune ambiguïté. Tu as enfoncé une aiguille dans ma joue et tu m'as enlevée pendant que j'étais inconsciente sous l'effet des somnifères. Comment peux-tu croire que je suis venue de mon plein gré ? Tu as oublié la partie où je hurlais en te suppliant de me laisser quand je me suis réveillée ? Tu étais sourd quand j'ai pleuré et que je t'ai imploré de ne pas faire ça ?

Je suis folle de rage, mais mes larmes sont intarissables et je m'essuie les joues du revers de la main, tremblante de colère de la tête aux pieds.

Les lèvres de Peter forment à présent une ligne droite et sévère, et je retrouve l'inconnu terrifiant qui s'est introduit chez moi pour me torturer. Mais cette fois, je suis trop furieuse pour éprouver de la peur. S'il veut me punir, qu'il le fasse.

Je ne le détesterai que plus.

Il ne fait aucun mouvement vers moi, mais sa voix est dure quand il répond :

— Alors pourquoi as-tu fait ça ? Pourquoi m'avoir prévenu, Sara ? Tu savais que je ne t'abandonnerais pas. Et épargne-moi tes excuses de fatigue et d'erreur de jugement. Tu savais très bien quels risques tu encourais. Pourquoi les prendre si tu n'avais pas envie d'être avec moi ?

Je prends une inspiration frémissante et me détourne, bien déterminée à contrôler les larmes qui ne cessent de ruisseler sur mes joues. La fureur qui m'habite commence à se dissiper, me laissant éreintée et vidée par le désespoir. J'ai envie de camper sur mes positions, de nier tout ce qu'il dit, mais j'en suis incapable. Mes pensées n'étaient peut-être pas aussi claires qu'elles l'auraient dû, mais je savais ce que je faisais.

Je n'ai pas été étonnée quand l'aiguille a piqué mon cou.

Je n'ai pas entendu Peter bouger, et pourtant je le sens derrière moi.

— Dis-moi, ptichka.

Sa voix est à nouveau doucereuse et il me serre les épaules pour m'attirer contre son corps ferme.

— Dis-moi pourquoi.

Sa barbe de quelques jours érafle ma joue lorsqu'il penche la tête pour déposer un baiser sur ma tempe, et je me crispe, luttant contre l'envie de me laisser aller contre lui, de me laisser câliner et caresser jusqu'à en oublier que je viens de tout perdre.

Jusqu'à ne plus me soucier qu'il m'ait privée de ma vie.

Levant la tête, Peter me retourne vers lui. Ses yeux gris me dévisagent intensément et je sais qu'il ne laissera pas tomber. Il insistera jusqu'à me faire avouer ma faiblesse, cette impulsion irrationnelle et malsaine qui m'a poussée à saboter mes chances de liberté.

Je passe la langue sur mes lèvres et goûte au sel de mes larmes.

— Je…

J'avale péniblement ma salive.

— Je ne voulais pas que tu meures.

Encore maintenant, les images atroces ne me quittent pas, et mon cerveau me projette en détail tout ce qui aurait pu mal tourner. Je sens presque l'odeur cuivrée du sang lorsque les balles de l'équipe d'intervention d'urgence transpercent le corps musclé de Peter, je vois presque les agents en gilets pare-balles faire irruption dans la chambre pour l'arracher à mon lit.

Je ressens presque la solitude écrasante et glaçante qu'aurait été ma vie sans mon tourmenteur.

Non. Non, non, non. Je m'empresse de chasser cette pensée insensée. Je n'ai jamais voulu ça. Ce n'est pas parce que Peter m'a manqué quand il s'est absenté pour l'une de ses missions meurtrières que je n'aurais pas réussi à passer à autre chose. Et ce n'est même pas lui qui m'a manqué. C'était le réconfort trompeur qu'il me procurait, l'illusion d'amour et de tendresse. Ce que j'éprouvais pour lui n'était pas réel, pas plus que ce qu'il croit ressentir pour moi. Entre nous, tout n'a jamais été qu'un mensonge malsain – une obsession pathologique pour lui et un besoin tout aussi pervers pour moi.

Peter plisse les yeux et ses mains se resserrent autour de mes épaules tandis qu'il réfléchit à ce que je viens de dire.

— Alors, tu m'as uniquement prévenu par bonté d'âme ? Tu as joué au Bon Samaritain ?

Je hoche la tête, clignant vivement des paupières pour retenir un nouvel assaut de larmes. Ce n'était pas la seule raison de ma décision irréfléchie, mais c'est la seule que je suis prête à admettre.

Le visage de mon ravisseur se ferme et il baisse les mains en reculant.

— Je vois.

Si je ne le connaissais pas, je croirais l'avoir vexé.

L'instant d'après, toutefois, il reprend comme si de rien n'était :

— C'est notre chambre.

Sa voix est froide et impassible, dénuée d'émotions.

— La salle de bain est là-bas.

Il désigne une porte au fond de la pièce.

— Tu peux faire ta toilette et te détendre un peu pendant que nous rangeons les affaires et préparons le petit déjeuner. Je te ferai apporter des vêtements demain, mais en attendant, tu devrais trouver un peignoir dans la salle de bain et mes habits dans la penderie.

D'un mouvement de tête, il désigne une double porte à l'autre bout de la chambre.

— Si tu as besoin de quoi que ce soit, je serai en bas. Le petit déjeuner sera prêt dans une demi-heure.

Je me mords la lèvre.

— D'accord, merci.

Il sort enfin de la chambre et je m'approche de la fenêtre, le cœur lourd à la pensée de tout ce que j'ai perdu – et de ce que j'ai entraperçu dans les yeux de Peter.

De la douleur.

Je l'ai blessé et, pour une raison que j'ignore, ça me blesse en retour.

— **E**lle n'est pas contente, n'est-ce pas ? me demande Anton en russe pendant que je sors une énorme boîte d'œufs du réfrigérateur, la pose sur le plan de travail à côté de la cuisinière et me mets en quête d'une poêle.

— Non.

Je ne trouve pas de poêle et me retiens de claquer la porte du placard.

— Mais elle va s'y habituer.

— Et si elle ne s'habitue pas ?

Je trouve enfin ce que je cherche dans les tiroirs près de la cuisinière.

— Dans ce cas, elle restera triste, bordel !

Je m'empare de la poêle et referme violemment le tiroir. Je me maudis en voyant une fêlure pas plus épaisse qu'un cheveu apparaître sur le bois blanc brillant. La rénovation de la maison, un hélicoptère après l'autre, ne s'est pas faite en un jour et je ne peux pas me permettre de laisser libre cours à ma fureur sur les placards de la cuisine. Le visage d'Anton à l'entraînement, plus tard dans la journée, sera une bien meilleure cible.

— Tu sais que ça devait arriver, non ? poursuit mon ami sans prêter attention à la colère qui fait rage dans mon ventre. Cette vie bourgeoise ne pouvait pas durer éternelle-ment. C'est un miracle qu'ils ne nous aient pas pincés plus tôt. Si tu veux une relation à long terme avec cette fille – et c'est le cas, n'est-ce pas ? – alors, c'est le seul moyen.

Je serre les dents avec une telle force que j'en ai mal aux molaires.

— Laisse tomber, Anton. Ça ne te regarde pas, putain.

— D'accord. Je te rappelais juste les faits. Ça craint qu'elle soit fâchée, mais…

Il s'interrompt en prenant conscience que je suis à deux doigts de lui faire avaler son dentier. Il sort son cou-teau suisse et découpe un filet d'oranges pour disposer les fruits dans un grand bol en bois sur le plan de travail. Puis il regarde la boîte d'œufs avec intérêt et demande :

— Qu'est-ce qu'on mange au p'tit déj ?

— Toi ? Rien du tout.

Je casse cinq œufs dans un saladier, y verse un peu de lait et ajoute des épices avant de remuer le tout.

— Les jumeaux et toi, vous pouvez vous débrouiller tout seuls.

— C'est sévère, mec, dit alors Yan en entrant dans la cuisine.

Il porte un cageot rempli de fruits et de légumes, avec du pain et de la viande surgelée – des vivres que notre contact local a chargés dans notre hélico avant de nous l'envoyer.

— Ilya et moi, on meurt de faim, et il se trouve que tu aimes cuisiner, poursuit Yan alors que je ne réponds pas. C'est difficile d'en faire un peu plus ? Je te promets que je ne dirai pas un mot à propos de ton beau médecin.

Je me retiens de répliquer et casse une autre douzaine d'œufs dans le bol. D'habitude, je ne nourris pas les gars, mais Yan a raison : ce serait mesquin de priver mon équipe d'un bon petit déjeuner après un si long voyage.

Je veux juste qu'ils la bouclent au sujet de Sara, car si j'en entends un de plus aborder la question, je lui arrache la tête.

Yan et Anton ont la sagesse de garder le silence. Ils déballent le reste des provisions pendant que je prépare l'omelette. Quand Ilya arrive enfin, je me suis presque calmé – outre l'envie qui me prend régulièrement d'écraser mon poing sur le plan de travail en quartz blanc.

Ilya s'assoit sur l'un des tabourets de bar en acier inoxydable et ouvre son ordinateur portable, me rappelant que Sara n'est pas notre seul problème.

— Qu'ont dit les hackers ? je demande en le voyant froncer les sourcils devant l'écran. Des pistes sur cet *ubly-udok* ?

— Non, répond Ilya d'un air sombre en levant les yeux. Aucune transaction par carte de crédit, aucune tentative de contacter des amis ou des proches, rien. Cet enfoiré est doué.

Ma main se crispe sur le manche de la poêle à frire et je retrouve toute ma colère. Le dernier nom sur ma liste – un certain Walton Henderson III, alias Wally, d'Asheville, en Caroline du Nord – est un général, l'ancien responsable de l'opération de l'OTAN qui a mal tourné et a coûté la vie à ma femme et à mon fils. C'est lui qui a donné l'ordre de passer à l'action sans vérifier la validité des pistes supposées sur le groupe armé, et c'est lui qui a autorisé les soldats à user de la force nécessaire pour contenir les soi-disant terroristes.

J'ai déjà tué tous les militaires et les agents des renseignements impliqués dans le massacre de Daryevo, mais Henderson – le plus coupable de tous – est toujours dans la nature. Il s'est volatilisé avec sa femme et ses enfants dès que les rumeurs à propos de ma liste noire ont commencé à circuler dans le milieu des renseignements.

— Demande aux hackers de chercher du côté de ses amis et de ses proches, même si le lien est faible, dis-je tandis que Yan vient s'installer sur le tabouret à côté de son frère. Il faut qu'ils cherchent tout ce qui sort de l'ordinaire : des retraits d'argent importants, l'achat de téléphones supplémentaires, des allers-retours suspects, des acquisitions immobilières ou des locations saisonnières, tout ce qui pourrait indiquer qu'ils sont de mèche avec ce fumier. Quelqu'un doit bien savoir où est parti Henderson, et je parie sur un cousin éloigné. Si dans quelques mois, il n'y a toujours rien, nous devrons peut-être rendre visite aux proches de Henderson si c'est le seul moyen de le débusquer.

— Compris, répond Ilya, ses doigts épais pianotant sur le clavier avec une agilité et une grâce impressionnantes. Le prix sera élevé, mais je crois que tu as raison. Les gens ont du mal à couper entièrement les ponts.

— Yan, nous avons les enregistrements vidéo ? je demande quand l'autre jumeau ouvre son propre ordinateur. Ceux des parents de Sara ? Nous devons vérifier si les fédéraux leur ont déjà parlé.

— Je les télécharge en ce moment même, répond-il sans lever les yeux de l'écran. Cette connexion satellite est affreusement lente. Apparemment, ça prendra quarante minutes pour télécharger les fichiers du cloud.

— Bon, très bien, mangeons d'abord, dis-je en éteignant la cuisinière. Anton, tu peux dresser la table pour cinq ? Je vais chercher Sara.

Mes hommes gardent le silence tandis que je gravis les marches, mais en arrivant au milieu des escaliers, je vois Yan se pencher vers Ilya et chuchoter à son oreille.

Sara émerge à peine de la salle de bain quand j'entre dans la chambre. Son buste svelte est enveloppé dans une grande serviette blanche et ses cheveux mouillés retenus en un chignon de guingois sur le sommet de son crâne. Sa peau claire a rougi, sans doute à cause de l'eau chaude, et ses yeux noisette aux cils épais sont injectés de sang et gonflés par les pleurs.

J'aurais dû la trouver pitoyable, mais elle est d'une beauté époustouflante, comme une princesse Disney dans un mauvais jour. Peut-être celle de *La Belle et La Bête*, bien que je ne sois pas certain de remplir les critères de la Bête dans ce conte.

Belle ne détestait pas son ravisseur autant que Sara semble me haïr.

— Le petit déjeuner est prêt, annoncé-je froidement en essayant de ne plus penser à ses paroles malheureuses.

Savoir que Sara m'a averti pour me sauver la vie ne devrait pas me poser problème – après tout, c'est bien la confirmation qu'elle ne souhaite pas ma mort – et pourtant ses mots m'ont fait l'effet d'un tisonnier incandescent planté dans le cœur. C'est sans doute parce que je me suis convaincu qu'elle voulait partir avec moi, que si elle m'a supplié de la libérer, c'était uniquement dans un moment de panique.

Ça me fait mal de penser que je me suis bercé d'illusions en croyant qu'un jour, elle m'aimerait aussi.

— Merci. Je descends tout de suite.

Elle a parlé sans me regarder. Elle entre dans le dressing et en ressort une minute plus tard avec l'une de mes chemises à manches longues en flanelle et un pantalon de survêtement.

— Tu permets ? dit-elle en déposant les habits sur le lit.

Je croise les bras sur mon torse quand je me rends compte qu'elle attend que je me retourne pour pouvoir se changer.

— Oui, tout à fait. Vas-y.

Elle lève les yeux.

— Je voulais dire…

— Je sais très bien ce que tu voulais dire.

Malgré la colère qui me retourne toujours les tripes, je reste impassible. Si elle pense que je vais la laisser me traiter comme un inconnu, elle fait fausse route. Elle ne m'aime peut-être pas, mais elle m'appartient, et je ne ferai pas semblant de ne jamais avoir senti son orgasme sur ma queue. S'il y a une chose que nous avons toujours partagée, c'est cette connexion charnelle, ce besoin mutuel si intense qu'il supplante le simple désir. J'ai envie de Sara comme je n'ai encore jamais eu envie d'aucune femme, et je sais que je ne la laisse pas indifférente.

Elle a envie de moi, et je refuse qu'elle le nie.

Les joues de Sara s'empourprent et les jointures de ses doigts blanchissent quand elle s'empare du pantalon.

— Très bien.

Elle me fusille des yeux et se laisse tomber sur le lit pour l'enfiler avec des gestes saccadés. La serviette nouée autour de sa poitrine, elle remonte le pantalon jusqu'à sa taille et en retrousse les jambes. Puis elle se lève et laisse tomber sa serviette. J'aperçois furtivement la pointe rose de ses seins quand elle passe la chemise par-dessus sa tête et ma queue se raidit aussitôt. Il me suffit de la voir nue pour que, sans surprise, mon corps réagisse au quart de tour.

— Tu es content ?

Elle tire sur le cordon du pantalon de survêtement et le noue pour éviter qu'il lui tombe sur ses chevilles. Malgré mon humeur maussade, je ne peux m'empêcher de la trouver adorable avec mes habits.

Si le jean et le tee-shirt d'Anton flottaient sur son corps, mon jogging et ma chemise en flanelle sont immenses. Je mesure quelques centimètres de plus que mon ami, je suis plus large d'épaules et ces vêtements sont censés être amples quand je les porte. Mon jeune médecin a l'air d'un enfant qui aurait enfilé une tenue d'adulte – impression renforcée par ses petits pieds nus et ses cheveux en bataille.

Incapable de me retenir, j'avance d'un pas leste et lui attrape le poignet pour l'attirer contre moi sans tenir compte de la raideur furieuse de son corps lorsque mes hanches se plaquent contre les siennes. Je serre son chignon mouillé dans ma main libre et lui incline la tête en arrière, avant de me pencher pour l'embrasser.

Sa bouche est douce et légèrement mentholée, comme si elle venait de se brosser les dents. Surprise, elle entrouvre les lèvres et j'inspire son souffle chaud, prenant possession de son air comme j'aimerais la posséder tout entière. J'ai envie de son corps et de son esprit, de sa fureur et de sa joie. Et, par-dessus tout, j'ai envie de son amour, la seule chose qu'elle ne me donnera peut-être jamais.

Ma langue envahit sa bouche, caressant ses parois humides et veloutées, et elle enfonce les doigts dans mes flancs, sous la veste. Ses ongles me pincent à travers ma chemise en coton. Cette infime douleur me met les nerfs à vif. Le sang afflue dans ma queue, mes boules se contractent et l'envie de la baiser devient si intense que je la renverse presque sur le lit pour lui arracher ce pantalon de survêtement ridiculement large. La seule chose qui me retient, c'est de savoir que mes hommes nous attendent en bas.

J'ai trop envie d'elle pour me contenter d'un petit coup en deux minutes.

Avec un effort surhumain, je la libère et recule, le souffle court. Sara a l'air dans le même état que moi. Ses paupières sont lourdes et son visage rouge tandis qu'elle aspire de grandes goulées d'air.

— Descends avant que les œufs refroidissent, dis-je d'une voix tendue en baissant la fermeture de mon jean pour ajuster la pression douloureuse dans mon pantalon. J'arrive dans une minute.

Elle tourne les talons et détale sans me laisser terminer ma phrase. Quant à moi, je ferme les yeux et prends de profondes inspirations en pensant aux hivers sibériens pour apaiser mon érection.

Quand j'arrive au rez-de-chaussée, les coéquipiers de Peter sont déjà assis autour de la table en bois rectangulaire, les yeux rivés avec envie sur la grande poêle posée au milieu. L'un d'eux – vêtu de noir, les cheveux aux épaules et une épaisse barbe sombre – lève les yeux à mon approche.

— Où est Peter ? demande-t-il en fronçant les sourcils.

Son accent russe est légèrement plus prononcé que celui de Peter.

— La bouffe refroidit.

— Il arrive, dis-je.

Je sens mes joues rougir en voyant l'homme barbu hausser les sourcils. Il comprend sans doute ce qui s'est passé en haut, d'après mes lèvres gonflées ou les tremblements qui me traversent. Mes genoux manquent se dérober tandis que je descends les marches, et je me réjouis que la chemise de Peter soit ample et épaisse, masquant ainsi mes tétons durcis.

Si mon ravisseur avait choisi de me baiser, je n'aurais pas pu refuser et cette idée me couvre d'une honte cuisante.

— Anton, tu es impoli, lance un homme de grande taille aux cheveux bruns, un sourire mielleux aux lèvres.

Contrairement à son collègue barbu, qui ressemble à un méchant de film d'action, ce type ne déparerait pas dans un cabinet d'avocats. Ses cheveux bruns coupés court sont coiffés avec style, son visage est rasé de frais et je parierais une centaine de dollars que sa chemise à fines rayures et son pantalon de costume gris sont taillés sur mesure. Seuls ses yeux verts jurent avec cette image très professionnelle : ils sont froids, dénués d'émotions, et ne reflètent pas son ébauche de sourire.

— Tu as oublié de nous présenter, continue l'homme tiré à quatre épingles en s'adressant à Anton avec la même pointe d'accent.

En se tournant vers moi, il désigne son ami barbu et me dit :

— Sara, je te présente Anton Rezov. Autrefois, dans notre ancien boulot, il pilotait tout ce qui avait un moteur, et il nous est encore utile de temps en temps. Et moi, je suis Yan Ivanov. Oh, et, voici mon frère, Ilya.

Je reporte mon attention sur le troisième homme, le frère de Yan. C'est lui qui m'a parlé tout à l'heure pour m'expliquer pourquoi cet endroit était une bonne cachette. C'est le plus effrayant de tous, avec son torse épais de culturiste, son crâne rasé couvert de tatouages et son menton surdimensionné qui lui donne des airs de gorille. Mais quand

il me sourit, les rides au coin de ses yeux se creusent, atté-
nuant la dureté de ses traits.

— Enchanté de faire votre connaissance, Dr Cobakis,
dit-il avec un accent plus prononcé en se levant pour me
tirer une chaise.

— Merci. Ravie de vous rencontrer, moi aussi, dis-je en
m'asseyant.

Je devrais détester chacun de ces hommes – après tout,
ils ont participé à mon enlèvement et au meurtre de mon
mari –, mais quelque chose dans le sourire sincère du Russe
et le respect dont il fait preuve m'empêche de déchaîner ma
colère sur lui.

Je la réserve tout entière pour l'homme qui descend
les marches au même moment, son beau visage sombre et
fermé.

— Enfin ! s'exclame Anton avec joie quand Peter arrive
à table et prend place à côté de moi.

Se penchant vers la poêle au centre de la table, Anton
découpe une part d'omelette qu'il laisse glisser sur son assiette.

— À l'attaque !

— Sers-toi.

La voix de Peter est pleine d'un sarcasme qui semble
passer au-dessus de la tête d'Anton. Les frères Ivanov ont
de meilleures manières et attendent que Peter dépose une
portion dans mon assiette et dans la sienne avant de se partager le reste.

Nous mangeons en silence, venant à bout de l'omelette en quelques minutes, et Peter se lève pour découper
quelques oranges.

— Un dessert ? demande-t-il succinctement.

Les gars s'empressent d'accepter. Je ne réponds pas, mais Peter m'apporte tout de même un bol rempli de quartiers d'orange.

— Merci, dis-je à mi-voix.

Même dans cette situation tordue, les règles de politesse inculquées dans mon enfance ont la peau dure. Je pioche dans le bol et mords dans un quartier d'orange, savourant son jus sucré et rafraîchissant. Je devais faire de l'hypoglycémie en plus de tout le reste, car maintenant que j'ai mangé, je me sens un peu mieux. La sensation creuse de désespoir se dissipe suffisamment pour me permettre de réfléchir.

Oui, au premier regard, ma situation n'est pas optimale. Depuis l'hélicoptère, je n'ai remarqué aucun signe de civilisation dans les environs immédiats de cette montagne, rien que des falaises et des forêts denses, avec quelques sommets enneigés. Même si je parviens à échapper aux quatre assassins, ce ne sera pas facile de partir d'ici à pied. J'ai fait du camping une seule fois dans ma vie et je suis loin d'être une experte de la nature sauvage. Sans parler du fait que, si j'atteins une ferme ou un village proche, je serai toujours confrontée à la difficulté d'exposer ma situation à des personnes qui ne parlent probablement pas un mot d'anglais.

Mais je ne suis peut-être pas aussi désespérée qu'on puisse le croire. Apparemment, Peter a l'intention de me laisser contacter mes parents dans peu de temps, ce qui me donnera une chance de leur communiquer ma position – à eux et, par conséquent, au FBI. Et puis, je ne suis pas attachée ni recluse. Il semblerait que je sois libre de me promener dans la maison, ce qui me donnera l'occasion de filer à l'anglaise. Si je suis intelligente et prudente, je pourrai même voler de l'eau et des provisions, au cas où ma randonnée en montagne dure plusieurs jours.

Tout n'est pas perdu. D'une manière ou d'une autre, je réparerai mon erreur et je rentrerai chez moi.

En attendant, je dois m'assurer de ne pas aggraver la situation en faisant quelque chose de stupide… comme, par exemple, tomber amoureuse de mon ravisseur.

Après le petit déjeuner, je monte dans la chambre et ne tarde pas à m'endormir. Le décalage horaire combiné à la digestion m'a fatiguée malgré mon long somme dans l'avion. Je me réveille en entendant l'hélicoptère démarrer. Par la baie vitrée, je le vois décoller au-dessus de la plate-forme attenante à la maison.

Des courses ? Une mission ? Je n'en ai aucune idée, mais si Peter est parti avec l'hélico, c'est plutôt bon signe.

Malheureusement, je l'aperçois au rez-de-chaussée quand je descends quelques minutes plus tard, après m'être aspergé le visage d'eau froide pour achever de me réveiller. Il est assis sur un tabouret de bar devant le plan de travail de la cuisine et fronce les sourcils sur un écran d'ordinateur portable. En approchant, je remarque des écouteurs dans ses oreilles.

Il regarde quelque chose.

Quand il me voit, il retire les écouteurs et appuie sur une touche du clavier – sans doute pour mettre en pause ce qu'il visionnait.

— C'est la vidéo de chez mes parents ? je demande.

Les battements de mon cœur s'accélèrent lorsque Peter hoche la tête.

— Oui. Le FBI leur a rendu visite.

Son expression est prudemment neutre.

— Et ?

Je m'assois sur un tabouret à côté de lui et mes épaules se crispent.

— Que leur ont-ils dit ?

— C'est… intéressant.

Les yeux de Peter luisent quand il se tourne vers moi.

— On dirait que l'histoire que nous avons donnée à tes parents correspond aux soupçons des fédéraux.

Je le dévisage tandis que mon pouls s'emballe.

— Ils pensent que je t'ai accompagné de mon plein gré ?

Il referme l'ordinateur portable.

— Ça me semble bien être leur supposition de départ, surtout maintenant que tes parents leur ont parlé de ton appel. Mais je crois que Ryson te soupçonnait déjà d'être impliquée avec moi, sans doute parce que tu ne m'as pas mentionné auprès de Karen dans le vestiaire.

Je joins les mains sur mes genoux. C'est à la fois bon et mauvais signe. Je ne veux pas que le FBI me croie en cheville avec l'un de leurs criminels les plus recherchés, mais en même temps, je suis soulagée. Pour ma famille, c'est mille fois préférable que de me croire kidnappée.

— Alors, comment ont réagi mes parents ? Étaient-ils inquiets ? Bouleversés ? Mon père…

— Ils ont bien pris la nouvelle, me dit Peter, dont la mâchoire se décrispe.

— De toute évidence, ils sont sous le choc, et perturbés de savoir que tu t'acoquines avec quelqu'un d'aussi douteux, mais Ryson a gardé sa langue en ce qui concerne mon identité et la raison pour laquelle ils me recherchent. Il doit craindre que l'histoire fuite dans les médias.

C'est logique. Le FBI, la CIA, ou quiconque a inventé le mensonge au sujet de la mafia qui en voudrait à mon mari, n'aurait pas envie d'exposer ce qui s'est réellement passé à Daryevo. Si Peter a raison à propos de l'erreur qui a conduit au massacre de sa famille, les parties impliquées se battront bec et ongles pour empêcher que la vérité éclate au grand jour.

Le grand public a tendance à considérer d'un mauvais œil le massacre de civils innocents.

— Alors, mon père va bien ? j'insiste en chassant le souvenir des affreuses images sur le téléphone de Peter. Il n'avait pas l'air malade ni rien ?

— Tes deux parents avaient l'air en forme, en parfaite santé.

L'expression de Peter se réchauffe et il referme les paumes autour de mes mains.

— Ils vont très bien, ptichka. Ils sont forts, comme toi. Et tu pourras les contacter bientôt. Anton et Yan viennent de partir faire des courses, mais à leur retour, nous aurons ce qu'il nous faut pour établir une connexion sécurisée. Tu parleras à tes parents, tu les rassureras, et tout ira bien pour eux.

Il me serre doucement les mains.

— Tout ira bien.

Je retire mes mains. Une brusque vague d'émotions me pique les yeux. Ceci, juste ici, c'est précisément ce qui rend les choses si troublantes. Un homme qui vous enlève n'est pas censé se préoccuper de votre famille, et encore moins de vos sentiments. Ce que Peter m'a fait – *tout* ce qu'il m'a fait – est l'acte d'un monstre cruel et égoïste, et pourtant quand il est avec moi, quand il me regarde ainsi, il m'est facile de croire qu'il m'aime, qu'à sa façon, étrange et étouffante, il veut mon bonheur.

Repoussant cette pensée dangereuse, je retrouve la maîtrise de mes émotions et me concentre sur le sujet qui nous occupe.

— Mais qu'a dit le FBI au juste ? Et comment ont réagi mes parents à ce qu'on leur a annoncé ? Ils ont dû avoir une tonne de questions…

— Oui, cependant tout ce que Ryson leur a dit, c'est qu'ils recherchent l'homme qui est avec toi, et qu'ils ne peuvent pas en révéler la raison. Ensuite, les autres agents et lui se sont contentés d'interroger tes parents pour connaître tous les détails de votre échange téléphonique, savoir si tu as fait ou dit quelque chose d'inhabituel ces derniers mois, pourquoi tu as suspendu la vente de la maison et ainsi de suite.

— D'accord.

Alors maintenant, ils me soupçonnent. Ils croient que j'ai une liaison avec l'assassin de mon mari – et en un sens, c'est vrai. Une liaison contre mon gré, évidemment, mais ça n'y change rien. J'aurais pu me rendre au FBI à n'importe quel moment pour leur expliquer la situation et demander leur protection, mais au lieu de ça, je me suis persuadée qu'il serait plus sûr pour mes parents que j'affronte moi-même mon harceleur meurtrier. Et qui sait ? J'avais peut-être raison. Étant donné l'incapacité des autorités à protéger les hommes sur la liste de Peter, il m'aurait sans doute retrouvée, *avec* mes parents, si nous avions tenté de disparaître. Ensuite, d'autres personnes auraient été blessées – si ce n'est pas ma famille, alors les agents chargés de nous protéger.

Les trois gardes qui surveillaient George ont fini avec une balle dans la tête.

— Je peux voir la vidéo ? je demande en chassant ces terribles souvenirs.

Peter hoche la tête.

— Si tu veux. Je la transfèrerai sur la télé plus tard dans la journée.

Il désigne le grand écran plat suspendu dans le salon.

— En attendant, j'ai du travail à rattraper, alors sens-toi libre de te promener et d'explorer les lieux.

Je cligne des yeux. Je n'en reviens pas que ce soit si facile.

— D'accord, c'est ce que je vais faire, dis-je en tentant de masquer mon enthousiasme.

Si j'ai le droit de visiter les environs toute seule, alors je peux m'échapper dès aujourd'hui.

Soudain, je me rappelle que je suis pieds nus et je remue les orteils.

— Tu crois que je pourrais emprunter des chaussures ? je demande d'un air aussi désinvolte que possible.

— Yan va t'acheter tout ce dont tu as besoin aujourd'hui, mais tu peux essayer d'enfiler mes baskets pour le moment. Si tu les laces bien, tu ne les perdras pas.

— D'accord, je vais essayer, merci.

Je me laisse glisser au bas du tabouret et me précipite à l'étage, impatiente d'entamer mon exploration.

— Oh, et Sara ? lance Peter alors que je suis dans les escaliers.

Quand je me tourne pour le regarder, il ajoute :

— Si tu sors, prends Ilya avec toi. Tu ne connais pas la région et il y a des falaises partout. Je ne voudrais pas que tu fasses une chute.

Puis, sans tenir compte de mon découragement manifeste, il ouvre son ordinateur et reporte son attention sur l'écran.

Emmitouflée dans l'épais sweat-shirt de Peter qui m'arrive aux genoux, les pieds dans ses baskets gigantesques, je marche avec précaution dans les bois, Ilya à côté de moi. Il m'explique quelque chose à propos de la végétation locale, mais je l'écoute distraitement, concentrée sur le chemin que j'ai repéré à l'ouest. Il est suffisamment large pour laisser passer un véhicule et semble mener au bas de la montagne.

—… mais il a été bloqué par l'éboulement, marmonne Ilya.

Aussitôt, je tends l'oreille, consciente qu'il me donne une information cruciale.

— Un éboulement ?

Il hoche sa tête rasée.

— Oui, après le tremblement de terre. Il a eu un impact important ici, et il a complètement transformé cette montagne.

— Transformé, comment ? je demande en ramenant les bras autour de mon corps pour resserrer le sweat-shirt contre moi.

Il y a moins de vent entre les arbres qu'aux abords de la maison, mais il fait tout de même froid à cause de l'altitude. Nous décrivons de larges cercles autour de la villa depuis une heure et j'ai envie de rentrer au chaud.

Avec cet assassin russe sur les talons, je ne m'échapperai pas aujourd'hui. Et quand je le ferai, je devrai m'assurer d'être convenablement habillée.

— Tu veux dire, à part en bloquant la route ? demande Ilya.

Je hoche la tête, les sourcils froncés. J'espère qu'il ne parle pas du chemin que je viens d'apercevoir. Jusqu'à présent, c'est la seule chose qui ressemblait à une route. Si elle est bloquée, je devrai marcher à travers bois – une perspective bien moins attirante.

Ilya s'arrête pour tendre le doigt vers une falaise, de l'autre côté du lac en contrebas.

— Tu vois, là-bas ? Avant, c'était une pente douce. Et il y en a beaucoup du même type sur cette montagne. Très dangereux. La forêt s'avance jusqu'au bord de ce précipice, et si on ne regarde pas où on met les pieds…

— C'est vrai. Dangereux. Je comprends.

Voilà qui renforce mes convictions. Je dois être bien préparée avant de tenter une évasion. La dernière chose que je veux, c'est dégringoler d'une falaise. Je vais devoir consacrer au moins deux jours à me familiariser avec cette zone, l'explorer un peu plus pour savoir où je vais. Peut-être même en savoir plus sur la région et apprendre où se trouve le hameau le plus proche ou n'importe quel endroit me permettant d'appeler l'ambassade américaine.

Quoi qu'il en soit, je dois la jouer fine pour ne pas perdre le peu de liberté que je possède.

Quand nous rentrons à la maison, je frissonne et j'ai le bout des oreilles gelé. Comme Peter n'est nulle part, je monte me préparer un bain chaud. Ça me réchauffera sûrement.

La grande baignoire blanche a une forme inhabituelle : carrée et étroite, mais profonde, avec une marche intégrée à l'intérieur. Je ne peux pas m'y allonger comme dans la baignoire ovale de chez moi, mais je peux m'asseoir sur la marche et l'eau m'arrive jusqu'au cou. En fait, je trouve que c'est encore plus confortable. Je ferme les yeux et laisse la chaleur de l'eau m'imprégner, chassant mes frissons et les crispations de mes muscles. Je n'irai pas jusqu'à décrire mon état comme parfaitement détendu, mais je me sens nettement mieux.

Si je n'étais pas ici contre mon gré, je pourrais presque considérer qu'il s'agit de vacances au calme.

— Tu aimes la baignoire japonaise ? murmure soudain une voix grave familière derrière moi.

J'ouvre brusquement les yeux en sentant des mains puissantes se poser sur mes épaules, massant ma peau lisse. Aussitôt, mon cœur redouble de vitesse et la sensation de détente cède le pas à ce troublant mélange de colère, de désir et de peur que j'éprouve toujours en présence de Peter.

Je me retourne et croise les bras devant ma poitrine en m'écartant de lui. Il m'a vue nue une centaine de fois, mais je ressens vis-à-vis de cette intimité des sentiments toujours contradictoires et une conscience aiguë de son caractère *malsain*. Parce que si notre relation était déjà tordue, elle l'est deux fois plus maintenant que mon harceleur – l'homme qui m'a torturée dès notre première rencontre – est aussi mon ravisseur.

Je suis à sa merci et nous le savons tous les deux.

Il reste debout à côté de la haute baignoire, ses grandes mains hâlées par le soleil posées sur le rebord en porcelaine. Les manches longues de son sous-pull sont retroussées, révélant les tatouages qui ornent son bras gauche. L'encre s'étend du poignet jusqu'à son épaule et les motifs intriqués ondulent à chaque contraction de ses muscles bien dessinés. Son épaisse chevelure brune est ébouriffée, comme s'il venait d'y passer les doigts, et l'ombre d'une barbe obscurcit sa mâchoire carrée.

Il exsude le danger et une virilité si intransigeante que mon bas-ventre frémit. Sexy, le mot est faible pour décrire Peter Sokolov. Il dégage un magnétisme purement animal, une attirance masculine brute et sauvage qui fait écho à une troublante envie primitive en moi.

Au prix d'un gros effort, je referme la porte mentale de cette pensée et recule aussi loin que me le permet la baignoire.

— S'il te plaît, va-t'en. Je prends mon bain.

— Je vois ça.

Son regard erre le long de mon corps avant de remonter sur mon visage, ses yeux métalliques assombris par l'avidité.

— Et alors ?

— Alors, laisse-moi tranquille.

Je fais de mon mieux pour soutenir son regard sans ciller.

— À moins que tes prisonniers n'aient aucun droit à l'intimité ?

Il plisse les paupières et ses doigts se crispent sur le rebord de la baignoire. Il répond sur un ton mielleux :

— Mes *prisonniers* n'ont pas droit à grand-chose, y compris aux bains. Ma *femme*, en revanche, peut faire ce qu'elle veut – tant qu'elle comprend une réalité toute simple.

— Laquelle ?

— Qu'elle m'appartient.

Il recule et, avant que je puisse répondre, fait passer son sous-pull par-dessus sa tête pour le jeter sur le sol tout en retirant ses chaussettes. Puis il détache sa ceinture et baisse la fermeture de son jean.

Je prends une vive inspiration et mes bras se resserrent sur mes seins.

— Qu'est-ce que tu fais ?

— À ton avis ?

Il baisse son jean et le quitte, avant d'ôter son boxer, révélant une queue épaisse et dure qui se dresse en direction de ses abdominaux rigides. Cette vue m'inonde d'adrénaline tandis qu'une chaleur indésirable monte entre mes jambes.

Je ne peux pas faire ça avec lui. Je ne peux pas recommencer.

— Plus de sexe.

L'eau clapote dans la baignoire quand je me lève sans me soucier de ma nudité.

Je dois sortir, m'en aller.

Peter m'attrape le bras avant que je puisse enjamber le rebord, et il entre dans la baignoire. Son grand corps me bloque dans le carré exigu et il me ramène dans l'eau avec lui. Son poids entraîne des éclaboussures et je tressaille en me retrouvant de force sur les genoux de Peter, le dos plaqué contre son torse, son érection entre mes fesses. Prise de panique, je commence à me débattre et il passe un bras autour de ma cage thoracique pour me maintenir en place.

— Oh, ptichka… dit-il d'une voix doucement moqueuse à mon oreille. Qui a parlé de sexe ?

Ses dents éraflent mon lobe d'oreille et sa main libre s'empare d'un de mes seins. Son pouce caresse mon téton dur et endolori dans un mouvement possessif. Je m'immobilise, agrippée à son bras au muscle bandé, tandis que mon cœur cogne contre mes côtes. Je n'ai pas peur de lui autant que de ma propre réaction, de la manière dont mon corps fond et se liquéfie à son contact. Et il ne s'agit pas d'un simple contact. La queue de Peter est comme une barre d'acier entre mes fesses, ses bourses sont pressées contre mon sexe et son pouce torture mon téton. Sa langue envahit mon oreille et je frissonne d'un plaisir incontrôlable.

Nous ne couchons peut-être pas ensemble au sens strict du terme, mais l'effet est tout aussi dévastateur.

— Peter, s'il te plaît…

Je me débats à nouveau pour tenter désespérément de m'en aller avant de perdre entièrement la main. L'eau rend nos corps glissants, accentuant la sensation érotique de sa peau contre la mienne tandis que je tire vainement sur son bras.

— S'il te plaît, arrête.

— Que j'arrête quoi ?

Son souffle m'enflamme le cou. Sa main quitte ma poitrine pour s'aventurer plus bas, à l'endroit où mes muscles sont contractés, où ma chair palpite et désire avidement ses caresses.

— Ça… fait-il en léchant le pourtour de mon oreille, provoquant la chair de poule sur tout mon corps… ou ça ?

Ses doigts calleux écartent mes lèvres et s'appuient contre mon clitoris tandis que son majeur s'enfonce en moi jusqu'à la deuxième phalange. Mes ongles s'agrippent à son avant-bras, mes muscles internes se resserrent avidement en réaction à sa légère invasion, et il ricane quand un faible gémissement m'échappe. J'ai envie de lui demander de *tout* arrêter, mais mon esprit est engourdi. Soudain, ses doigts descendent, au-delà de mon sexe. Oh, mon Dieu, ne me dites pas qu'il…

Son doigt trouve le muscle arrondi et bien serré entre mes fesses et exerce une pression sur l'orifice étroit.

— Ah, oui, murmure-t-il d'une voix grave et diaboliquement douce lorsque je me raidis en éprouvant un picotement. C'est peut-être *ça* que tu veux que j'arrête. Je me trompe, ptichka ?

La pression sur mon anus se radoucit et son doigt masse la chair fermement contractée, comme pour apaiser sa tentative d'intrusion.

— Es-tu vierge ici, mon cœur ?

Ce mot d'amour me trouble presque autant que les sensations inconnues qui ébranlent mon corps. Un sentiment proche de la compassion réchauffe sa voix grave et enjôleuse, et pourtant j'y décèle aussi du désir, une avidité mêlée d'un sombre besoin de possession. Il aime ça, la possibilité d'être mon premier de cette façon-là, et cette idée augmente la tension que j'éprouve, cette chaleur traîtresse qui me fait palpiter d'envie. Cette évocation ne devrait pas m'intriguer, elle devrait me faire fuir, mais je ne peux nier la curiosité perverse que je ressens. Un jour, quand George et moi sortions ensemble, j'ai avancé l'idée du sexe anal, mais George n'avait pas semblé intéressé et nous n'en avions plus jamais discuté.

Je suis bel et bien vierge dans ce domaine, mais si je l'avoue à mon ravisseur, je ne le resterai sans doute pas longtemps.

Rassemblant ce qu'il me reste de volonté, je tire de toutes mes forces sur sa main envahissante.

— *Arrête.*

À mon grand étonnement, Peter obtempère et retire sa main avant de lever l'autre bras.

— Tu peux partir.

Sa voix est vibrante de tension.

— Va-t'en.

Je sors en chancelant de la baignoire, les jambes tremblantes. Mes pieds humides glissent sur les carreaux froids tandis que je me précipite hors de la salle de bain. Je m'arrête à peine pour attraper une serviette en passant, et je dois attendre d'être seule dans la chambre, entièrement habillée et la serviette enroulée autour de mes cheveux mouillés afin que les battements frénétiques de mon cœur ralentissent.

Il m'a libérée. Je devrais me réjouir de ce répit tempo-raire, mais étrangement, je me sens mal à l'aise, plus frus-trée que je ne veux l'admettre. Une fois de plus, mon tour-menteur me fait croire que j'ai le choix, qu'il s'agit d'une relation normale dans laquelle les refus sont permis. Et c'est peut-être le cas – pendant un temps, du moins. Jusqu'à présent, il ne m'a jamais forcée physiquement. Mais je ne me fais pas d'illusions. Il peut faire ce qu'il veut de moi, et je finirai dans son lit tôt ou tard, soit par un jeu subtil de persuasion, soit par un manque total de volonté de ma part.

Je préférerais presque être contrainte – parce que je pourrais faire semblant, à mon tour.

Je pourrais imaginer que je suis normale et saine, une femme qui déteste l'homme qui a gâché sa vie au lieu de le désirer ardemment.

Sara m'évite jusqu'à l'heure du déjeuner, et ça me convient parfaitement. Mon sang-froid bat de l'aile et les ténèbres affleurent à la surface. J'ai envie de la baiser, et en même temps, je veux la dompter, la punir et lui faire comprendre qu'elle m'appartient.

J'ai envie de la mener au bord du gouffre et de la faire basculer, quels qu'en soient les effets.

— Ne fais pas ça, vieux, me dit Ilya paisiblement lorsque je termine d'assembler le sandwich de Sara.

Il prépare son propre sandwich à côté de moi.

— Je ne sais pas ce que tu penses, mais tu risques de le regretter.

Je montre les dents dans un sourire sans joie.

— Vraiment ? Alors tu es un foutu télépathe maintenant ?

— Non, mais j'ai l'impression que tu es incapable de penser correctement. Elle ne mérite pas ça.

Il trempe un couteau à beurre dans un pot de mayonnaise.

— Le moins que tu puisses faire, c'est de lui accorder un peu de temps.

J'imagine presque attraper le couteau et lui écraser la trachée. Il est trop émoussé pour lui trancher la gorge, mais il pourrait très bien l'étouffer à mort. Heureusement pour mon coéquipier, il ne dit pas un mot de plus et je sors à grandes enjambées de la cuisine avec l'assiette de Sara.

Je la retrouve à l'étage. Elle fouille une commode dans une chambre d'amis. En silence, je m'arrête sur le pas de la porte et l'observe, fasciné par son corps gracile et souple penché sur les tiroirs, qu'elle ouvre et referme un par un. Il n'y a rien dans cette commode, mais Sara ne s'arrête qu'après avoir passé en revue tous les tiroirs.

Ce n'est qu'à ce moment qu'elle se retourne – et sursaute en étouffant un cri.

— Peter !

Elle porte une main à sa poitrine, comme si son cœur risquait d'exploser.

— Je ne t'avais pas vu.

Elle est à bout de souffle malgré son effort évident pour retrouver sa contenance.

— Que fais…

— Je t'apporte le déjeuner.

J'entre dans la chambre en lui tendant l'assiette.

— Je me suis dit que tu devais avoir faim.

Ma voix neutre ne traduit pas le feu qui fait rage dans mes veines. Il me suffit de la voir toujours vêtue de mes habits trop amples, pour avoir envie de la plaquer contre le mur et de la baiser avec force, au point de suer sang et eau.

Avec circonspection, elle me prend l'assiette des mains et recule, comme si elle percevait la violence qui menace. Elle se mord nerveusement la lèvre inférieure et je m'imagine en faire de même, égratignant avec les dents sa chair rose et tendre tout en lui prenant la bouche, savourant son goût et la dévorant tout entière jusqu'à avoir satisfait le désir qui me consume vivant.

— Tu ne manges pas ? demande-t-elle avec méfiance en posant l'assiette sur la commode.

Je secoue la tête. Mes yeux suivent ses moindres mouvements. L'intensité de mon regard lui fait peur, sans doute, mais c'est plus fort que moi. J'ai l'impression d'être un prédateur prêt à bondir. La faim qui me tenaille est si féroce et sombre qu'elle n'a presque rien de commun avec une simple envie sexuelle. C'est plutôt un besoin compulsif de la posséder, de la soumettre à ma volonté et de la faire mienne, si complètement qu'elle ne penserait même plus à fuir.

— J'ai déjà mangé, lui dis-je.

Si ma voix est un peu sèche, elle ne reflète même pas une fraction de ce que je ressens. D'un point de vue rationnel, je sais qu'Ilya a raison, que je dois laisser à Sara le temps de s'adapter et d'accepter sa nouvelle vie à mes côtés, mais tout en moi exige que je la prenne sur-le-champ et la force à reconnaître qu'elle a besoin de moi… que malgré tout, elle m'aime aussi.

Je chasse cette pensée, après avoir laissé l'insoutenable désir m'envahir – car tout se réduit à ça, c'est ce que j'attends d'elle. Au-delà de la frustration d'une envie insatisfaite, au-delà de la douleur causée par son rejet, c'est ce désir aigu et irrationnel qui me déchire de l'intérieur et attise le monstre en moi.

Je veux que Sara m'aime, et j'ignore comment faire.

— D'accord. Euh, merci.

Son regard alterne entre l'assiette et mon visage.

— Je la rapporterai quand j'aurai terminé, d'accord ?

Je devrais partir maintenant, mais tant pis ! Elle est mal à l'aise avec moi après ce qui s'est passé dans la baignoire, et tout à coup, j'en suis content. Mon côté sadique a envie de la voir trépigner, se demander si je vais enfin franchir cette ligne et la posséder malgré ses simulacres de protestation.

— C'est bon, dis-je d'une voix exagérément affable tout en rejoignant le lit au milieu de la chambre pour m'asseoir au bord, les jambes croisées au niveau des chevilles. Je peux attendre.

Sara cligne des paupières avant de se ressaisir.

— Vraiment ? Tu comptes rester assis là ? Tu n'as rien de mieux à faire, comme torturer des innocents par exemple ?

— C'est au programme pour cet après-midi, dis-je avec un petit sourire. Pour l'instant, je suis tout à toi.

Ses traits se figent, mais elle tend la main vers l'assiette et prend son sandwich. Elle mord une bouchée, qu'elle mâche et avale trop rapidement, avant d'arracher un autre morceau entre ses dents blanches régulières.

— Ne t'étouffe pas, lui conseillé-je en voyant qu'elle double la cadence et entame sa troisième bouchée. Nous n'avons aucun docteur à disposition, tu sais. Enfin, à part toi, mais ce ne serait pas très utile si c'est toi qui vires au violet.

Sara plisse les yeux, sans ralentir pour autant. Elle engloutit le reste du sandwich au même rythme effréné avant de prendre l'assiette vide pour me la tendre avec empressement.

— Tiens. J'ai fini.

— Bon. Apporte-la ici, dis-je en tapotant le lit à côté de moi.

Elle crispe ses mâchoires, et soudain, un sourire inattendu lui recourbe les lèvres.

— Oh, tu veux cette assiette ?

Je lis son intention dans ses yeux une demi-seconde avant de voir son bras reculer, et j'esquive l'assiette qui vient s'écraser contre le mur derrière moi et vole en mille morceaux. Des éclats de céramique retombent sur le lit autour de moi, se mêlant aux miettes de pain.

Comme si elle prenait brusquement conscience de ce qu'elle vient de faire, Sara se décale sur la gauche en direction de la porte, les yeux rivés sur moi avec la même expression de méfiance qu'elle arborait après m'avoir giflé dans l'avion. Je l'ai pardonnée sur le moment, conscient qu'elle était sous le choc et submergée par les émotions, mais je n'en supporterai pas davantage.

Si Sara veut me faire passer pour un méchant, je me ferai un plaisir de la satisfaire.

— Tu vas tout nettoyer.

Ma voix est glaciale. Je me lève et époussète les éclats d'assiette brisée sur mes manches.

— Cette chambre doit être impeccable, c'est bien compris ?

Elle me dévisage. Dans son regard, la crainte se mêle à un instinct de conservation. Le bon sens lui ordonne de faire profil bas et de m'obéir, mais elle ne veut pas céder trop facilement. Et naturellement, elle lève le menton.

— Sinon quoi ? Tu vas me torturer ? Me menacer avec un couteau ? M'enlever ? Oh, mais attends, tu as déjà fait tout ça.

Malgré ses bravades, ses mains tremblent et elle les dissimule dans la poche frontale de son sweat-shirt. Si j'étais un homme meilleur, je n'insisterais pas et la laisserais savourer cette petite victoire. Mais elle n'est pas la seule à être en colère aujourd'hui. La fureur qui m'habite est comme une bête vivante, noire et virile, alimentée par son rejet et l'idée que je n'aurai peut-être jamais ce que j'attends vraiment de sa part.

Si je suis incapable d'obtenir son amour, alors je me contenterai de sa haine.

— Oh, ptichka…

Je m'approche d'elle, amusé par la lueur d'appréhension dans ses yeux, tandis qu'elle s'avance instinctivement vers la porte. Avant qu'elle puisse faire un pas de plus, je m'arrête devant elle pour lui barrer la route. Je lève la main, écarte les cheveux de son visage et me penche en avant pour humer son doux parfum et murmurer à son oreille :

— Tu n'as pas appris qu'il ne fallait pas jouer à ces jeux-là avec moi ?

Je l'entends déglutir et, quand je lève à nouveau la tête pour la regarder, constate que sa poitrine se soulève et s'abaisse avec rapidité. Elle a peur, ma Sara, et pour une bonne raison.

Même moi, je ne sais pas jusqu'où je pourrais aller aujourd'hui.

Elle écarte les lèvres, comme pour m'opposer un refus, mais je penche à nouveau la tête et prends possession de sa bouche douce et frémissante, avec l'avidité féroce qu'elle suscite en moi. Mes mains glissent dans ses cheveux et j'immobilise sa tête, avant d'aspirer son gémissement de protestation. Elle lève les bras et ses doigts gracieux se referment autour de mes poignets dans un effort futile pour les éloigner.

Comme toujours, elle est délicieuse. L'intérieur de sa bouche est semblable à de la soie, chaude et humide. Son corps élancé se cambre contre le mien et je la plaque sur la commode, pressant mon érection contre son ventre plat, ses seins rebondis aux tétons durs et dressés appuyés contre moi. Elle respire plus vite et je sais que, si je glissais ma main dans son pantalon, je sentirais qu'elle est mouillée et me désire elle aussi.

Au moins, son corps est attiré par moi.

Il me faut toute ma volonté pour lever la tête et reculer, pour la libérer au lieu de la dévorer sur place. C'est pourtant ce que je fais, car nous devons régler cette question une bonne fois pour toutes.

— Tu veux savoir ce que je peux te faire, ptichka ?

Ma voix est grave et rauque, vibrante de désir et de cette colère qui me brûle de l'intérieur.

— Tu veux savoir ce qui se passera si tu me pousses trop loin ?

Sara écarquille les yeux et sa poitrine palpite tandis qu'elle essaie de retrouver sa respiration. Je fais un pas de plus et prends son visage délicat entre mes paumes, les yeux baissés sur elle.

— Veux-tu que je t'explique la réalité de ta situation ?

Elle avale à nouveau sa salive et je sens ses mains trembler quand elle m'attrape les avant-bras.

— Ou… oui.

Sa voix est à peine audible, mais il y a une lueur de défi dans ses yeux noisette.

— Oui, je veux savoir.

J'ébauche un sourire, que je devine sombre et cruel.

— Oh, ptichka, par où commencer ?

*C*oincée. *Prise au piège.*

Bien que je soutienne le regard de Peter, résistant à l'envie de détourner les yeux de ses profondeurs argentées hypnotiques, je sens flancher ma force, et ma décision de combattre s'essouffle. Je ne me suis jamais sentie plus prisonnière qu'en cet instant, je n'ai jamais été plus consciente de ma vulnérabilité. Il ne me fait aucun mal, ses grandes paumes de part et d'autre de mon visage avec une douceur exquise, mais ses yeux de métal racontent une tout autre histoire.

Je suis à la merci de mon tourmenteur, et il n'aura aucune pitié.

— Commençons par l'essentiel, murmure-t-il.

Je ferme les yeux quand il baisse la tête pour frôler mon front de ses lèvres avant de se redresser. Il me regarde. En d'autres circonstances, ce tendre baiser m'aurait désarmée, mais je sens mes nerfs vibrer comme un diapason tandis qu'il fait glisser ses mains sur mes épaules. Il dit alors d'une voix douce :

— Ton ancienne vie a disparu, Sara. Je t'ai laissé la vivre aussi longtemps que possible, mais c'est terminé maintenant. Tu vas devoir l'accepter. Et la transition peut être facile… ou difficile. Tout dépend de toi.

Mon sang ne fait qu'un tour.

— Qu'est-ce que tu veux dire ?

— Ton appel de ce soir à tes parents, par exemple.

Ses mains sont délicates sur mes épaules, malgré l'éclat de son regard noir.

— Ce n'est pas obligatoire, tu sais. Comme tout autre contact avec ceux qui faisaient partie de ton ancienne vie. Tu pourrais disparaître, couper toute communication. Ce serait encore mieux, par certains aspects. Tu t'adapterais plus vite sans rappels constants de ce que tu as perdu et…

— Non.

Le mot a fusé tout seul. J'ai le ventre noué par la panique et le sandwich que je viens de manger menace de remonter tandis que je m'accroche désespérément à sa chemise.

— S'il te plaît, Peter, ne fais pas ça. Je dois parler à mes parents. Je dois les rassurer. Ils sont trop vieux pour connaître une telle angoisse. Le cœur de mon père ne le supportera pas… tu le sais.

Il incline la tête sur le côté.

— Vraiment ? Je t'ai autorisée à leur parler dans l'avion, et c'était peut-être une erreur. Tu insistes pour dire que je t'ai kidnappée, enlevée contre ton gré. Si tel est le cas, si tu es ma captive et rien de plus, pourquoi prendrais-je le risque de te laisser contacter quelqu'un ? Si tu es simplement ma prisonnière, pourquoi ferais-je des efforts pour rassurer ta famille ?

Je lève les yeux vers lui, le souffle court et les mains le long du corps. Maintenant, je comprends ce qu'il veut – ce qu'il a toujours attendu de moi – et je sais qu'une fois de plus, je n'aurai pas d'autre choix que d'obtempérer.

— Tu as dit…

Ma voix se brise et des larmes acides me brûlent le fond des yeux.

— Tu as dit que j'étais ta femme, que tu m'aimais. Alors, je ne suis pas uniquement ta prisonnière, n'est-ce pas ?

L'expression de Peter ne varie pas.

— Je n'en sais rien, Sara. Ça dépend de toi.

Enfin, il libère mes épaules et recule.

— Je vais te laisser réfléchir pendant que tu remets de l'ordre. L'aspirateur et les produits de nettoyage se trouvent dans le placard, au rez-de-chaussée.

Sur ces mots, il tourne les talons et sort de la pièce.

La chambre d'amis est immaculée une fois que j'ai terminé. Le lit est impeccable et il ne reste plus aucune miette de pain ni morceau de céramique. Je n'aime pas particulièrement le ménage, notamment parce qu'il me faut une éternité à cause de mes tendances perfectionnistes, mais le résultat final est souvent satisfaisant.

Dans une autre vie, j'aurais fait une excellente femme au foyer.

Quand la chambre me paraît assez propre, j'emporte l'aspirateur à l'étage inférieur et me mets à la recherche de Peter. Curieusement, son ultimatum m'a un peu calmée. Nous sommes revenus au point où nous étions quand sa menace d'enlèvement planait au-dessus de ma tête, si ce n'est que maintenant, c'est encore plus simple.

Quoi qu'en dise Peter, je suis sa prisonnière, et je n'ai qu'une solution.

Jouer le jeu et lui donner ce qu'il veut en attendant de réussir à m'évader.

Je retrouve mon ravisseur à l'extérieur, en train de s'entraîner avec Ilya dans une petite clairière non loin de la maison. En dépit de la fraîcheur ambiante, les deux hommes ont ôté leurs t-shirts. Leurs larges torses musclés luisent de sueur et ils tournent en rond autour de la clairière, décochant de temps à autre quelques coups aussi rapides que l'éclair. Leurs mouvements me font penser aux arts martiaux, même si je n'arrive pas à définir de style spécifique. Quoi qu'il en soit, c'est d'une beauté sauvage et je m'interromps, fascinée malgré moi lorsque Peter esquive le poing d'Ilya et contre-attaque férocement, avec une telle vitesse que je peine à le suivre des yeux.

Ils devaient s'échauffer jusqu'à présent, parce que l'action qui suit se déroule dans un flou de mouvement. Je suis presque certaine d'avoir vu Peter asséner un coup de pied dans les côtes d'Ilya, et lever l'avant-bras pour parer un coup qui aurait assommé un ours. Mais à part ça, le combat se déroule à un tel rythme que je suis incapable de différencier les gestes de l'un et de l'autre, et encore moins de deviner qui l'emporte et qui perd. Je ne vois que deux mâles puissants, dont les muscles se contractent et ondulent avec une violence brûlante.

Au bout d'une minute, ils s'arrêtent et s'écartent d'un bond en haletant, avant de tourner l'un autour de l'autre. J'aperçois un filet de sang sur la pommette d'Ilya. Apparemment, Peter ne saigne pas, ce qui fait sans doute de lui le vainqueur de ce round insensé. Je ne suis pas étonnée. Ilya a beau être bâti comme un tank, il n'a pas la grâce assassine de Peter, ce truc en plus qui rend mon ravisseur si dangereux. Je ne doute pas que le Russe au crâne rasé soit capable de tuer tout autant que lui – il suffit certainement d'un coup bien placé de la part de cette brute –, mais Peter se distingue par sa froideur et sa cruauté.

Dans un combat à mort, je parierais pour Peter sans hésiter une seconde.

J'envisage de parler pour signaler ma présence, mais avant que je me décide, Peter jette un œil vers moi et s'arrête net.

— Sara ?

— Euh, oui.

Je prends une inspiration pour calmer les battements de mon cœur.

— Désolée de te déranger, mais je me demandais si tu pouvais mettre les vidéos de mes parents sur la télé pour moi. Quand tu auras terminé, bien sûr, rien ne presse.

Je fais preuve d'une extrême politesse pour me rattraper de mon esclandre. À vrai dire, je meurs d'envie de regarder ces vidéos et de m'assurer que mes parents vont bien, mais donner des ordres ne mènerait à rien. Si j'ai appris quelque chose dans cette chambre d'amis, c'est que Peter Sokolov détient toujours le pouvoir dans notre relation tordue. Même quand je pense n'avoir plus rien à perdre, mon tourmenteur trouve une faiblesse, un moyen de me manipuler sans me faire ouvertement mal – physiquement, du moins.

D'un point de vue émotionnel, en revanche, il m'a déjà brisée en mille morceaux.

— C'est bon, décrète Ilya en affichant un grand sourire qui révèle ses dents tachées de sang. De toute façon, je crois qu'on a fini pour aujourd'hui.

Peter ne lui accorde pas un regard. Ses yeux sont braqués sur moi.

— Tu as nettoyé la chambre ? demande-t-il en ramenant en arrière ses cheveux trempés de sueur.

Ses muscles ressortent quand il baisse le bras et je me surprends à observer la goutte de transpiration qui roule sur son abdomen plat et tonique.

Arrête, Sara. Ne lorgne pas ton ravisseur.

Je fais l'effort de ramener mon regard sur le visage de Peter.

— C'est fait, dis-je d'un ton calme malgré la provocation évidente de ses paroles. Tu peux vérifier, si tu veux.

Il me fixe du regard pendant une seconde avant de hocher la tête.

— D'accord. Allons-y.

Il s'approche de moi et m'attrape le bras dans un geste possessif. Je rougis en voyant Ilya sourire. C'est irrationnel, mais j'ai l'impression que ce que Peter et moi partageons est de nature privée, comme un secret entre nous. De toute évidence, les hommes de Peter sont tout à fait conscients de la nature contradictoire de ma relation avec leur patron – après tout, ils l'ont aidé à me harceler et à m'enlever –, mais je ne peux m'empêcher d'être gênée à l'idée de ce qu'ils pensent de moi. Peut-être est-ce parce que je tiens à laver mon linge sale en famille, toujours est-il que j'aurais encore préféré leur laisser croire que j'étais la petite amie de Peter, ici de mon plein gré.

Sans prêter attention à son partenaire d'entraînement, Peter m'entraîne en direction de la maison. Il ne relâche pas sa poigne de fer autour de mon bras. Il m'en veut toujours, je le sens, et je suis soulagée qu'il tienne sa promesse au sujet des vidéos.

Avec un peu de chance, quand ses hommes reviendront de leur expédition, il se sera assez calmé pour m'autoriser à parler à mes parents.

Une fois dans le salon, il me libère le bras et se dirige vers son ordinateur. Deux minutes plus tard, les vidéos apparaissent sur le grand écran de télévision devant moi.

— Amuse-toi bien, lance-t-il sèchement avant de disparaître à l'étage.

———

Quand il revient, j'en suis à la moitié de la séquence. C'est exactement comme Peter me l'a dit : pour l'essentiel, les agents du FBI ont interrogé mes parents en évitant leurs questions en retour. Je vois bien que ma mère et mon père sont stressés et bouleversés, mais aucun d'eux ne semble physiquement amoindri, du moins d'après la vidéo de mauvaise qualité.

— Dites-moi encore comment Sara a justifié qu'elle avait suspendu la vente de la maison, demande l'agent

Ryson à ma mère tandis que Peter s'assoit sur le canapé à côté de moi.

Il porte un nouveau jean et une chemise à manches longues. Il a sûrement pris une douche après son entraînement brutal, car je perçois une délicate odeur de savon quand il se penche pour me prendre la main et entrecroiser nos doigts.

Je dois rassembler mon courage pour ne pas réagir à ce geste intime et rester concentrée sur la vidéo. C'est surtout parce que j'ignore comment réagir. Dois-je me réjouir qu'il semble m'avoir pardonné mon emportement dans la chambre d'amis ? Ou dois-je m'affoler que ce simple geste enflamme dans mon cœur ce même sentiment dangereusement tendre qui m'a entraînée dans cette situation difficile ?

— Alors, elle ne vous a jamais dit que la vente avait réellement eu lieu ? insiste Ryson après que ma mère lui a raconté notre conversation du repas sushis presque mot pour mot. Elle ne vous a jamais expliqué comment elle avait pu rester dans sa maison alors qu'une société-écran d'Afrique du Sud avait racheté la maison aux acheteurs initiaux pour le double du prix du marché ?

Mes parents nient énergiquement, en posant des questions et en avançant quelques explications plausibles. L'estomac noué, je vois le visage de mon père virer au pourpre avant que ma mère le force à s'asseoir et à se calmer.

— Tout va bien se passer, me dit Peter d'un ton rassurant.

Je me rends compte que je lui serre la main si fort que j'en ai les doigts engourdis. Je dois lui faire mal, à lui aussi, mais il ne retire pas sa main. La sévérité qu'il affichait cet après-midi a disparu et ses yeux gris me dévisagent avec chaleur quand il ajoute avec sérénité :

— J'ai vu le reste de cette vidéo et je te promets qu'il va bien.

Je hoche la tête. Aussi pathétique que ce soit, je lui suis reconnaissante de me rassurer, et je me tourne à nouveau vers la séquence vidéo, où les agents abordent à présent la question de mon appel et travaillent ma mère au corps pour obtenir les mots exacts que j'ai employés à propos de mon voyage. De toute évidence, ils me soupçonnent d'avoir menti au FBI pendant tout ce temps, mais j'ignore s'ils estiment simplement que Peter m'a lavé le cerveau ou que je suis sa complice depuis le début.

— C'est grave ? je demande en me tournant vers mon ravisseur.

La vidéo s'est terminée sur l'image de mon père qui consolait ma mère en pleurs dans la cuisine après le départ des agents. J'ai l'impression d'avoir des aiguilles en feu plantées dans le cœur, même si, comme l'a dit Peter, mes parents vont relativement bien.

Il ne fait pas semblant d'avoir mal compris ma question et répond :

— Ce n'est… pas bon. Maintenant qu'ils savent où chercher, ils ont découvert d'autres preuves de notre relation, à commencer par notre rencontre au night-club. Et, bien sûr, il y a le fait que tu vivais dans la maison que je possède et que tu n'as pas dit un mot au FBI quand ils t'ont annoncé qu'ils m'avaient repéré. Entre ça et ton appel à tes parents, ils ont assez de preuves pour avancer une éventuelle collaboration entre nous deux. Il y a aussi… commence-t-il avant de s'interrompre.

— Il y a aussi quoi ?

Je retire ma main pour serrer le poing sur mes cuisses.

— Dis-le-moi.

Peter soupire.

— Ils ont fouillé ton meuble de classement et ont découvert les papiers de ton divorce, signés par toi, mais pas par ton mari, datés de la veille de son accident.

— Quoi ?

Je le regarde en clignant des paupières, des sueurs froides sur tout le corps.

— Quel rapport avec le reste ?

Peter pose une main sur mon genou dans un geste rassurant.

— Ce n'est pas leur principale théorie, dit-il d'une voix douce, mais ils envisagent la possibilité que tu puisses être impliquée dans la mort de ton mari – que notre relation date d'avant notre première rencontre dans ta cuisine.

— Quoi ? C'est ridicule ! dis-je en bondissant, la gorge nouée par la stupeur. Ils ne peuvent pas croire ça. Ils savent que tu m'as torturée et droguée, et menacée avec un couteau. Ils le savent, ils ont même vu les conséquences. À moins qu'ils pensent que j'ai moi-même inventé ces drogues dans mon organisme et la coupure de couteau sur mon cou ? Et les bleus qui m'ont couvert le dos pendant des semaines ? Comment peuvent-ils…

— Ce n'est qu'une piste comme une autre, ptichka.

Peter se lève et prend mes mains glaciales entre ses grandes paumes. Je décèle presque du remords sur son beau visage aux traits sévères. Pour ce qu'il m'a fait après notre première rencontre, peut-être ? Mais l'instant d'après, son expression se radoucit et il dit :

— Ne t'en fais pas pour ça. Une fois qu'ils auront mené leur enquête, la vérité leur sautera aux yeux. Leur métier consiste à envisager toutes les possibilités, aussi improbables qu'elles soient, et comme tu étais sur le point de divorcer d'avec ton mari, ils se doivent d'approfondir la question. Tu n'as jamais regardé de séries policières ? Le conjoint est toujours le principal suspect, surtout s'il y a des raisons de croire que le mariage battait de l'aile.

— Battait de l'aile ?

Un rire hystérique monte des tréfonds de ma gorge.

— Tu te fous de moi, c'est ça ? Ce n'est pas un putain de thriller !

Je dégage vivement mes mains et recule, le souffle court.

— C'est *toi* qui as tué George. Tu es entré par effraction dans ma maison, tu m'as torturée et tu m'as droguée pour savoir où il était, puis tu lui as fait sauter la cervelle – ou du moins, ce qu'il en restait après l'accident. À moins qu'ils pensent que c'est moi qui ai causé l'accident et que je t'ai embauché pour terminer le travail ?

Ma voix monte d'une octave.

— Je veux dire, cet accident était de ma faute, dans un sens, et toi, tu es un tueur à gages, alors ils croient peut-être tenir quelque chose, nous serions de mèche depuis le début et…

— Arrête, Sara.

Peter s'approche de moi et m'attrape le poignet pour m'attirer vers lui. Je dois attendre de me retrouver enfermée dans ses bras puissants, contre son torse, pour prendre conscience que le froid me fait trembler de la tête aux pieds. La fureur et la stupéfaction me secouent comme la houle d'une tempête, et je ferme les yeux pour retenir mes pleurs tandis que Peter chuchote dans mes cheveux :

— Tout va bien se passer, ptichka. Ça ne va pas durer. Les agents ne sont pas bêtes, ils découvriront bientôt la vérité. Laisse-leur du temps.

— Quelle vérité ?

Je glisse mes mains entre nos deux corps pour repousser son torse. Quand j'ouvre les yeux et rencontre son regard, j'ai l'impression d'avoir le cœur en ruine, transformé en amer désespoir par la rage et l'épouvante.

— Celle selon laquelle j'ai couché avec le meurtrier de mon mari pendant des semaines avant de me faire enlever parce que je l'avais averti de l'arrivée du FBI ? Ou celle selon laquelle j'ai menti à mes parents pour leur faire croire que j'étais amoureuse du tueur en question ?

La mine de Peter s'assombrit.

— Oui, cette vérité, Sara. Celle où tu es ma victime. Car c'est bien ce que tu veux être, n'est-ce pas ?

Il me libère et recule. Aussitôt, sa chaleur et le réconfort de son étreinte implacable manquent à mon corps.

Au prix d'un gros effort, je me ressaisis. Nous ne pouvons pas revenir sur cette dispute, je dois encore le convaincre de me laisser appeler mes parents.

— Non, déclaré-je en secouant la tête. Ce n'est pas ce que je voulais dire. En fait…

Je m'interromps avant de me résoudre à parler.

— Tu avais raison. Tout à l'heure, quand tu as dit que je me mentais à moi-même, tu avais raison. Je savais ce que je faisais quand je t'ai prévenu, et ce n'est pas uniquement parce que je ne voulais pas que tu meures.

Sa mâchoire se contracte et ses doigts frémissent, comme s'il s'apprêtait à tendre la main vers moi.

— Qu'est-ce que tu dis, Sara ?

— Ce que je dis…

Je prends une grande inspiration et croise les bras autour de moi, comme si j'étais sur le point de me désagréger. Même si mon seul but, c'est de le manipuler, tout ce que je dis est vrai, et ça me tue de l'avouer.

— Ce que je dis, c'est que les agents n'ont pas entièrement tort de me tenir en partie responsable.

Peter plisse les paupières.

— De quoi parles-tu ? Tu n'as rien à voir avec la mort de cet enfoiré.

— Non, mais je couchais avec toi, son meurtrier.

Ma voix chevrote et les larmes me piquent à nouveau les yeux.

— Et je n'ai pas parlé de toi au FBI. Je ne leur ai pas demandé de me protéger, même quand j'en avais l'occasion. Alors, si nous sommes dans cette situation délicate, c'est entièrement ma faute. Je suppose qu'au fond, je devais le vouloir, non ? Perdre ma liberté et être avec toi quoi qu'il en coûte ? J'avais le choix, et je n'ai pas fait le bon. J'ai pris *toutes* les mauvaises décisions possibles, et c'est pour ça que je suis ici au lieu de bénéficier de la protection offerte par le FBI, c'est pour ça que je suis avec *toi* au lieu de mener une vie normale.

Au fur et à mesure que je parle, je vois le regard de Peter s'assombrir. Enfin, il s'avance et passe un bras dans mon dos tandis que sa main glisse dans mes cheveux, m'attirant à lui.

— Oh, ptichka, murmure-t-il d'une voix voilée par l'émotion.

Mon ventre se serre quand je remarque son regard avide.

— Tu te trompes terriblement. Tu croyais avoir le choix ? Tu crois que j'aurais pu te laisser partir ?

Un sentiment indéfinissable me noue la gorge et mes larmes menacent de couler. Je pose les mains sur ses côtes.

— Tu n'aurais pas pu ?

— Non.

Un éclat fait luire ses yeux sombres quand il referme les doigts dans mes cheveux.

— Je me serais mis à ta recherche. Tu n'aurais pu te cacher nulle part sur Terre. Tu m'appartiens, Sara, et tu vas rester mienne quoi qu'il advienne. Je ferai tout ce qu'il faut pour te garder.

Il penche la tête et je sens son souffle chaud sur mes lèvres lorsqu'il murmure :

— Même s'il me faut tuer pour te récupérer.

Je frissonne dans ses bras et mes paupières se ferment d'elles-mêmes lorsque ses lèvres se posent sur les miennes. Ce qu'il dit est affreux, psychotique, et pourtant mon corps s'emballe en le sentant si proche. Une chaleur liquide envahit mon entrejambe quand sa queue rigide appuie contre mon ventre. On dirait qu'une partie perverse, au fond de moi, attend exactement ça de lui, comme si la profondeur de son obsession me réjouissait.

Comme si, à un certain niveau, j'avais été soulagée de sentir l'aiguille dans mon cou.

Le baiser de Peter devient plus intense. Sa langue prend possession de ma bouche et je n'oppose aucune résistance. Je le laisse faire, car le feu qui brûle à l'intérieur de moi est trop fort pour y résister. Je me persuade que je cède parce qu'il le faut, parce que c'est le prix à payer pour pouvoir appeler mes parents, mais au fond, je connais la vérité.

Je cède parce que j'en ai envie.

Parce que, à certains égards, je suis aussi malade que lui.

Peter m'emmène à l'étage et j'enfouis mon visage contre son épaule au moment où Ilya entre dans la cuisine en contre-bas. Je ne veux pas savoir ce que pense le collègue de Peter à propos de sa folie, je ne veux penser à rien. J'ai mis mon âme à nu devant mon ravisseur parce que je voulais qu'il me pardonne, mais à présent, je me sens brisée, à fleur de peau, comme un imbroglio de honte, d'envie, de fureur et de convoitise. Je m'en veux de ressentir tout cela, et en même temps, je ne peux m'empêcher de me raccrocher à lui, de le désirer aussi fort qu'il me désire.

Une fois dans la chambre, il me dépose sur le lit et commence à se déshabiller. Je le regarde à travers mes pau-pières mi-closes. J'ai l'impression d'être une spectatrice, comme si j'étais encore sous l'effet des somnifères, mais ce n'est que le désir qu'il éveille en moi, cette envie obscure et pressante qu'il fait naître dans mon corps. Mon besoin est si dévorant qu'il engourdit ma raison et toute capacité de réflexion. J'ai envie qu'il me serre, qu'il me touche, qu'il me prenne et me possède. Je désire la noirceur de son être, son amour malsain, et par-dessus tout, je le désire, *lui*.

Je désire tout chez lui, aussi terrifiant que ce soit.

Il te soumet par la contrainte. Une petite voix murmure à mon oreille, me rappelant que si je fais cela, c'est pour que Peter ne m'empêche pas de contacter mes parents, que je me suis ouverte à lui pour cette raison précise. Mon tourmenteur est trop perspicace. Si je lui avais menti, si j'avais feint des sentiments que je n'éprouve pas, il l'aurait su. La seule solution, c'était de lui dire la vérité, pathologique dans toute sa complexité. Seulement, maintenant, je suis incapable de refermer le robinet que j'ai ouvert, de recouvrir sa laideur par le voile opaque du déni.

C'est vrai, je n'ai pas le choix, mais je mentirais en disant que ça ne me plaît pas.

La chemise de Peter est la première à s'envoler. En retenant mon souffle, je vois ses abdominaux se contracter quand il s'attaque à la fermeture de son jean. Il a un corps de guerrier, sec et solide, avec des muscles puissants parfaitement dessinés et des tatouages sur le bras gauche, de l'épaule jusqu'au poignet. Comme la petite cicatrice qui lui divise en deux le sourcil gauche, la majeure partie des cicatrices de son torse sont discrètes, mais celle qui lui balafre le ventre est encore fraîche. C'est là qu'il a reçu un coup de couteau, quelques semaines plus tôt, lors de sa mission au Mexique. Ces cicatrices sont un rappel constant de ce qu'il fait, de ce qu'il *est*, et mon cœur se serre quand je songe, une fois de plus, que je couche avec un assassin.

L'assassin de mon mari.

C'est par chantage qu'il obtient cela.

C'est la vérité, et ça me facilite les choses quand il quitte son jean pour s'avancer vers moi entièrement nu, sa queue longue et épaisse dressée en direction de son nombril. C'est de la folie, mais je n'ai pas envie d'avoir le choix, car le désir qui me consume est une trahison de tout ce qui m'est le plus cher. De cette manière, je peux me persuader que j'ai une bonne raison d'agir ainsi… que je ne suis pas complètement perdue.

— Putain, quelle beauté ! murmure-t-il d'une voix rauque en se penchant au-dessus de moi.

Je ferme les yeux, incapable de supporter l'intensité de son regard d'acier tandis qu'il me déshabille. La sensation de ses mains, si fortes et pourtant si douces, fait frémir mon corps de désir, même si mon cœur porte le deuil de tout ce que j'ai perdu, de tout ce que ces mains cruelles m'ont arraché. Les larmes que je retenais jusqu'à présent s'échappent, ruisselant le long de mes tempes, et je frissonne lorsqu'il essuie ma peau humide sous ses lèvres douces et chaudes.

Ensuite, il dépose un baiser sur ma bouche, sur la peau sensible derrière mon oreille et dans mon cou. Quand sa tête descend en direction de mes seins, je prends conscience que je suis entièrement nue. Mes vêtements ont disparu pendant que je me débattais avec mes pensées inconciliables. Ses lèvres se referment autour de mon téton. Sous son aspiration chaude et humide, je me cambre et enfonce les mains dans son épaisse chevelure souple. Mes hanches se pressent contre lui pour apaiser la tension que je sens monter en moi.

Arrête. S'il te plaît, arrête.

Ce cri de désespoir résonne dans mon esprit, mais je ne le formule pas. J'en suis incapable. Non parce qu'il ne m'écouterait pas, mais au contraire, parce que s'il m'obéissait, je ne le supporterais pas. Si je n'avais pas déjà cédé, ce serait peut-être plus facile. Si je ne connaissais pas la sensation de son corps à l'intérieur du mien, j'aurais pu trouver la force de résister. Mais maintenant, tout est perdu, et mon corps est aux prises avec mon esprit, m'empêchant de contrôler mes réactions, de me retenir alors même que je lui donne tout.

— Oui, c'est ça, souffle-t-il contre mon téton tandis que ses doigts écartent mes lèvres pour me découvrir humide et gonflée, tellement excitée que c'en est presque insoutenable. Je vais te prendre, ptichka. Je vais te donner ce que tu veux.

Son pouce calleux décrit des cercles sur mon clitoris pendant que son majeur s'enfonce en moi et je gémis en sentant mes muscles internes se resserrer autour de son doigt, le corps avide d'une exploration plus poussée.

Peter m'accorde cette faveur et enfonce un deuxième doigt. Mon gémissement se change en cri étouffé lorsqu'il recommence à me sucer le téton. Ma colonne vertébrale se cambre et mon cœur s'emballe dans ma poitrine sous l'effet de cette double stimulation. L'orgasme est proche, je le sens, et quand la tension atteint enfin son apogée, je jouis avec une telle force que j'en oublie de respirer pendant quelques secondes d'éblouissement. Tout mon corps tremble de soulagement et l'explosion de plaisir se propage jusque dans mes orteils tandis que les doigts de Peter impriment des va-et-vient dans mon corps, étirant mes parois pour me préparer à ce qui va suivre.

Je suis toujours en proie à l'extase quand il s'avance. Ses genoux m'écartent les cuisses et il entrecroise ses doigts avec les miens, plaquant mes mains de part et d'autre de mes épaules.

— Regarde-moi, ordonne-t-il d'une voix rauque.

Je lui obéis machinalement et ouvre les yeux pour rencontrer son regard incandescent. Il se presse contre moi de tout son poids et son odeur virile me monte au nez tandis que sa queue, dure et incroyablement épaisse, effleure l'intérieur de ma cuisse. Les mains plaquées sur le lit, je suis sans défense, entièrement à sa merci. Il y a quelque chose d'aussi pervers qu'excitant dans cette situation, quelque chose d'aussi sombre que l'envie qui monte en moi.

— Dis-moi que tu ne veux pas faire ça.

Sa voix est sèche, son expression presque violente.

— Mens-moi et j'arrêterai.

Ma poitrine se soulève par à-coups tandis que je soutiens son regard, et mes poumons redoublent d'efforts. J'ignore pourquoi il me demande cela, mais je sais ce dont j'ai envie, et ça n'a rien à voir avec la possibilité d'un coup de fil à mes parents.

— N'arrête pas. Je t'en prie, n'arrête pas.

Je ne sais pas si j'ai prononcé ces mots à haute voix ou si j'ai juste remué les lèvres, mais les narines de Peter frémissent et son visage d'une beauté saisissante se crispe sous l'effet d'une intense convoitise. Ses doigts se resserrent entre les miens, les broyant presque de leur force, et je ferme vivement les paupières lorsqu'il penche la tête pour s'emparer de mes lèvres dans un baiser possessif. Au même moment, l'extrémité de son imposante queue pénètre le renfoncement entre mes cuisses, se glissant entre mes lèvres jusqu'à trouver l'entrée humide et palpitante de mon entrejambe.

Il s'enfonce en moi d'un puissant coup de reins et m'étire de toute sa longueur et de toute son épaisseur, à la limite de la douleur. Mon gémissement est avalé par ses lèvres lorsque sa langue se fraie un chemin dans ma bouche pour me remplir, me dévorer, m'envelopper de son odeur, de son goût et de ses sensations. Son étreinte est sauvage, son envie à peine contrôlée, et il instaure un rythme effréné et vigoureux. La tension grimpe à nouveau à l'intérieur de moi, s'élevant vers de nouveaux sommets. C'est trop intense, trop puissant, et j'enroule mes jambes autour de ses hanches pour retrouver une certaine maîtrise, mais c'est impossible.

Il n'existe que Peter et le besoin violent qui nous consume.

Je ne sais pas qui jouit en premier ni même si nous y parvenons en même temps. Tout ce que je sais, c'est que lorsque la vague me submerge, il gémit mon prénom, son bassin vient s'écraser contre le mien et sa queue fait un soubresaut. Le plaisir semble durer éternellement, faisant frémir mes terminaisons nerveuses. Après quoi, il roule sur le côté en m'entraînant dans ses bras, tandis que je m'effondre et me mets à pleurer, toute tremblante sous l'intensité du moment… et la culpabilité qui me déchire.

Une fois de plus, j'ai cédé à l'homme qui a détruit ma vie.

Ce n'est que plus tard, quand mes larmes ont cessé et que Peter me caresse nonchalamment le dos, qu'une idée me frappe. Mon sang se fige dans mes veines.

Pour la deuxième fois, nous n'avons pas utilisé de préservatif.

Je vois le moment précis où Sara se rend compte que nous avons oublié le préservatif. Son corps tout entier se raidit et elle décolle la tête de mon épaule, les yeux écarquillés par la peur en croisant mon regard.

— Nous n'avons pas…

— Je sais.

C'est la deuxième fois – la première étant le soir de l'enlèvement – et même si ces omissions n'étaient pas volontaires de ma part, je ne peux pas dire que je le regrette. L'idée que Sara puisse porter mon enfant ne me fait pas peur et ne me dérange pas. En fait, elle gonfle ma poitrine d'une douce chaleur que je n'ai ressentie qu'une seule fois auparavant.

Avec Pasha, mon fils.

Une douleur familière me transperce le cœur, le deuil plus vivace que jamais. L'image du corps de Pasha, son petit poing serré autour de sa voiture en jouet, reste gravée dans ma mémoire avec la précision brutale d'une lame assassine. Pendant des années, c'était la première chose que je voyais chaque matin et la dernière chaque soir. C'était le cauchemar qui me réveillait en pleine nuit et le fantôme qui me tourmentait durant la journée. La vengeance, pour lui et Tamila, mon épouse tuée lors du même massacre, était ma raison de vivre et ce n'est qu'en rencontrant Sara que j'ai trouvé un nouveau but dans l'existence.

Elle.

Mon petit oiseau, qui est devenu mon absolu.

Mon aveu au sujet du préservatif semble décontenancer Sara. Elle s'empare d'un mouchoir et se redresse dans le lit pour essuyer frénétiquement son entrejambe avant de remonter la couverture devant sa poitrine. Ses yeux noisette sont immenses dans son visage pâle quand elle dit d'une voix étranglée :

— Essaies-tu de me faire tomber enceinte ?

— Non.

Je me lève avant d'être tenté de la baiser à nouveau. Même si mon corps est détendu, encore sous l'effet de l'orgasme, l'idée de mettre Sara enceinte me fait bander. Malheureusement, je dois répondre à des e-mails importants avant le dîner.

— C'est arrivé comme ça. Nous n'avons pas beaucoup réfléchi. Mais comme je te l'ai déjà dit, ça ne me dérangerait pas – de toute façon, c'est peu probable à cette période du mois, n'est-ce pas ?

Sara hoche la tête, mais ses doigts ne relâchent pas leur prise autour de la couverture.

— C'est peu probable, mais pas non plus impossible, dit-elle d'un ton plus calme. Beaucoup de choses peuvent déstabiliser le cycle d'une femme, on ne peut pas se baser uniquement sur le calendrier. Et puis, je suis au début de mon cycle, mes règles se sont terminées il y a deux jours.

Elle prend une inspiration avant d'annoncer :

— J'ai besoin de la pilule du lendemain. Tu peux m'en avoir une ?

Je la dévisage, stupéfait par sa remarque.

— Peut-être, dis-je lentement. De quel genre de pilule s'agit-il et où est-ce qu'on s'en procure ?

Je sais ce dont elle parle, évidemment, mais je feins l'ignorance pour me laisser le temps de réfléchir. Même si je ne l'ai pas fait délibérément, maintenant que c'est arrivé, mon corps tout entier se rebelle à l'idée de limiter ses chances de tomber enceinte.

C'est encore plus fou que le reste, mais en cet instant, je me rends compte que je *veux* un enfant avec elle. Je veux qu'elle soit liée à moi par n'importe quel moyen, qu'elle soit si entièrement mienne qu'elle ne puisse plus jamais partir.

— Il y a plusieurs marques aux États-Unis, dit Sara. *Plan B*, *Next Choice*, *My Way*, *Ella*… Je ne sais pas ce qui est vendu au Japon, mais je suis sûre qu'il existe un équivalent. Ces pilules fonctionnent en interrompant la production de l'ovule, empêchant sa fertilisation, ou en arrêtant l'implantation dans l'utérus. Ce n'est pas une pilule abortive, ce n'est qu'une contraception d'urgence. Je suis persuadée que si tu vas dans n'importe quelle pharmacie au Japon et si tu leur expliques ce dont tu as besoin, ils te le donneront.

Elle me regarde avec un tel désespoir que je ne peux me résoudre à refuser.

— D'accord, dis-je en m'efforçant de ne pas montrer mes réticences. Laisse-moi voir si je peux joindre Anton avant qu'ils reviennent. Ils pourront peut-être en acheter en chemin.

Le visage de Sara rayonne.

— Oui, s'il te plaît. Plus on la prend tôt, plus c'est efficace. Le mieux, c'est dans les vingt-quatre heures qui suivent, et si je la prends ce soir, ça couvrira aussi la dernière fois, car son efficacité s'étend jusqu'à soixante-douze heures.

— C'est compris, dis-je avant de me diriger vers la salle de bain pour me laver. Je les appellerai dès que je serai descendu.

Je tiens ma promesse et appelle Anton, non sans avoir repoussé ce moment en prenant le temps de répondre à un e-mail urgent envoyé par nos hackers. Ils ont localisé un ami de la famille Henderson, qui a récemment acheté des billets d'avion pour la Croatie. Maintenant, ils demandent une rallonge pour poursuivre cette piste. Je transfère cinq cent mille dollars supplémentaires sur le compte bancaire convenu, aux îles Caïman, puis j'appelle Anton par notre téléphone satellite sécurisé.

À mon grand soulagement, ils ne sont plus qu'à quelques minutes de notre planque dans la montagne.

— Qu'est-ce que tu veux ? demande Anton.

Je l'entends à peine par-dessus le rugissement de l'hélicoptère en fond sonore.

— Le décalage horaire m'a achevé, mais si c'est une urgence, on peut toujours faire demi-tour.

— Non, c'est bon, dis-je en refoulant un élan de culpabilité indésirable. Le temps que vous y retourniez, toutes
les pharmacies auront fermé, de toute façon.

Ou du moins, c'est ce que je dirai à Sara en espérant
qu'elle ne se rendra pas compte qu'en temps normal, une
porte verrouillée ne représente aucun obstacle pour mon
équipe.

Nous pouvons obtenir n'importe quoi, à n'importe
quelle heure, au mépris des verrous et des autorisations.

— D'accord.

Anton doit être fatigué, parce qu'il ne réagit pas à ma
curieuse remarque.

— On se voit dans dix minutes.

Il raccroche et je monte annoncer la mauvaise nouvelle
à Sara.

Je lui donnerai cette pilule, mais pas aujourd'hui.

Demain, ce sera bien assez tôt.

Sara encaisse la nouvelle plutôt bien, sans doute parce que je lui apprends en même temps que nous avons tout ce qu'il faut pour appeler ses parents. Pendant qu'Ilya et Yan mettent tout en place, j'explique à Sara ce qu'elle doit dire.

— Pas un mot au sujet de notre emplacement ni du nombre d'occupants, lui précisé-je tout en l'accompagnant au rez-de-chaussée. Rien sur la durée du vol ni le moyen de transport. Et si tu essaies de faire des insinuations sur les sushis, les montagnes, les hélicoptères ou tout autre indice, je le saurai et ce sera la dernière fois que tu contactes ta famille. Compris ?

Sara a le visage blême, mais elle acquiesce.

— Alors, qu'est-ce que je *peux* dire ?

— Tu peux dire à tes parents que tu es avec moi – les fédéraux le savent. Tu peux leur dire que tu es heureuse et amoureuse, et qu'ils n'ont aucun souci à se faire. Sois brève.

Il ne s'agit pas de répondre à leurs questions, mais de les rassurer en leur prouvant que tu es en vie et en bonne santé. Moins tu en dis, mieux ce sera pour tout le monde.

— Très bien.

Elle s'arrête au bas des marches et prend une inspiration en redressant les épaules.

— Je suis prête.

***

La transmission de l'appel passe par une dizaine de relais, enchaînant des satellites et des antennes dans le monde entier avant d'apparaître sous la forme d'un numéro masqué sur le téléphone portable de la mère de Sara. Je suis parfaitement conscient que tous les téléphones connectés aux parents de Sara sont mis sur écoute par le FBI, mais peu importe. Il est impossible qu'ils retracent son appel. Le principal danger, c'est que Sara dise quelque chose qu'elle ne devrait pas, mais j'espère qu'elle est assez intelligente pour éviter ça.

Mes menaces ne sont pas à prendre à la légère.

Lorna Weisman, la mère de Sara, décroche rapidement.

— Allô ?

Sa voix paraît tendue.

— Salut, maman.

Sara est assise sur le canapé à côté de moi, le téléphone sur haut-parleur pour me permettre d'entendre leur conversation.

— C'est moi, Sara.

— Sara ! Oh, merci, mon Dieu ! Où es-tu ? Ça va ? Que se passe-t-il ? Le FBI est venu et…

— Je vais bien, maman.

Sara parle d'un ton calme et apaisant, malgré les larmes qui font briller ses yeux.

— Je t'en prie, ne t'inquiète pas. Je suis avec Peter et tout va bien. Je sais que tout doit vous sembler perturbant, mais je vais bien et tout est formidable ici. Je te raconterai quand je reviendrai, mais pour l'instant, je voulais juste vous appeler afin que vous ne vous fassiez pas de souci.

— Sara, ma chérie, écoute-moi.

À sa voix, Lorna a l'air au bord des larmes.

— Le FBI a dit que c'était un criminel, l'un des plus recherchés. Tu dois t'éloigner de lui. Où es-tu ? S'il te plaît, ma chérie, dis-le-moi et nous enverrons quelqu'un te chercher. Ce n'est pas un homme bien, Sara. Il est dangereux, il pourrait te faire du mal. Tu dois…

— Maman, ne sois pas ridicule, rétorque Sara d'une voix sèche. Je vais parfaitement bien, et Peter est merveilleux avec moi. Écoute, je ne peux pas parler longtemps, mais ne crois pas ce qu'on te dit. C'est quelqu'un de bien et nous sommes très heureux ensemble. Il m'aime, et je… Eh bien, je crois qu'il se pourrait que je l'aime, moi aussi.

Elle me jette un œil et je hoche la tête pour l'approuver, sans prêter attention à la douleur irrationnelle qui me comprime le cœur. Elle fait exactement ce que je lui ai dit, et il ne servirait à rien d'espérer qu'il y ait un fond de vérité dans ses propos, qu'elle puisse être réellement amoureuse de moi.

— Mais, Sara…

— Maman, je dois filer. Je te rappelle bientôt. En attendant, ne t'inquiète pas et dis à papa de ne pas s'inquiéter, lui non plus.

Sa voix est chargée, comme si elle était sur le point d'éclater en sanglots.

— Je vous aime tous les deux. On se parle bientôt, d'accord ?

— Attends, Sara…

Mais elle raccroche. Ses frêles épaules sont secouées par des hoquets lorsqu'elle se lève d'un bond et se précipite à l'étage, me laissant seul avec le téléphone.

J'ignore combien de temps je pleure avant de sentir le lit s'enfoncer à côté de moi. Peter me prend dans ses bras et m'attire sur ses genoux comme si j'étais un enfant désemparé. Sa grande main me caresse le dos et je referme les bras autour de son cou, dissimulant mon visage humide contre son épaule. C'est agréable, son contact, sa chaleur. Ça me paraît nécessaire, même si je lui en veux en ce moment… même si le chagrin dans la voix de ma mère, encore frais dans mon esprit, m'est insupportable.

— Tout va bien se passer, ptichka, dit-il d'une voix douce quand mes sanglots s'apaisent. Nous gardons un œil sur eux, et ils affrontent très bien cette épreuve. Maintenant que tu as appelé, ils savent que tu vas bien.

— Bien ? Ils croient que je suis devenue folle, en disparaissant comme ça avec un criminel recherché.

Ma voix chevrote et ma vision se brouille de larmes quand je lui repousse les épaules, levant la tête pour rencontrer son regard.

— Et avec le FBI à notre recherche…

— Je sais.

Ses yeux gris sont pleins de chaleur quand il essuie délicatement mes joues humides.

— Ce n'est pas idéal, mais c'est le mieux qu'on peut faire pour le moment.

— D'accord.

Je finis par trouver la force de m'écarter de ses genoux pour me lever. Les yeux me piquent à force d'avoir pleuré, et j'ai une migraine carabinée, mais je suis bien décidée à me ressaisir. Je ne peux pas persister à chercher du réconfort chez l'homme qui m'a tout pris, je ne peux pas continuer à pleurer dans les bras de mon ravisseur.

Je suis plus forte que ça.

Il le faut.

— Tu as faim ? demande Peter en se levant à son tour. Je vais préparer le dîner.

J'essuie ce qu'il me reste de larmes du revers de la main et hoche la tête.

— Je pourrais manger.

— Tant mieux.

Son sourire est si éclatant que j'en suis presque aveuglée.

— On se voit en bas dans une heure.

Je m'attendais à ce que les hommes de Peter nous rejoignent pour le dîner, comme ils l'ont fait au petit déjeuner, mais ils brillent par leur absence. Quand j'interroge Peter, il m'explique qu'ils s'entraînent à l'extérieur et qu'ils mangeront plus tard.

— Pourquoi tu ne les rejoins pas ? je demande en prenant un morceau de saumon.

Aujourd'hui, le repas est d'inspiration japonaise – poisson et riz blanc, avec petits légumes au vinaigre en accompagnement.

— Vous ne vous entraînez pas ensemble ?

Peter sourit.

— En temps normal, mais je voulais passer du temps avec toi, ce soir.

— Parce que ma compagnie a été agréable aujourd'hui ?

Son sourire s'agrandit.

— Nous avons eu de bons moments.

J'essaie de ne pas rougir en sachant qu'il fait référence à notre partie de jambes en l'air. Je me suis efforcée de ne pas y penser, même si mon corps est encore alangui après sa possession brutale. C'est ridicule de me sentir gênée alors que nous couchons ensemble depuis plusieurs semaines, mais c'est plus fort que moi. Ce que nous partageons est trop troublant, trop tordu. Et puis, l'oubli du préservatif…

Non, je ne dois pas y penser. Peter m'a promis une pilule demain, et je veux croire qu'il tiendra sa promesse. Même si, pour une raison étrange, ça ne le dérangerait pas de me mettre enceinte, il doit comprendre qu'un bébé en de telles circonstances serait un vrai désastre pour les personnes impliquées. C'est un homme recherché, un assassin en cavale. Quel genre de vie serait-ce pour un enfant ? Peter est trop intelligent pour ne pas en avoir conscience.

Il est aussi obsédé par toi.

Je fais taire cet effrayant murmure et me concentre sur le repas. Inutile de m'inquiéter ce soir, j'aurais tout le temps de me ronger les sangs demain si Peter ne me donne pas cette pilule. Quoi qu'il en soit, je suis tellement fatiguée que j'ai du mal à soulever ma fourchette, alors ce n'est pas le moment de me mettre martel en tête pour une grossesse potentielle. Chez moi, ce doit déjà être le matin, et malgré ma sieste en début de journée, je ressens les effets du décalage horaire, combinés au contrecoup d'un stress extrême. Après le dîner, je sombrerai en espérant y voir plus clair demain.

Il le faut, si je veux prévoir mon évasion.

— J'ai oublié de te dire, fait Peter alors que je termine mon saumon. Yan t'a acheté des vêtements. Ils sont là-bas.

D'un mouvement de tête, il désigne l'entrée où je remarque pour la première fois des sacs de grands magasins.

— Oh, merci.

Réprimant un bâillement, je repousse mon assiette et me lève. Je n'ai pas l'intention de m'attarder assez longtemps dans cet endroit pour avoir besoin de tant d'affaires, mais il me faut des chaussures et des vêtements chauds pour m'échapper.

— Je vais regarder tout ça.

Peter se lève à son tour et débarrasse la table pendant que je passe en revue les achats de Yan. Toutes les étiquettes affichent des tailles supérieures à ce dont j'ai l'habitude, mais les habits semblent m'aller. Je dois donc faire une taille Medium ou Large en comparaison avec les Japonaises menues. Les chaussures aussi sont à la bonne pointure. Je les essaie immédiatement, excitée de trouver une paire de baskets confortables et des bottes chaudes, ainsi que des sandales et escarpins à talons hauts moins commodes.

— Ton collègue croit que je vais sortir danser ? je demande à Peter en fouillant le reste des sacs pour découvrir quelques tenues peu pratiques en plus des basiques évidents tels que des pantalons de yoga, des jeans, des pulls et des tee-shirts. Il y a aussi des sous-vêtements, en dentelle et raffinés pour la plupart, avec deux nuisettes en soie aguichantes – l'idée que se fait un homme de ce que porte une femme au lit.

— Yan est doué pour les fringues, je lui ai dit de prendre ce qu'il jugeait intéressant, dit Peter en souriant quand je lui montre un débardeur au décolleté plongeant qui aurait tout à fait sa place dans une fête d'été sur la plage. Je crois qu'il s'est un peu emballé sur certains articles.

— Hmm, hmm.

Je remets les achats à leur place et m'empare de deux sacs, prête à monter les ranger dans la penderie, quand Peter me rejoint pour me les arracher des mains.

— Je m'en charge, dit-il en prenant le reste.

Sous mes yeux ébahis, il emporte tous les sacs à l'étage.

Je me rends compte en lui emboîtant le pas que c'est encore un exemple de son extrême sollicitude. À la maison, non seulement Peter me libérait de toutes mes tâches ménagères quand j'étais fatiguée, mais il refusait toujours de me laisser porter quoi que ce soit de plus lourd qu'une assiette en sa présence. J'ignore s'il me croit incapable de soulever un sac de vêtements, ou si quelqu'un lui a appris à toujours se charger des paquets d'une femme, mais cela ne fait que conforter mon impression d'être choyée.

Quand il n'est pas en train de m'abrutir de somnifères, de m'enlever ou de me menacer, évidemment.

— C'est comme ça qu'on t'a éduqué à l'orphelinat ? je demande en le suivant dans le dressing attenant à la chambre où il range les sacs et entreprend de suspendre mes vêtements à côté des siens. Quand tu étais petit, quelqu'un t'a appris à être un gentleman ou un truc de ce genre ?

Peter s'interrompt pour me regarder en haussant les sourcils.

— Tu plaisantes, n'est-ce pas ?

Je me renfrogne et tends la main vers l'un des sacs, d'où je sors un pull que je commence à plier.

— Non, pourquoi ?

Son rire est amer quand il me répond :

— Ptichka, as-tu la moindre idée de ce que sont les orphelinats en Russie ?

Je me mords la lèvre en rangeant le pull sur l'étagère la plus proche.

— Non, pas vraiment. J'imagine que ce n'est pas terrible ?

Il finit de suspendre les habits.

— Disons simplement que les comportements d'un gentleman ne faisaient pas partie de mes priorités quand j'étais gamin.

— Je vois.

Je devrais aider Peter, mais je suis tout juste capable de le regarder, frappée d'en savoir si peu au sujet de l'homme qui a pourtant une telle emprise sur ma vie. Je sais qu'il a grandi dans un orphelinat – il m'a dit qu'il avait atterri dans un camp de correction après avoir tué le directeur de l'établissement –, mais je ne connais rien d'autre, et tout d'un coup, ça me paraît insuffisant.

J'ai envie d'en savoir plus sur Peter Sokolov.

J'ai envie de le comprendre.

— Qu'est-il arrivé à ta famille ? je demande en m'adossant contre le chambranle de la porte. Tu as connu tes parents ?

— Non.

Il continue à déballer méthodiquement les paquets.

— On m'a abandonné sur les marches de l'orphelinat quand j'étais un nouveau-né. On estime que j'avais seulement trois ou quatre jours à l'époque, et on pense que ma mère venait de l'un des villages environnants. C'était peut-être une lycéenne, tombée enceinte en s'amusant à droite à gauche, ou quelque chose comme ça. Je ne présentais aucun signe d'alcoolisation fœtale, et j'étais négatif aux tests de toxicomanie, ce qui raye de la liste les prostituées, par exemple.

— Et personne n'est jamais venu te chercher ? je demande, le cœur gros.

J'ignore pourquoi, mais imaginer cet homme dangereux comme un nouveau-né abandonné me donne envie de pleurer.

Peter baisse le cintre qu'il tient et m'adresse un regard étonné.

— Me chercher ? Non, bien sûr que non. Personne ne vient réclamer les enfants dans ces endroits-là – c'est pour ça qu'on les appelle des orphelinats. Enfin, de nos jours, de riches étrangers passent de temps à autre et adoptent un bébé ou deux s'ils sont incapables d'avoir leurs propres rejetons, mais ce n'était pas le cas dans mon enfance.

Je déglutis et la douleur dans ma poitrine s'intensifie.

— As-tu déjà essayé de savoir qui était ta mère ? De la retrouver, elle ou ton père ? Je veux dire, maintenant que tu as des ressources…

La mâchoire de Peter se contracte et il se tourne entièrement vers moi.

— Pourquoi aurais-je perdu mon temps à chercher quelqu'un qui m'a abandonné ?

Ses yeux brillent d'un éclat sombre et glacial.

— Il n'y a qu'une seule chose que je voudrais lui faire si je la retrouve, et même *moi*, je condamne les matricides.

Il se détourne et reprend le rangement des vêtements. Je me force à l'aider, malgré mes mains tremblantes et mon estomac noué. Ses révélations me terrifient, tout en me remplissant d'une pitié écrasante. Maintenant, je comprends que la rage à fleur de peau chez Peter est ancrée plus profondément que la tragédie dont sa femme et son fils ont été victimes, qu'il a été façonné par des forces que j'ai du mal à appréhender.

Que son idée fixe sur la famille – et son obsession vis-à-vis de moi – trouve peut-être ses racines dans les ténèbres de son enfance.

CHAPITRE 15
SARA

Je m'endors dans les bras de Peter dès que nous nous allongeons, pour me réveiller un peu plus tard en le sentant me pénétrer. Il est dans mon dos et a passé un bras musclé autour de ma cage thoracique pour me maintenir en place. Je ne suis pas assez mouillée et ses premiers assauts me piquent, mais quand il pose la main sur mon sexe et trouve mon clitoris, mon corps mollit et je fonds dans les flammes qui s'emparent à nouveau de moi.

Il ne me faut que quelques minutes pour jouir et il me suit de près. Sa queue épaisse frémit en moi lorsqu'il atteint l'extase avec un grognement étouffé. Puis il me serre contre lui sans chercher à se retirer et je me rendors ainsi, son corps enfoui dans le mien. Dans mes rêves, il dépose un baiser sur ma tempe et me dit à quel point il m'aime, mais quand je me réveille le matin, je suis toute seule dans le lit.

Le soleil brille et sa lumière vive coule à flots par la baie vitrée.

Pendant ma douche, je retrouve des traces de sperme séché sur mes cuisses – la preuve qu'une fois de plus, nous n'avons pas utilisé de protection. Je m'empresse de me laver en essayant de ne pas céder à la panique qui m'envahit, avant de m'habiller pour me mettre à la recherche de Peter.

Il doit me fournir cette pilule.

Il doit tenir sa promesse.

Je suis étonnée de ne pas le trouver au rez-de-chaussée. Ses hommes n'y sont pas non plus.

Mon sang ne fait qu'un tour et mon cœur bat la chamade. Serait-ce possible ? Seraient-ils partis pour régler une quelconque affaire en me laissant toute seule ? Avant de trop m'emballer, je m'empare de mes bottes et je sors vérifier qu'ils ne sont pas à l'entraînement.

Rien.

Tout le monde est parti, hélicoptère compris.

— Ils reviendront cet après-midi, dit alors une voix d'homme dans mon dos.

Je sursaute en poussant un cri de surprise.

Je fais volte-face pour découvrir Ilya, qui m'a suivie hors de la maison. Il devait être dans l'une des chambres d'amis à l'étage, le seul endroit que je n'ai pas vérifié.

Je prends une grande inspiration pour apaiser mon rythme cardiaque et demande :

— Peter est parti aussi ?

Le grand Russe hoche la tête, son crâne tatoué luisant dans la lumière du jour lorsqu'il s'appuie contre l'encadrement de la porte.

— Il a laissé le petit déjeuner sur la cuisinière pour toi.

— Oh, d'accord. Merci.

Il entre et je le suis à l'intérieur, frissonnant dans le vent frais. Il faudra que je m'habille plus chaudement quand je tenterai mon évasion, avec plusieurs couches de vêtements. Et l'occasion se présentera peut-être plus tôt que prévu.

Avec un peu de chance, Ilya ne me surveillera pas de trop près aujourd'hui.

Évidemment, il ne se joint pas à moi pour le petit déjeuner. Il préfère disparaître dans sa chambre à l'étage pendant que j'avale les flocons d'avoine que Peter m'a laissés et expédie la vaisselle. Constatant qu'Ilya n'est toujours pas redescendu quelques minutes plus tard, je m'empresse de monter, d'enfiler deux pulls l'un sur l'autre et une parka, de prendre une casquette et de m'éclipser le plus discrètement possible. Je ne connais toujours pas les environs, mais je ne peux pas laisser filer une telle opportunité. En passant dans la cuisine, je m'empare d'une bouteille d'eau, d'un paquet de cacahuètes et d'une pomme, que je fourre dans un sac en plastique bien à l'abri à l'intérieur de ma parka.

Mes bottes se trouvent près de la sortie, et je les chausse avant de quitter la maison, en prenant soin de refermer la porte derrière moi sans un bruit.

Je ne m'autorise à respirer qu'une fois la maison hors de ma vue, quand j'ai retrouvé le chemin que j'avais repéré hier du côté ouest. Je reste prudemment sur le bord, prête à m'enfoncer dans la forêt au premier signe de poursuite, mais rien ne semble se produire.

Peut-être aurai-je de la chance et Ilya ne se rendra pas compte de mon départ avant un moment.

L'air est froid et le ciel dégagé. J'alterne entre un pas vif et de petites foulées sur le chemin. Je ne suis pas en excellente forme d'un point de vue cardio et je sais que je ne tiendrai pas ce rythme très longtemps, mais mon but est de descendre le plus bas possible à flanc de montagne avant qu'on se rende compte de ma disparition. Je ne me fais pas d'illusions quant à mes chances d'échapper à une équipe d'anciens soldats des Spetsnaz sans avoir une bonne longueur d'avance, mais ça en vaut la peine.

Je pourrais essayer d'atteindre un téléphone avant de me faire attraper.

Mes efforts durent pendant toute la matinée. Je ne m'accorde qu'une pause de cinq minutes pour boire et me soulager, vers midi. Puis je reprends mon rythme rapide sans prêter attention à mes muscles et mes poumons endoloris. Quand le soleil commence à décliner, en début d'après-midi, je suis contrainte de ralentir l'allure. Heureusement que le chemin est en pente, car je n'aurais jamais tenu aussi longtemps. Même si le chemin est suffisamment large pour laisser passer une voiture, il semblerait qu'il n'ait pas été emprunté depuis des années, et il est jonché d'obstacles que je dois contourner : troncs d'arbres morts en travers du passage, profondes ornières et fossés remplis d'eau. Ce doit être à cause de cet éboulement mentionné par Ilya. Je vais devoir couper à travers bois quand j'atteindrai cet endroit, mais pour l'instant, le chemin est praticable malgré ces difficultés.

Encore un peu plus, me dis-je tout en enjambant un autre arbre à terre, avant de me laisser glisser dans une pente plus raide. Je manque trébucher sur une pierre et je peine à garder l'équilibre. Bientôt, je ferai une nouvelle halte pour boire et manger un morceau, mais pas tout de suite.

Je dois encore m'éloigner avant qu'ils lancent les recherches.

Je m'oblige à continuer pendant une heure, avant de m'effondrer, épuisée. Depuis vingt minutes, j'ai la désagréable impression d'être suivie, mais je suis certaine que c'est juste de la paranoïa.

Mes ravisseurs ne prendraient pas la peine de me suivre, ils se contenteraient de m'attraper et de me ramener.

Néanmoins, j'inspecte soigneusement les alentours, prête à bondir et à détaler à tout moment. Mais comme je m'en doutais, tout est calme et les cèdres géants oscillent légèrement dans la brise froide. Je me détends et ouvre ma parka pour en sortir le sac en plastique que j'y ai entreposé. J'ouvre la bouteille d'eau et avale ce qu'il me reste avant de manger les cacahuètes et la pomme que j'ai apportées.

Ce n'est pas grand-chose, mais ça suffira.

Je me sens légèrement mieux et je me lève. Soudain, pour la deuxième fois de la journée, je sursaute en poussant un cri.

Un singe gris au visage rose me dévisage entre les arbres.

Et lorgne accessoirement le trognon de pomme que j'ai laissé par terre. Son regard alterne entre le butin potentiel et moi.

J'éclate de rire devant la drôle de tête que fait le singe et ma propre réaction. Cette bouffée d'adrénaline me donne le frisson et mon cœur bat comme si je venais d'être attaquée par un ours, mais je suis tellement soulagée que je pourrais presque embrasser cette frimousse rose.

C'était un singe des montagnes qui me suivait, pas un mercenaire russe.

— Tu peux le prendre, dis-je au singe en désignant les restes de pomme une fois que mon fou rire a cessé. Il est tout à toi.

— Comme c'est généreux de ta part, ptichka, susurre alors une voix familière dans mon dos.

Je reste pétrifiée et mon pouls s'emballe comme jamais.

J'ai eu tort de ne pas me fier à mon instinct.

Le cœur serré, je me retourne pour faire face à l'homme que je fuyais.

Peter Sokolov est appuyé contre un arbre, un sourire sarcastique sur ses lèvres sensuelles.

CHAPITRE 16

Ilya m'a envoyé un message dès que Sara a quitté la maison et je lui ai ordonné de la suivre. Non pas parce que j'avais peur de la perdre – Yan a intégré une puce GPS dans toutes les chaussures qu'il lui a achetées –, mais parce que je ne voulais pas qu'elle entreprenne cette randonnée toute seule. Mon petit docteur a l'habitude des environnements urbains, pas des forêts de montagne, et je ne voulais pas qu'elle se blesse. J'étais déjà sur le trajet du retour, et dès qu'Anton m'a déposé, j'ai suivi le signal GPS des bottes. Il ne m'a fallu qu'une heure pour rattraper Ilya et j'ai pris la relève sur les traces de Sara – mon passe-temps favori, ces derniers mois.

— Comment m'as-tu retrouvée ? demande-t-elle une fois remise de sa surprise.

Sa voix est tendue et un peu essoufflée, mais elle dresse le menton et me fait face sans sourciller.

— Depuis combien de temps me suis-tu ?

— Depuis la fin de la matinée, dis-je en m'écartant de l'arbre. Tu as plus d'endurance que je le pensais. J'aurais cru que tu ferais une pause bien avant.

Elle plisse ses beaux yeux noisette.

— C'est pour ça que tu m'as laissé aller aussi loin ? Pour me montrer à quel point je suis faible et à quelle vitesse tu es capable de me rattraper ?

— Non, ptichka, dis-je en m'approchant. Pour te montrer autre chose.

Elle recule d'un pas avant de se camper fermement sur ses jambes, sans doute consciente qu'il ne sert à rien de courir. C'est le cas. Je pourrais la rattraper en un clin d'œil. Puis je la punirais comme le réclame le monstre qui m'habite.

Je m'assurerais ainsi qu'elle ne s'enfuie plus jamais.

Il me faut toute ma volonté pour réprimer cette envie, pour ne pas céder à ces bas instincts. Il est tout à fait logique que Sara ait tenté de s'échapper, de retrouver la vie qu'elle a toujours connue. Elle ne serait pas ce qu'elle est si elle n'essayait pas, et je le sais. Je l'accepte – du moins, d'un point de vue rationnel.

À un niveau plus viscéral, en revanche, j'ai envie de la soumettre et de lui faire l'amour, d'attacher ses ailes pour l'empêcher à tout jamais de me quitter.

— Viens, dis-je en m'avançant pour prendre sa main froide et tremblante dans la mienne. C'est un peu plus loin, par ici.

Maîtrisant la rage sourde qui gronde en moi, je l'entraîne en contrebas sur le chemin.

L'expression de Peter est indéchiffrable tandis que nous progressons côte à côte. Pourtant, je perçois sa colère, la dangereuse instabilité qui le caractérise, au même titre que ses yeux d'un gris d'acier. Malgré ça, sa poigne est plutôt douce et sa grande main protège ma paume de l'air froid tout en m'empêchant de fuir.

— Comment m'as-tu retrouvée si vite ? je demande en essayant de dissimuler mon anxiété.

À ce stade, je suis pratiquement certaine que Peter ne s'en prendrait pas physiquement à moi, mais il ne manque pas de moyens de se venger.

— Ilya t'a suivie, dit-il en me jetant un œil.

Le froid mordant a rougi ses hautes pommettes et le bout de son nez, et avec sa parka de sport, il ressemble à l'un de ces athlètes endurcis qui gravissent le mont Everest pour le plaisir.

— Tu croyais qu'il ne se rendrait pas compte que tu as quitté la maison ?

Évidemment. J'aurais dû me douter que c'était trop facile.

— Pourquoi ne m'a-t-il pas arrêtée, dans ce cas ? Pourquoi se contenter de me suivre ?

— Parce que c'est moi qui le lui ai demandé.

J'enfonce mes talons dans le sol pour le forcer à marquer une pause.

— Pourquoi ? Tu essaies de me donner une leçon ? C'est ça ?

— Non, Sara, même si c'est un bonus.

Une lueur amusée brille dans ses yeux.

— Alors, quoi ? je demande. Pourquoi me laisser aller aussi loin ?

— Pour pouvoir te montrer ça, dit-il en resserrant sa main autour de la mienne.

Il m'entraîne vers un petit groupe d'arbres à l'écart de la piste.

Si depuis le début, je marche prudemment, cette fois, je ne remarque pas le brusque affaissement de terrain sous nos pieds. Heureusement que Peter m'arrête net, sinon j'aurais basculé.

Je recule en étouffant un cri, me raccrochant de toutes mes forces à la main de Peter, avant de baisser les yeux sur le trou béant en contrebas. Par un caprice de la nature, les arbres s'étendent jusqu'au bord du précipice et certaines racines s'avancent même au-delà. On a l'impression que le sol continue alors que ce n'est pas le cas, et je me souviens de ce que m'a expliqué Ilya à propos de ce phénomène hier, quand il m'a parlé des éboulements.

— C'est à cause du tremblement de terre ? je demande, une fois remise de ma stupeur.

— Oui.

Peter me tire en arrière pour m'éloigner du bord de la falaise. Quand nous nous sommes suffisamment éloignés, il me lâche la main et me dit :

— C'est ce que je voulais te montrer. Je sais qu'hier, Ilya t'a dit que cette montagne était entourée de falaises, mais tu ne l'as pas cru sur parole et j'ai pensé que tu devais le voir de tes propres yeux. Cette pente était la seule qui soit assez douce pour permettre un accès à pied ou en véhicule avant le séisme, mais elle est impraticable aujourd'hui. Le seul moyen d'accéder à ce sommet, c'est en hélicoptère, ptichka.

Il sourit et ses yeux étincellent comme de l'argent poli.

Je lève la tête vers lui, l'estomac soudain lesté de plomb. Je ne devais pas écouter Ilya quand il m'en a parlé, car je ne me souviens pas d'avoir entendu ça. Pas étonnant que mes ravisseurs ne se soient pas inquiétés de ma disparition. Ils savaient que je n'avais nulle part où aller.

— Toute cette montagne est entourée de précipices ? De tous les côtés ?

Mon abattement doit se lire sur mon visage, car la mine de Peter se radoucit inexplicablement.

— Oui, mon amour. Tu ne l'as pas compris hier ?

Je secoue la tête d'un air dépité.

— Je ne devais pas être assez attentive.

Il n'ajoute rien, mais me prend la main et nous continuons ensemble, rebroussant chemin jusqu'à la maison.

Mes pas sont lents. L'épuisement de ma randonnée du matin me fait l'effet d'un boulet de démolition. Et ce n'est pas qu'une fatigue physique. Émotionnellement, je suis lessivée, si éteinte que je me sens tout engourdie de l'intérieur.

Je ne sais pas pourquoi j'ai placé de tels espoirs sur cette évasion. Même quand j'étais chez moi, avec ma famille et le FBI à portée de téléphone, je savais que je ne pourrais échapper nulle part à la puissance de Peter. J'étais déjà sa prisonnière, tout comme aujourd'hui, et je me demande comment j'ai pu croire que descendre du sommet arrangerait les choses.

Pourquoi ai-je imaginé que je serais libre si j'arrivais en bas ?

Peter se serait lancé à ma poursuite. Même si, par un quelconque miracle, je m'enfuyais et obtenais la sécurité relative de la protection du FBI, je ne serais jamais vraiment à l'abri. Je regarderais par-dessus mon épaule, chaque heure de chaque jour, avant qu'il apparaisse enfin, avec ce même sourire cruel sur son beau visage.

Je n'ai aucune échappatoire, et dans ma panique, je l'ai oublié.

Le désespoir exerce une pression dévastatrice sur ma poitrine, bloquant ma respiration et teintant le monde environnant de gris. Je sais que je dois me ressaisir, trouver un nouveau plan, mais mon impuissance est trop grande, trop absolue. J'ai les jambes lourdes à chaque pas et une sensation glacée se propage à l'intérieur de moi. Le froid enserre mon cœur de ses chaînes.

Je ne peux pas m'en sortir.

— Il peut en être autrement, Sara, dit Peter d'un ton serein.

Je lève les yeux pour surprendre son regard, étrangement compatissant. On dirait qu'il comprend, comme s'il faisait preuve d'empathie. Mais si c'était le cas, il ne ferait pas ça.

Il ne détruirait pas ma vie pour satisfaire son obsession.

— Autrement ? je demande d'une voix blanche en m'arrêtant devant un arbre couché.

Nous devons l'enjamber et je manque d'énergie.

— Comment, alors ? Comment envisages-tu les choses ?

Ses lèvres frémissent quand il me lâche la main et se tourne vers moi.

— Il te suffit de capituler, ptichka. D'accepter ce qui existe entre nous.

— Et qu'est-ce que c'est ?

— Ça.

Il lève la main pour me caresser la joue, et je savoure sa caresse. Je recherche la chaleur magnétique de ses doigts.

J'éprouve un besoin pervers aux tréfonds de mon être.

Je devrais m'éloigner, m'arracher à son étreinte, mais je suis trop fatiguée pour bouger. Trop fatiguée pour protester quand il penche la tête pour poser ses lèvres sur les miennes, dans un doux et délicat baiser, si tendre que j'ai envie de pleurer.

Il m'embrasse comme si j'étais précieuse, rare et belle. Comme s'il me désirait plus que la vie elle-même. Mes yeux se ferment et je tends les bras pour me raccrocher à ses épaules tandis qu'il approfondit notre baiser, inspirant le même air que le mien et alimentant mon désir.

Et si tu capitulais ?

En cet instant, l'idée ne me semble pas mauvaise. Je suis trop éreintée et perdue, trop vide de tout espoir. Il est la cause de ma détresse, et pourtant tout me paraît plus chaud et plus lumineux à son contact, plus supportable avec son affection.

Et si tu acceptais ?

Cette question tourne en boucle dans ma tête. Elle me taraude, me laisse pressentir de nouvelles possibilités. Que se passerait-il si je cessais de me débattre ? Si je lâchais prise sur mon passé pour embrasser ma nouvelle vie ? Parce qu'en ce moment, l'idée qu'il puisse m'aimer, que nous puissions partager quelque chose de significatif et de réel ne me paraît pas si insensée.

Et si je m'autorise à oublier ce qu'il a fait, je pourrais bien tomber amoureuse de lui en retour.

— Sara, dit-il dans un souffle en relevant la tête.

Dans son regard enflammé, j'aperçois l'avenir qui pourrait être le nôtre. Celui où nous ne sommes pas ennemis, où le passé ne déteint pas sur notre présent en nuances de noir.

Je l'entrevois, il me fait envie – et c'est ce qui me terrifie le plus.

— Lâche-moi.

Quelque part, je trouve la force de me dégager, de rejeter le sombre attrait de son affection.

— S'il te plaît, Peter, arrête.

Son regard devient glacial et l'argent fondu se change en métal froid. Sans ajouter un mot, il me prend la main et nous reprenons notre route à flanc de montagne, en direction de ma prison.

De notre nouveau foyer.

L'ascension dure une heure et demie avant que je commence à trébucher sur chaque racine et sur chaque pierre, les jambes si lourdes de fatigue que je ne suis plus capable de soulever les pieds. La montée est dix fois plus difficile que la descente, et après avoir puisé jusqu'au bout de mes forces tout à l'heure, je n'en peux plus.

J'inspire une bouffée d'air froid et me laisse tomber sur un rocher.

— J'ai besoin… d'une pause, dis-je d'une voix sifflante, pliée en deux.

Une crampe aiguë me transperce les côtes et mes poumons me brûlent comme si j'avais couru un marathon.

— Juste… quelques minutes.

— Tiens, bois.

Peter s'assoit à côté de moi. Il a l'air aussi fringant et vigoureux que si c'était une promenade de santé. Il baisse la fermeture de sa veste et me tend une nouvelle bouteille d'eau en disant :

— Je sais que tu es fatiguée, mais nous ne pouvons pas ralentir. Un orage est prévu ce soir et nous devons être rentrés avant qu'il éclate.

Je bois la moitié de l'eau avant de lui remettre la bouteille.

— Un orage ?

— Pluie verglaçante et neige à haute altitude.

Il termine l'eau et range la bouteille vide à l'intérieur de sa veste.

— Mieux vaut éviter de se laisser surprendre.

— D'accord.

Je n'ai pas eu le temps de reprendre mon souffle, mais je me remets péniblement debout.

— Allons-y.

Peter se lève et me dévisage en fronçant légèrement les sourcils. Enfin, il se retourne et me dit :

— Sur mon dos.

Un rire incrédule monte du fond de ma gorge.

— Quoi ?

— J'ai dit : sur mon dos. Je vais te porter.

— Ne sois pas ridicule. Tu ne peux pas me porter sur une telle distance. Il nous reste encore trois bonnes heures de marche – peut-être quatre ou cinq, puisque c'est en montée.

— Arrête de discuter et monte sur mon dos, dit-il en me lançant un coup d'œil sévère par-dessus son épaule. Tu es trop fatiguée pour marcher, et c'est le moyen le plus facile de te porter.

J'hésite avant de me décider à obéir. S'il a envie de s'épuiser en me portant à califourchon, qui suis-je pour le contredire ?

— D'accord.

Avec ce qu'il me reste de force, je grimpe sur le rocher avant de m'installer contre son large dos. J'agrippe ses épaules et passe les jambes autour de sa taille.

— Tiens-toi bien, dit-il en glissant les bras sous mes genoux.

Il commence à marcher, avalant les mètres à grandes enjambées.

CHAPITRE 18
PETER

J'adopte une foulée rapide, bien décidé à rejoindre la maison au plus vite. Le ciel est déjà sombre à l'horizon, et l'atmosphère plus froide et plus chargée. L'orage arrive plus vite que prévu. Il nous reste peut-être deux heures avant qu'il éclate et je ne peux pas appeler les gars pour qu'ils passent nous chercher. Après m'avoir déposé, Anton a pris l'hélicoptère pour aller faire quelques courses à Tokyo, et il ne sera pas rentré à temps.

J'aurais dû choisir un autre jour pour cette démonstration.

Oh, tant pis. Inutile de s'inquiéter maintenant. En atteignant une portion moins escarpée du chemin, j'accélère le pas. Sara change de position et referme les bras autour de mon cou en se penchant en avant.

— Ça va ? me murmure-t-elle à l'oreille.

— Oui, dis-je en hochant la tête. Mais ne m'étrangle pas.

— Tu es sûr que tu n'as pas envie de me poser par terre ? Parce que je suis bien reposée maintenant, et je peux marcher…

— Tu nous ralentirais.

Ma réponse est sèche, mais je n'ai pas envie de gaspiller mon souffle en palabres. Non que mon petit oiseau soit lourd – elle pèse à peine cinquante kilos, moins que les sacs que je porte pendant mon footing à l'entraînement –, mais je ne peux pas me permettre de progresser plus lentement. Le vent se lève, nous infligeant des bourrasques glaciales, et bien que nous soyons chaudement vêtus, je veux mettre Sara à l'abri avant que les intempéries s'accentuent.

Les premières gouttes de neige fondue s'écrasent alors que nous sommes à une demi-heure de la maison.

— Pose-moi, demande Sara.

Cette fois, je m'exécute. Je la porte depuis plus de trois heures, et maintenant, elle est suffisamment reposée. Nous avancerons plus vite si elle est debout.

Je lui attrape la main et commence à trottiner, l'entraînant derrière moi tandis que le ciel se fend. Projetée par des rafales cinglantes, l'eau glacée nous fouette le visage.

— Oh, merci mon Dieu ! se récrie Sara quand la maison nous apparaît enfin.

La pluie s'est changée en neige et, sous le vent, nous sommes transis jusqu'aux os. Mon jean est détrempé, mes jambes engourdies par le froid et je ne sens plus mon visage. J'imagine à peine ce que Sara doit endurer. Contrairement à moi, elle n'a pas été formée à se détacher de la douleur et du manque de confort. Elle n'a jamais connu la survie la plus stricte. Si je pouvais la protéger avec mon corps contre cette tempête, je le ferais, mais le plus important à présent, c'est de rentrer, au chaud et au sec.

Encore une heure à ce régime et nous risquerions l'hypothermie.

À moins de trente mètres de la maison, Sara titube, trébuchant sur une branche, et je la rattrape pour la porter jusqu'au seuil contre mon torse. En atteignant la porte, je frappe avec ma chaussure et, dès que Yan nous ouvre, j'emporte mon fardeau à demi gelé directement dans la salle de bain de l'étage.

Je la pose sur le sol, ouvre le robinet de la douche, m'assure que l'eau soit chaude, mais pas trop, et je nous dépouille tous deux de nos vêtements humides et glacés avant de la placer sous le jet. Les lèvres de Sara ont bleui et elle frissonne si violemment qu'elle a du mal à tenir debout. Je ne suis pas en meilleure forme et je la prends dans mes bras pour une étreinte enveloppante. Pendant quelques minutes, nous restons debout sous l'eau, tout tremblants, laissant sa chaleur imprégner notre peau glaciale.

— Nous… nous aurions pu mourir.

Sara claque toujours des dents et elle recule pour soutenir mon regard. Ses yeux noisette sont presque noirs sur son visage blême, ses cils sombres raidis par l'humidité.

— P… Peter, nous aurions pu mourir, là dehors.

— Oui, dis-je en resserrant à nouveau mes bras autour d'elle, l'attirant contre moi jusqu'à sentir chacune de ses inspirations faibles. Oui, ptichka, nous aurions pu mourir.

Encore une heure ou deux dans cet orage et elle ne s'en serait pas sortie. Jusqu'à présent, je ne me suis pas appesanti sur cette pensée, concentré sur ma mission, à savoir nous ramener à la maison, mais maintenant que nous y sommes – maintenant qu'elle est en sécurité –, l'idée qu'elle aurait pu mourir creuse un trou dans mon ventre et enserre mon cœur de glace. Je n'ai connu une telle peur qu'une seule fois dans ma vie, en voyant ces drogués la menacer avec des couteaux. Cette fois-là, je pouvais éliminer la menace – et je l'ai fait –, mais je n'aurais pas pu la protéger contre cette tempête.

Si elle avait éclaté deux heures plus tôt, j'aurais pu perdre Sara.

Cette idée est terrifiante, insupportable. Quand j'ai perdu Pasha et Tamila, j'ai eu l'impression que c'était la fin de mon monde, que je ne connaîtrais plus rien d'autre que la colère et la douleur insoutenable. La fureur qui guidait mes pas était absolue – car c'était mon seul moyen de venir à bout de chaque journée, mon seul moyen de manger, de respirer et de fonctionner.

Mon seul moyen de vivre assez longtemps pour retrouver les responsables et les faire payer.

Ce n'est qu'avec Sara que j'ai repris goût à la vie, que j'ai commencé à vouloir autre chose que la vengeance la plus brutale. Elle est devenue mon nouveau point de mire, ma nouvelle raison d'exister.

Je ne peux pas la perdre.

Je refuse de la perdre.

— Ne recommence plus jamais.

Ma voix est grave et dure. Je la saisis aux épaules pour la regarder droit dans les yeux, la peur tempérée par une détermination farouche.

— Tu ne m'échapperas pas, Sara. Jamais. Tu n'as personne pour t'aider, nulle part où te cacher. Et si tu me fais encore un coup aussi futile, tu le regretteras – je t'en donne ma parole. Tu crois savoir ce dont je suis capable, et pourtant tu n'as encore rien vu sous la surface. Tu n'as pas idée des mesures que je peux prendre, ptichka, aucune idée de ce que je suis prêt à faire pour t'avoir. Tu m'appartiens et tu resteras mienne – maintenant et aussi longtemps que nous vivrons.

Je sens ses muscles se crisper pendant que je lui parle, et je sais que je lui fais peur. Ce n'est pas mon objectif, mais je dois l'empêcher de tenter une nouvelle évasion.

Je dois la protéger.

— Peter, s'il te plaît…

Son doux regard noisette s'embue et elle pose les paumes sur mon torse.

— Ne fais pas ça. Ce n'est pas de l'amour. Même toi, tu dois t'en rendre compte. Je suis désolée pour tout ce que tu as perdu, pour ce que George a fait à ta famille. Et je sais… poursuit-elle avant de déglutir, les yeux rivés aux miens. Je sais qu'il y a quelque chose entre nous, quelque chose qui ne devrait pas exister… quelque chose qui n'a aucun sens. Tu le ressens, et je le ressens aussi. Mais ça n'en fait pas quelque chose de juste pour autant. Tu ne peux pas harceler quelqu'un pour le pousser à l'aimer, on n'obtient pas la tendresse par l'intimidation. Tant que tu me gardes ici, je suis ta captive, quoi que tu me fasses dire… quoi que tu me contraignes à faire. Que je m'enfuie ou non, je ne t'appartiens pas – et je ne t'appartiendrai jamais. Pas comme ça.

Chacun de ses mots me fait l'effet d'un couteau dans le foie.

— Comment, alors ?

Ma voix est sèche et désespérée, violente dans son intensité.

— Dis-moi, Sara. Comment puis-je t'avoir ? Quel autre moyen avons-nous d'être ensemble alors que je suis un homme recherché ?

Son regard reflète mon propre tourment.

— C'est impossible, répond-elle d'une voix étranglée, ses ongles délicats m'éraflant la peau lorsqu'elle serre le poing sur mon torse. Ce n'est pas notre destin, Peter. Nous ne sommes pas destinés à être ensemble. Pas avec notre passé commun – pas avec ce que nous sommes.

— Non.

Mon rejet est viscéral, instinctif.

— Non, tu as tort.

Conscient que je lui comprime les épaules avec une force excessive, je la libère en reculant avant de me tourner pour couper l'eau. Ce geste anodin me permet de me ressaisir. Maintenant que je n'ai plus froid, mon corps commence à réagir à sa nudité. Mon envie est aussi vive que sombre, accentuée par ma colère volatile et mes profondes aspirations insatisfaites. Si je ne me calme pas, je risque de la prendre et de lui faire mal.

De la baiser jusqu'à ce qu'elle cède et avoue qu'elle m'appartient.

Elle pleure quand je me tourne à nouveau vers elle, les larmes se mêlant à l'eau sur ses joues.

— Peter, je t'en prie…

Elle tend la main pour s'emparer de la mienne et ses doigts fins se referment autour de ma paume dans un geste éploré.

— Je t'en prie, laisse-moi partir. Ce n'est pas ce que tu veux, pas vraiment. Je ne peux pas être ta famille. Je ne peux pas les remplacer. Tu ne le vois pas ? Nous ne sommes pas faits pour ça. Ce que tu veux, c'est…

— C'est *toi* que je veux.

Je dégage ma main de la sienne et la referme dans ses cheveux tout en passant mon autre bras autour de sa taille, la plaquant contre moi. Elle prend une vive inspiration et ses tétons durcis effleurent mon torse. Immédiatement, ma queue se manifeste, dure et prête contre son ventre, tandis que je lui dis d'une voix sourde :

— Toi, Sara, tu es tout ce que je veux. Je me fous du passé, et de ce qui est prévu pour nous. Nous créons notre propre destin – nous choisissons notre voie – et moi, je t'ai choisie. Je me fous que le monde entier nous regarde d'un mauvais œil, je me fous de devoir affronter une armée pour te garder. Je t'ai trouvée, je t'ai prise et tu resteras – et je ne te libèrerai jamais.

Je m'attends à ce que Peter me baise sur-le-champ, là dans la douche, mais il me lâche et sort de la cabine. Il attrape une serviette et m'en enveloppe quand je m'avance, me séchant par des mouvements vifs avant de s'occuper de son propre corps. Ses gestes sont brusques, irréguliers, et son regard est sombre quand il termine de se sécher et jette nos serviettes sur le portant.

Il est furieux, vexé, ou un peu des deux. Quoi qu'il en soit, c'est mauvais signe pour moi.

Il m'agrippe le coude et m'entraîne dans la chambre. Une fois devant le lit, je m'y laisse tomber. Mes jambes refusent de me soutenir une seconde de plus. Un vertige me saisit et mon estomac vide se met à gronder. Je me rends compte que je n'ai rien mangé depuis les cacahuètes sur le chemin.

Peter aussi doit s'en être aperçu, car il s'arrête et fronce les sourcils.

— Tu veux dîner ?

Je hoche la tête et me redresse péniblement en essuyant mes larmes du revers de la main.

— Oui, s'il te plaît.

— D'accord.

Il se dirige à grandes enjambées vers la penderie, attrape un peignoir et me le lance avant d'en enfiler un à son tour.

— Allons manger.

––––––––––

Tout en dévorant le sauté que Peter nous a préparé à la hâte, je combats cette sensation déconcertante d'attendre que le couperet finisse par tomber. Mon ravisseur n'a pas prononcé un mot depuis qu'il m'a proposé à dîner et j'ignore ce qui se passe dans sa tête. En tout cas, son regard fixe et glacial m'effraie.

Le repas a retardé ce qu'il allait me faire, mais il en a toujours la ferme intention.

Le moment est peut-être mal choisi, mais je ne peux plus repousser la question inévitable. L'horloge tourne et chaque heure qui passe me fait redoubler d'angoisse.

— Peter…

Je pose ma fourchette en essayant de ne pas laisser transparaître ma peur.

— Tu m'as obtenu cette pilule ?

Sa mâchoire se contracte et, pendant une seconde, je suis convaincue qu'il dira non. Mais il se lève et se dirige vers l'îlot central, où un sac en papier blanc est posé à côté d'un ordinateur portable.

Il le prend et me l'apporte. Je m'en empare avec enthousiasme. À l'intérieur se trouve une pilule rose dans un emballage blanc brillant, avec des inscriptions en japonais. Seul le nom du fabricant est en anglais, mais je suis certaine qu'il s'agit bien de la pilule dont j'ai besoin.

Je déchire l'emballage et lance la pilule dans ma bouche avant de l'avaler avec un grand verre d'eau. Si j'ai de la chance, nous sommes encore dans les temps et elle fera effet. De toute façon, d'après ce qu'a dit Peter, ça n'a pas grande importance.

Enfant ou pas, il ne me laissera jamais rentrer chez moi.

Le désespoir menace de m'envahir à nouveau et je déploie tous mes efforts pour lui dire d'une voix relativement normale :

— Merci. J'apprécie beaucoup.

La situation a beau être tendue entre nous, je dois garder à l'esprit qu'il n'était pas obligé de me fournir cette pilule – il aurait pu m'imposer sa volonté.

Peter hoche la tête avant de débarrasser la table. Je suis toujours éreintée, mais je me lève et entreprends de l'aider au moment où Ilya et Yan descendent les marches, discutant en russe. Yan rit, mais Ilya a l'air agacé et je me demande si les deux frères se disputent.

Peter leur aboie quelque chose et Yan lève les yeux vers moi en souriant avant de débiter sa réponse en russe.

Ilya semble prêt à exploser, mais il se contente de prendre une pomme dans le bol sur la table, puis il remonte en tapant des pieds.

— De quoi parliez-vous ? je demande en fronçant les sourcils quand le Russe aux cheveux bruns s'assoit derrière l'îlot central et ouvre l'ordinateur qui s'y trouve.

J'ai lorgné ce portable pendant tout le repas en me demandant comment mettre la main dessus, et je suis déçue d'apercevoir une page protégée par un mot de passe avant que Yan tourne l'écran, le masquant à ma vue.

— Je disais juste à mon frère qu'il devrait se trouver une gentille fille, m'explique Yan en anglais, avec un sourire jusqu'aux oreilles, tandis que Peter referme le lave-vaisselle avec plus de force que nécessaire. Tu sais, comme Peter et toi.

— Oh, je vois.

Étant donné la réaction de Peter, je suppose que le langage employé par Yan avec son frère était un peu plus osé, mais je n'ai pas l'intention d'insister.

Je préfère ne pas savoir ce que cette petite bande de tueurs pense vraiment de moi.

Yan s'affaire sur son ordinateur et j'essuie la table et les plans de travail vides. Je suis à deux doigts de m'effondrer, mais j'éprouve néanmoins le besoin de faire quelque chose. Je ne sais pas ce qui m'attend en haut, ce soir, mais je suis particulièrement nerveuse. Mon instinct me hurle que je suis en danger. C'est peut-être la mine dure et fermée de Peter, ou la violence à peine contenue de ses mouvements, mais ça me rappelle notre rencontre au Starbucks, il y a des semaines, quand mon ravisseur n'était encore que l'inconnu meurtrier qui nous torturait, George et moi.

À l'époque, je ne me doutais pas à quel point il pouvait être dangereux.

Au-dehors, la tempête fait rage et la pluie glacée s'abat sur les vitres, malmenée par des bourrasques furibondes. Je frissonne en me rappelant ma journée à l'extérieur et resserre le peignoir autour de mon corps.

— Tu as froid ? demande Yan.

Quand je me retourne, je surprends son demi-sourire. Contrairement à Peter et à moi, il est entièrement habillé. Son pantalon de ville et sa chemise sont élégants, mais bien trop formels pour traîner à la maison. De toute façon, j'ai le sentiment qu'il s'en fiche – de la pertinence de sa tenue comme de tout le reste. Même quand il sourit ou plaisante, il y a toujours une froideur et une distance chez Yan Ivanov, comme s'il ne ressentait pas les émotions qu'il affiche.

Je ne serais pas étonnée que le frère d'Ilya, ce beau parleur, soit un psychopathe dans le sens clinique du terme.

— Ça va, dis-je avant de lever les yeux vers Peter, qui a terminé de jeter les restes et me regarde à présent en plissant les paupières, ses bras puissants croisés sur sa poitrine.

— Tu as fini ? demande-t-il d'une voix rude.

Mon cœur se serre. Je sais que je ne peux plus repousser ce qui m'attend.

J'ai commis une erreur, et je vais en payer le prix.

Quand nous arrivons dans la chambre, Peter me conduit directement au lit, puis il s'arrête pour retirer son peignoir, qu'il laisse tomber au sol avant de dénouer le mien et de le faire glisser sur mes épaules nues. Il a l'air de se maîtriser parfaitement, sa colère volatile apaisée pour le moment, et malgré ma nervosité, mes cuisses se réchauffent brusquement lorsqu'il passe ses phalanges sur la peau sensible de mon décolleté. Il prend mes seins dans ses mains pour frotter doucement ses pouces sur mes tétons.

— On dirait que tu as peur, remarque-t-il, son regard d'argent sévère et opaque. Tu as peur que je te fasse mal ?

Ses doigts se referment sur mes tétons et il me pince avec une force qui me surprend. J'étouffe un cri et lui attrape aussitôt les poignets.

— Dis-moi, Sara.

Il pince plus fort. La pression frôle la douleur.

— Tu crois que je vais te faire mal ?

— Je…

Je tressaille et mon cœur cogne à tout rompre tandis que je tire vainement sur ses poignets.

— Je ne sais pas.

— Je *pourrais* te faire mal.

Sa bouche aux contours parfaits frémit lorsqu'il me lâche les tétons, les laissant dressés et endoloris, pour faire glisser ses mains le long de mon corps et m'agripper les hanches.

— Et parfois, j'en ai envie. Tu le sais, n'est-ce pas, ptichka ? Tu l'as senti.

Sa queue se presse contre mon ventre, dure et insistante, et mon souffle reste suspendu dans ma gorge. Je sens mon entrejambe se resserrer avec une chaleur presque douloureuse malgré le froid qui me glace le sang.

— Oui.

Je ne peux me résoudre à mentir. Pourtant, ce serait sans doute plus intelligent et ça pourrait apaiser le monstre qui me dévisage à travers les yeux métalliques de Peter.

— Oui, je l'ai senti.

— Oh, ptichka… fait-il en feignant la compassion avant de me bousculer violemment. Évidemment, tu l'as senti.

Déstabilisée, je tombe à la renverse sur le lit, mais au lieu de me grimper dessus, Peter se penche. Il se redresse un instant plus tard avec la ceinture de mon peignoir à la main. L'angoisse me saisit quand je comprends son intention et je réagis par instinct, roulant sur le côté au moment où il monte sur le lit à côté de moi.

Il m'attrape avant que je puisse en descendre et je suis plaquée à plat ventre sur le matelas, le bas de mon corps immobilisé par son poids. Il ramène de force mes bras dans mon dos et noue la ceinture autour de mes poignets. Ses mouvements sont brefs et précis, d'une efficacité impitoyable, et il ne s'écoule que quelques secondes avant que mes mains soient fermement liées, le tissu éponge autour de mes poignets, à la fois souple et implacable.

Je tire sur mes liens, haletant contre le matelas, mais le nœud ne cède pas et je suis prise au piège.

— Qu'est-ce que tu fais ?

Ma panique grandit quand je sens qu'il se redresse.

— Peter, s'il te plaît… qu'est-ce que tu fais ?

— Chut.

Il m'attrape le coude et me hisse sur mes genoux avant de me retourner face à lui. Son visage est tendu par le désir et ses yeux luisent cruellement lorsqu'il me dit :

— Je te montre ce que c'est que d'être ma captive. Parce que c'est bien ce que tu veux, n'est-ce pas ? Tu veux t'enfuir et que je te rattrape ? C'est ce que tu veux pour être libre de tout reproche ?

J'ouvre la bouche pour nier, mais avant que je puisse prononcer un mot, Peter se lève sur le lit. Il m'empoigne les cheveux et tire ma tête en arrière pour ramener mon visage entre ses jambes. J'étouffe un cri et tire sur mes liens lorsque son épaisse queue s'abat contre ma joue. Son odeur virile et musquée m'emplit les narines, ses bourses frottent contre mon menton et ma respiration s'accélère quand je comprends ce qu'il s'apprête à faire.

— Peter, je t'en prie… commencé-je avant de pincer les lèvres en sentant son sexe contre ma bouche.

Avec sa main dans mes cheveux et mes bras noués dans le dos, je ne peux pas détourner la tête. Je suis incapable de bouger d'un pouce. Depuis que Peter a fait irruption dans ma vie, voilà des semaines, il m'a possédée un nombre incalculable de fois, me faisant jouir par sa bouche, ses mains et sa queue, mais il n'a encore jamais exigé que je le fasse jouir. Et pour la première fois, je prends conscience que c'était une preuve de pitié… un choix infime qu'il m'accordait.

Un choix qu'il me retire à présent.

— Ouvre la bouche.

Sa voix vibre d'un désir sombre lorsqu'il me frappe à nouveau la joue avec sa queue.

— Ouvre ta putain de bouche, Sara.

Je garde les lèvres scellées, même si mon rythme cardiaque atteint des sommets. C'est ridicule de me rebeller contre une fellation alors que nous avons baisé des dizaines de fois, mais je ne peux chasser la désagréable impression qu'en lui cédant sur ce point, je lui cède en réalité bien plus que ça… je perds cette dernière part de moi qui n'appartenait encore qu'à George. Pas l'alcoolique ni l'espion qui m'a menti, mais l'homme dont je suis tombée amoureuse à la fac, celui qui fut mon premier dans tous les domaines.

Le visage de Peter se crispe et il plisse les yeux en grondant :

— Tu préfères la manière forte ? Très bien.

De sa main libre, il me pince le nez, me privant d'oxygène. Quand j'ouvre enfin la bouche pour prendre une inspiration, il s'y engouffre jusqu'au fond de ma gorge.

Je m'étouffe, les yeux humides quand un réflexe de régurgitation se déclenche, mais il est impitoyable et commence à donner des coups de reins, me baisant la bouche sur un rythme aussi vigoureux qu'inflexible. Je n'ai même pas l'occasion de le mordre. Comme ses doigts me pincent le nez, la seule chose qui m'importe, c'est de faire entrer de l'air dans mes poumons tout en réprimant mes hauts le cœur. Prise de panique, je tire instinctivement sur mes liens, les paupières fermées. De la salive dégouline sur mon menton, mais son sexe épais ne cesse de me pilonner et je ne peux absolument rien faire, privée de toute échappatoire.

J'ignore combien de temps il utilise ma bouche sans pitié, mais j'ai la tête qui tourne, à cause du manque d'air et de l'épuisement. Une léthargie semblable à celle des rêves m'envahit. Je ne me suis jamais sentie si impuissante, si soumise à la volonté de mon tourmenteur, et alors que Peter continue à me baiser la bouche sans relâche, je fais la seule chose possible.

J'arrête de me débattre et je me laisse aller.

Les coups punitifs ne cessent pas et Peter ne libère pas mon nez, mais ma panique retombe et mon corps se radoucit, docile entre ses mains. Je suis comme une poupée de chiffon, un jouet qu'on manipule à sa guise, et j'éprouve une certaine paix, une sorte d'acceptation malsaine. Ma gorge se détend pour l'accueillir et le réflexe de régurgitation s'estompe tandis que je m'accommode de son rythme.

Chaque fois qu'il se retire, je prends une inspiration, et l'air m'aide à tenir lorsqu'il s'enfonce à nouveau profondément, me remplissant la gorge et me contrôlant intégralement. Ma vie repose entre ses mains.

— Oui, c'est ça. C'est bon… Comme ça, mon amour…

Son gémissement lubrique se répercute à travers moi et j'entrouvre les paupières, plissant les yeux à travers mes larmes. Une extase sauvage déforme ses traits et les tendons de son cou musclé ressortent. Son regard croise le mien et je sens quelque chose basculer en moi, un changement fondamental.

Je t'appartiens, lui dit mon corps, acceptant tout ce qu'il me donne. C'est une capitulation totale, mais je me sens bien, rassurée et sereine. En cet instant, j'ai envie de lui appartenir, de rester blottie dans sa force incommensurable.

De céder et le laisser me garder près de lui.

Ma peur disparaît aussitôt, emportant mes craintes au sujet de l'avenir. J'ai l'impression de flotter, au-dessus du sol et au-delà de moi-même. S'il y a toujours une certaine gêne, je ne la ressens plus, et pourtant mes sens sont plus aiguisés. Mon entrejambe est humide et palpite d'excitation. C'est le manque d'oxygène, comme me le rappelle ma formation médicale, mais la raison n'a plus d'importance.

Plus rien ne compte, à part Peter et son plaisir.

Je soutiens son regard quand l'orgasme l'ébranle et ne le quitte pas des yeux tandis que son sperme jaillit dans ma gorge. Les yeux embués, j'avale jusqu'à la dernière goutte salée. Ce n'est que lorsqu'il libère mes cheveux que je reviens de mon hébétude. La réalité me frappe de plein fouet.

Je m'effondre sur le côté en tremblant. J'ai l'impression d'être en mille morceaux quand il détache enfin mes poignets. Mes yeux sont humides, mais je ne pleure plus. J'en suis incapable. Ma dégringolade dans les abysses du désespoir est trop brutale, trop effrayante et intense. Et sous la surface, il y a cette excitation malsaine, une avidité qui me consume de l'intérieur.

— Tout va bien, mon amour, murmure-t-il en m'attirant dans ses bras.

Mes tremblements augmentent lorsque sa main se glisse entre mes cuisses. Il enfonce brusquement deux doigts en moi tandis que son pouce exerce une pression sur mon clitoris.

— Tout va bien se passer. C'est normal. Laisse-moi prendre soin de toi, ptichka, et tout ira bien.

Ce n'est pas vrai. Je le sais, et il le sait aussi.

Il ne me faut que quelques secondes pour jouir et je convulse dans ses bras quand le plaisir me terrasse. Il me serre, me caresse les cheveux, et je sais qu'il en sera toujours ainsi.

Voilà la cage qu'il m'a promise.

PARTIE II

Les deux premières semaines sont les plus difficiles. Je pleure presque tous les jours. Ma colère et mon désespoir sont si intenses que j'ai envie de hurler et de casser des objets, mais je me retiens et marche sur des œufs en présence de mon ravisseur, bien résolue à éviter d'autres punitions – et à conserver le privilège de pouvoir appeler mes parents.

Je ne comprends toujours pas ce qui s'est passé ce soir-là, comment cette fellation a-t-elle pu me briser à ce point ? Avec Peter, le sexe a toujours eu un côté sombre, mais je pensais pouvoir le supporter, je croyais m'être accoutumée à ces montagnes russes que me font subir la peur, la honte et l'envie. Pourtant ce soir-là, c'était différent, plus pervers encore… j'en suis ressortie cassée et remuée de l'intérieur.

Ce soir-là, j'ai dansé avec le monstre caché de Peter et, ce faisant, j'ai découvert que j'en abritais un moi-même.

Depuis, il ne m'a plus touchée de cette manière, même si chaque fois que nous couchons ensemble, je perçois son désir et son besoin de dominer et de me tourmenter. Cette noirceur est là quoi qu'il fasse, quelle que soit la tendresse dont il fait preuve envers moi, et ce besoin impérieux de punir et de venger fait partie de lui. Il le combat peut-être, mais il existe – car Peter a beau soutenir le contraire, le passé influence notre présent.

Il n'oubliera jamais le rôle joué par mon mari dans le massacre de sa famille et je ne me remettrai jamais vraiment de ce qu'il a fait à George.

La bonne nouvelle, c'est que nous utilisons à nouveau des préservatifs. Je ne sais pas si Peter a pris la sage décision d'éviter les complications à ce stade de notre relation tordue, ou s'il respecte tout simplement mon souhait, mais malgré nos étreintes quotidiennes, il n'y a plus eu aucun dérapage. Pourtant, je compte anxieusement les jours qui me séparent encore de mes prochaines règles, et quand elles surviennent, deux semaines et demie après le début de ma captivité, je sanglote de soulagement, reconnaissante pour une fois d'éprouver crampes et désagréments. Peter ne semble pas aussi ravi, mais quand nos rapports recommencent une fois que les symptômes se sont apaisés, il utilise toujours des protections.

Un autre point positif, c'est que ma tentative d'évasion ratée ne m'a pas privée de tout contact avec le monde extérieur. Tous les après-midi, Peter me laisse visionner les enregistrements de chez mes parents, et tous les deux jours, il m'autorise à les appeler. Nos échanges sont brefs, par excès de précaution pour éviter d'être repérés par le FBI, mais aussi parce que je ne peux pas dire grand-chose. Pour mes parents, je parcours le globe avec mon amoureux, heureuse et naïve devant le danger qu'il représente, oublieuse des responsabilités qui m'attendent chez moi. La seule chose qui me soit permise lors de ces appels, c'est de rassurer mes parents, de leur dire que je vais bien et de prendre de leurs nouvelles avant de raccrocher prestement pour esquiver leurs questions et leurs suppliques incessantes.

— Tu sais, tu pourrais développer un peu notre histoire d'amour, me dit Peter après avoir assisté à mes conversations pendant une semaine. Lui donner du relief pour la rendre plus authentique.

— Vraiment ? Tu veux que je leur dise à quelle fréquence on baise ou que je décrive la taille de ta queue ?

Mon sarcasme le fait sourire, c'est la seule bravade qu'il tolère à l'occasion.

— Si tu veux, répond-il en se carrant dans le canapé. Ou tu peux leur dire que je te prépare le petit déjeuner tous les jours. Je ne suis pas expert en matière de parents, mais il me semble qu'ils apprécieraient cette attention.

Je tais la réponse ironique qui me vient à l'esprit et suis son conseil lors de mes prochains appels. Je parle à mes parents des petites choses que Peter fait pour moi. Je ne peux rien révéler sur notre emplacement, alors je m'en tiens aux questions plus personnelles, comme le fait que c'est un excellent cuisinier et que ses massages du dos sont divins. C'est la vérité : maintenant que nous avons pris nos marques, Peter recommence à me mitonner de bons petits plats et ses massages quotidiens me comblent. Je crois que c'est parce qu'il est incapable de garder les mains dans ses poches, et comme nous ne pouvons pas coucher ensemble vingt-quatre heures sur vingt-quatre, il trouve d'autres moyens de me toucher, profitant de chaque occasion pour me caresser et me masser de la tête jusqu'au bout des orteils. Surtout les pieds, d'ailleurs. Je commence à soupçonner mon ravisseur d'être un fétichiste des pieds, car il prend soin de mes petits petons comme personne auparavant.

Je ne parle pas à mes parents de ces massages des pieds – en dépit de ma remarque sarcastique, je ne suis pas à l'aise à l'idée d'évoquer quoi que ce soit de vaguement sexuel avec eux – et je passe aussi sous silence ses attentions plus intimes, comme me brosser les cheveux ou me laver sous la douche. C'est comme si j'étais sa poupée humaine, à mi-chemin entre une enfant et un sex-toy. Il le faisait aussi quand je vivais chez moi, mais je travaillais tellement que ça restait occasionnel. Maintenant, c'est devenu une habitude quotidienne. Je devrais sans doute trouver ces gentillesses troublantes, mais j'y prends trop de plaisir pour protester.

J'ai été autonome et indépendante pendant si longtemps que c'est agréable de me laisser choyer par Peter.

Bien sûr, même ses cajoleries ne réussissent pas à racheter la disparition totale de ma vie et du métier qui me définissait. Je suis passée d'un travail qui m'occupait jusqu'à quatre-vingts heures par semaine au repos total, et je ne sais pas quoi faire de tout ce temps libre. Peter m'accapare beaucoup – maintenant que je suis toujours à sa portée, il me baise deux ou trois fois par jour – et avec l'air pur de la montagne je dors plus longtemps qu'avant, entre neuf et dix heures chaque nuit. Je mange toujours en compagnie de Peter et de ses hommes, et si le temps le permet, je sors pour de longues promenades avec lui ou le garde qu'il m'affecte.

Cette routine ne me déplaît pas, et nous avons toutes sortes de livres et de films, mais au bout de trois semaines, j'ai les nerfs en pelote.

— Tu ne te sens pas enfermé, toi ? je demande à Peter pendant l'une de nos balades matinales.

L'air est frais, mais heureusement, il ne pleut pas et il n'y a pas un souffle de vent, contrairement aux jours précédents – autre raison de ma contrariété.

— Je sais bien que tu travailles sur ton ordi, mais quand même…

Peter hausse ses larges épaules.

— Je profite de ce temps mort. C'est rare, alors mes gars et moi, on savoure tant qu'on le peut. Nous avons un gros boulot bientôt, et on n'est jamais assez reposé.

— Quel genre de boulot ? je demande, attirée par une curiosité malsaine. Un autre assassinat ?

Il s'arrête et me lance un regard sans équivoque.

— Tu as vraiment envie de le savoir ?

J'hésite avant de hocher la tête.

— Oui.

On ne peut pas dire que j'ignore ce qu'est Peter ni ce qu'il fait. J'ai moi-même pu assister à ses prouesses le soir de notre rencontre. Si un baron de la drogue lui verse, à lui et à son équipe, un montant pharaonique pour supprimer un autre criminel dangereux, je peux bien le savoir.

Au pire, ce sera divertissant, dans le genre film d'horreur doublé d'un James Bond.

— Il y a un banquier au Nigéria qui marche sur les platebandes de certains, me dit Peter en me tenant la main.

Nous reprenons notre promenade.

— On nous a engagés pour régler le problème.

— Un banquier ? Je n'ai pas l'impression que c'est le genre de cible qui exige ton degré de compétences.

Ni le seigneur du crime impitoyable que j'imaginais. Je ne me fais aucune illusion et je sais que le métier de Peter n'a rien de noble. Pourtant, une certaine naïveté en moi espère toujours que ses cibles méritent ce qui les attend, ne serait-ce qu'un peu.

— Ce banquier en question dispose d'une petite armée et il possède pratiquement toute la ville dans laquelle il vit, ainsi que la plupart des forces de l'ordre locales, m'explique Peter tandis que nous nous dirigeons vers un étroit sentier que je n'ai encore jamais remarqué. D'après nos indications, c'est l'un des hommes les plus riches du Nigéria et ce n'est pas en accordant des prêts automobiles qu'il en est arrivé là.

— Oh.

Je change aussitôt d'opinion sur cet homme.

— Alors, ce n'est pas un type bien ?

Un sourire sans joie détend les traits de Peter.

— On peut le dire. Aux dernières nouvelles, il a assassiné plus d'une dizaine d'opposants et torturé ou mutilé au moins cinquante autres, sans compter leurs familles. L'homme qui nous a engagés est un cousin de l'une des victimes. On a infligé à sa fille un viol en réunion pour donner une leçon à sa famille.

L'horreur me noue la gorge et je suis soudain soulagée de savoir que Peter va régler son compte à ce monstre.

Mais je ne peux m'empêcher d'être inquiète, car c'est bien plus dangereux que je le pensais.

— Comment vas-tu… ?

Je m'interromps en me demandant comment formuler ma question.

—… l'avoir ? propose-t-il.

Je hoche la tête et lève les yeux vers son visage légèrement amusé.

— Oui.

— Comme d'habitude. Nous trouverons tout ce que nous pouvons au sujet de sa sécurité, de ses habitudes, et au bon moment, nous frapperons.

Je chasse cette peur irrationnelle qui bouillonne dans ma poitrine. Peter et ses hommes bénéficient d'un entraînement de haut niveau et, quoi qu'il en soit, je serais ridicule de me faire du souci pour la sécurité de l'assassin qui m'a enlevée. Au lieu de ça, je me concentre sur ce qui me concerne davantage.

— Alors, tu vas t'absenter pendant un moment ?

— Non, à moins que ça tourne mal. Anton et Yan s'y rendront la semaine prochaine en reconnaissance, mais Ilya et moi, nous nous impliquerons uniquement dans les phases ultimes de l'opération. Je suppose que ce sera dans une semaine ou deux, et je ne devrai pas être absent pendant plus de deux jours.

Je me mords l'intérieur de la joue.

— Et moi ? Tu vas me laisser seule ici pendant que tu seras au Nigéria ?

— Yan restera avec toi, me dit Peter en quittant le chemin pour rejoindre une clairière tandis que j'essaie de cacher ma déception.

Malgré ce qu'il m'a dit le jour de l'orage, je n'ai pas totalement abandonné l'idée d'une évasion. Certes, il m'a montré cette falaise, et pendant nos promenades, j'en ai remarqué plusieurs autres, mais ça ne signifie pas que toute la montagne est infranchissable. Il existe peut-être un moyen de descendre, que Peter me cacherait délibérément, mais que je serais en mesure de trouver si je disposais d'assez de temps et de liberté. Ce que je ferai ensuite – comment j'échapperai aux griffes de Peter même si je parviens à rentrer chez moi – c'est une tout autre histoire, mais chaque chose en son temps.

Je dois garder espoir, sinon le découragement m'engloutira tout entière.

— Tu n'as pas besoin de l'équipe au complet ? je demande en m'efforçant de paraître vaguement intéressée. Je croyais que vous fonctionniez ensemble.

— C'est le cas, mais on s'adaptera.

Peter me jette un coup d'œil sardonique lorsque nous pénétrons dans la clairière.

— Ne t'inquiète pas, ptichka. Nous ne te laisserons pas coincée ici toute seule.

Je ne réponds pas. À quoi bon. Et puis, nous sommes arrivés à destination : une falaise avec une vue magnifique sur le lac en contrebas.

— Waouh.

J'expire tout en admirant le paysage somptueux, alors que nous nous arrêtons à un mètre du précipice.

— C'est splendide.

Après la pluie de ces derniers jours, l'air est pur comme du cristal et le ciel est d'un bleu clair idéal, sans le moindre nuage en vue. En l'absence de vent, le lac sous nos yeux est si serein qu'il ressemble à un gigantesque miroir, reflétant les montagnes majestueuses qui l'entourent.

Si je n'étais pas ici contre mon gré, je trouverais que c'est le plus bel endroit sur Terre.

— Oui, splendide, acquiesce Peter.

Sa voix est inhabituellement éraillée et il resserre sa main autour de la mienne. Je me tourne alors pour voir son regard métallique brûlant d'envie. Mon cœur rate un battement et, en réaction, une ardente chaleur se propage à travers mon corps, chassant la fraîcheur de l'altitude.

Maintenant, c'est toujours comme ça. Un regard, un contact, et je suis perdue. Même quand nous nous tenons sagement la main, mon cœur bat plus vite, et quand il me regarde ainsi, mes os se liquéfient et mon corps frémit d'excitation.

Le rouge aux joues, je retire ma main et recule pour éviter de tanguer vers lui. Nous avons couché ensemble il y a moins de deux heures et je suis encore endolorie. C'est troublant de constater à quel point je le désire et manque de contrôle sur mes propres réactions. L'alchimie entre nous a toujours été explosive, mais depuis cette fellation, quelque chose a changé dans mon désir, quelque chose qui trouve racine dans le vice même de la situation.

Non. Je rejette cette pensée, refusant d'y céder. Peter s'est trompé. Je n'ai pas envie d'être sa captive. Il ne s'agit pas d'un jeu sexuel entre nous, c'est ma vie, mon avenir. Tout ce pour quoi j'ai travaillé a disparu, volé par l'homme qui me fixe de son regard argenté brûlant. En dépit des envies malsaines qu'il a éveillées en moi, je ne serai jamais d'accord avec cette relation forcée.

C'est impossible.

Et pourtant, quand il me prend dans ses bras pour m'attirer à lui, je ne résiste pas. Je ne me débats pas quand il baisse la tête et presse ses lèvres sur les miennes. Le feu qui gronde dans mes veines balaie pêle-mêle raison, moralité et bon sens. Mes doigts se referment dans ses cheveux, mon corps se moule contre le sien et, quand il me plaque contre un arbre, je cède et m'abandonne aux ténèbres, libérant mon monstre intérieur.

Alors que les préparatifs pour le Nigéria battent leur plein, je me raccroche à Sara avec un besoin plus impérieux, comme si mon désir brûlant échappait à mon contrôle. Quand je ne m'entraîne pas avec mes hommes ou ne travaille pas sur des questions logistiques en vue de la mission, je suis avec elle ou je pense à elle. C'est une véritable addiction, cette envie qui ne me quitte jamais, et le pire c'est que, quoi que je fasse, Sara n'embarque pas.

Je n'arrive pas à lui faire accepter sa vie avec moi.

Non qu'elle me repousse physiquement. Au contraire, elle réagit chaque fois que je la touche et, dans ses yeux, je reconnais cette faim et ce besoin qui me consument. Elle a beau le nier, elle aime ma brutalité au lit, encore plus que la tendresse. Quand je prends le contrôle, elle se sent libérée et parvient à faire taire le tourment de sa culpabilité et son cerveau hyperactif. Nos désirs se complètent, notre fougue mutuelle fait des étincelles, et pourtant même quand son corps s'abandonne au mien, je ressens le froid de sa distance mentale, ses tentatives pour se dérober à moi.

Dans un sens, je la comprends. Je l'ai arrachée à sa vie, à sa famille et au métier qu'elle adorait. Ce dernier aspect me dérange, car je sais à quel point l'identité de Sara dépendait de son rôle de médecin reconnu. La musique était peut-être sa passion et la médecine le choix pragmatique soutenu par ses parents, mais elle aimait son travail. Je m'en rendais compte chaque fois qu'elle rentrait chez elle, fatiguée, mais enthousiasmée d'avoir contribué à donner la vie et à soigner les maladies de ses patientes. À présent, elle semble perdue, brisée au-delà des mots, et ça me fait horreur.

Ma ptichka aime aider les gens et je l'en ai empêchée.

Pour lui remonter le moral, je décide de lui rapporter quelques instruments de musique et du matériel d'enregistrement lors de ma prochaine excursion, afin qu'elle puisse s'enregistrer chantant sur ses airs favoris. Je fais également appel à Ilya pour qu'il m'aide à transformer en studio de danse une partie du vaste salon à aire ouverte du rez-de-chaussée, au cas où Sara voudrait se remettre à la salsa ou à la danse classique.

— Que faites-vous ? demande-t-elle en nous voyant dresser la cloison.

Je lui expose alors mon idée. Elle ne saute pas de joie, mais il faut dire que, ces derniers temps, c'est rarement le cas.

On dirait qu'elle a perdu son étincelle intérieure et j'ignore comment la rallumer.

— C'est de la folie, vieux, grommelle Ilya alors que Sara remonte à l'étage après un appel à ses parents, les épaules raides et ses yeux noisette remplis de larmes. Sérieusement, cette fille ne mérite pas ça.

Je lui décoche un regard noir et il se tait, mais je sais qu'il a raison.

Je suis en train de détruire la femme que j'aime et je suis incapable d'arrêter.

Pourtant, quoi qu'il arrive, je ne peux pas m'en séparer.

Quand Anton et Yan reviennent de leur mission de reconnaissance, il ne manque que des miroirs dans le studio de danse et je décide de les acheter en revenant du Nigéria, en même temps que les instruments de musique et le matériel d'enregistrement. Je télécharge également des milliers de clips populaires sur un iPad dépourvu de connexion internet, que je donne à Sara – elle m'en remercie, une fois de plus sans grand enthousiasme.

J'en suis à un point où je préfèrerais qu'elle me repousse activement, comme les premiers jours après l'enlèvement.

Je songe à nouveau à la pilule du lendemain que je lui ai donnée et aux préservatifs que nous utilisons toujours. C'était peut-être une erreur d'écouter mon reste de conscience en cédant aux exigences de Sara à cet égard. Quand ses règles sont arrivées il y a deux semaines, j'ai eu l'impression de perdre quelque chose, et j'ai beau m'efforcer de ne pas penser à Sara enceinte, je ne peux m'empêcher d'y revenir.

Je ne peux m'empêcher de le vouloir.

Mon petit oiseau, enceinte. Je l'imagine très nettement quand je la regarde – le ventre arrondi et les seins lourds et pleins, tandis que la vie s'épanouirait en elle… Ses jolis tétons deviendraient ultra-sensibles, son corps élancé voluptueux et doux, et à la naissance de l'enfant, elle l'aimerait.

Elle prendrait soin de notre bébé, comme ma vraie mère n'a jamais pris soin de moi.

C'est tentant, et ce désir me ronge un peu plus chaque jour. Là-haut, Sara est entièrement à ma merci. Si j'arrêtais les préservatifs, elle ne pourrait rien y faire, et elle serait incapable de se procurer toute seule la pilule du lendemain. Elle porterait mon enfant et elle l'aimerait, et un jour, elle en viendrait à m'aimer moi aussi.

Nous formerions une famille et je l'aurais enfin pleinement.

Elle m'appartiendrait et elle n'aurait plus jamais envie de partir.

Le soir précédant mon départ avec Ilya au Nigéria, je prépare un dîner spécial pour Sara et l'équipe, cuisinant le plat préféré de chacun, ainsi que deux recettes japonaises que j'avais très envie d'essayer.

— Pourquoi on ne mange pas ça tous les jours ? se plaint Anton en se resservant en *vinegret* – une salade russe traditionnelle à base de betteraves. Sérieusement, mec, tu devrais le faire plus souvent. Hier, on n'a mangé que du riz et du poisson.

Je brandis mon majeur et les jumeaux Ivanov éclatent de rire avant d'attaquer leur plat favori – des kebabs d'agneau à la géorgienne, avec de la sauce piquante. Même Sara sourit en remplissant son assiette d'un échantillon de chaque plat, y compris mes essais de tempura aux légumes.

Pendant le repas, les hommes et moi discutons des questions pratiques liées à la mission, tandis que Sara nous écoute en silence, comme à son habitude. Elle maintient la même distance avec mes hommes qu'avec moi, et ne leur parle que rarement, du moins en ma présence. Le seul qu'elle semble apprécier, c'est Ilya, et même avec lui, elle est réservée, polie, mais pas franchement cordiale. Je crois qu'elle se sent mal à l'aise avec mes coéquipiers, à moins qu'elle leur en veuille d'être mes complices.

Son attitude envers eux ne me dérange pas. En réalité, c'est même préférable. Ces six dernières semaines, je les ai souvent surpris, tous les trois, en train de lorgner Sara avec divers degrés d'intérêt, et j'ai bien failli leur trancher la gorge. Je sais que leurs regards ne signifient rien – n'importe quel homme au sang chaud apprécierait la beauté gracieuse et soignée de Sara –, mais j'ai parfois envie de les tuer.

Elle m'appartient, et je ne partage pas. Jamais.

En tout cas, je suis content que ce soit Yan qui reste ici. De nous quatre, c'est le seul à avoir la tête froide, et bien que je fasse confiance à mes trois coéquipiers, je suis assuré du sang-froid de Yan. Il ne toucherait pas Sara, quelle que soit la tentation, et c'est précisément ce qu'il me faut.

Je dois être certain qu'elle est bien gardée pour pouvoir me concentrer sur mon travail.

— Et les habitants de la ville ? demande Yan tandis qu'Ilya nous expose notre trajet de repli.

Nous parlons tous en anglais, par respect pour Sara, et à mon grand étonnement je vois son visage blêmir quand j'évoque les bombes que nous prévoyons de déclencher pour faire diversion.

Si je ne la connaissais pas, je pourrais croire qu'elle se fait du souci pour nous.

Nous développons la logistique liée aux bombes et sommes en train de discuter des plans d'urgence quand Sara se lève brusquement, faisant racler sa chaise sur le sol.

— Pardon, excusez-moi, dit-elle d'une voix chevrotante.

Avant que je puisse l'arrêter, elle se rue dans les escaliers et disparaît à l'étage.

Je me sens souffrante, malade d'angoisse. J'ai des crampes d'estomac et j'ai l'impression qu'un camion m'a roulé sur la poitrine. Depuis que Peter m'a parlé du banquier nigérian, j'essaie de ne pas penser au danger, mais ce soir, en les écoutant évoquer la sécurité de haut vol qui protège la demeure de leur cible et de ce qu'ils comptent faire au cas où l'un d'entre eux serait blessé ou tué, je suis incapable de l'ignorer plus longtemps.

Demain, Peter et ses coéquipiers s'attaqueront à un monstre, dans son repaire lourdement gardé, et je n'ai aucune garantie qu'ils s'en sortiront vivants.

Je m'enferme dans la salle de bain et me précipite vers le lavabo pour m'asperger le visage en essayant de respirer, de chasser le nœud qui m'obstrue la gorge. Ça ressemble à une crise de panique, et pourtant la peur que j'éprouve ne concerne pas ma propre situation – au contraire, je pourrais même être libérée par la mort de Peter.

Une balle dans sa tête ou dans son cœur – c'est ce qu'il faudrait pour qu'il me rende ma liberté, m'a-t-il dit un jour. Et je sais que c'est la vérité. Car aussi longtemps que vivra mon tourmenteur, je ne serai jamais libre. Même si je parvenais à m'échapper, il me poursuivrait. Alors, je devrais espérer qu'il se fasse tuer – par balle ou l'une de ses bombes. Ses coéquipiers pourraient me ramener chez moi, et je reprendrais le cours de ma vie.

Je retrouverais tout s'il venait à mourir.

C'est ce que je devrais souhaiter, mais au lieu de ça, je suis consumée par l'anxiété et la crainte. L'idée que Peter puisse être blessé m'est insupportable, encore plus aujourd'hui que le soir où il m'a enlevée. Au cours des six dernières semaines, j'ai fait tout mon possible pour réprimer mes émotions, pour réagir à sa présence de manière uniquement physique, mais de toute évidence, j'ai échoué.

Les sentiments confus que j'éprouve envers l'assassin de mon mari sont toujours là. Ils se sont même renforcés durant ma captivité.

De plus en plus malade, je m'empare d'une serviette et la passe sur mon visage mouillé. J'ai l'estomac noué, mon sang rugit dans mes tempes et je peine à respirer tant ma cage thoracique est comprimée. Le visage qui me fait face dans le miroir de la salle de bain est blanc comme la craie, avec des rougeurs aux endroits où la serviette a trop frotté.

Demain, Peter pourrait être tué.

— Sara ?

Des coups contre la porte me font sursauter et je lâche la serviette avant de me retourner.

— Ptichka, tu vas bien ? demande Peter d'une voix grave dans laquelle je décèle une légère inquiétude.

Mes poumons refusent toujours de fonctionner correctement, mais je parviens à prendre une inspiration avant de répondre d'une voix étranglée :

— Je vais bien. Juste une seconde.

Les mains tremblantes, je ramasse la serviette sur le sol et la jette dans la corbeille de linge sale, dans un coin, avant de passer les paumes sur mes cheveux pour essayer de me calmer. Mes attaques de panique se sont décuplées ces dernières semaines et je ne veux pas que Peter sache que la seule mention du danger qu'il va affronter a suffi à me faire flancher.

Après plusieurs inspirations, je me dirige vers la porte et tire le verrou. Peter entre aussitôt, les sourcils froncés. Il me scrute d'un air soucieux comme s'il craignait que je me sois fait mal.

— Que s'est-il passé ? Tout va bien ?

— Oui, désolée. Des maux de ventre, dis-je sur un ton presque serein. Mais ça va.

Le front de Peter se plisse davantage.

— C'est la période du mois ?

— Non, c'est juste que…

Je m'interromps et effectue de rapides calculs mentaux. À mon grand étonnement, il a raison. Mes dernières règles remontent à près d'un mois – ce qui explique en partie ce que je ressens.

— En fait, oui, dis-je, soulagée de saisir cette excuse. Je ne m'en étais pas rendu compte, mais oui, ce doit être ça.

Le visage de Peter se détend.

— Ma pauvre ptichka. Viens ici.

Il m'attire contre lui et je passe les bras autour de sa taille, inspirant son parfum chaud tandis qu'il me caresse les cheveux. Le plus fort de ma panique est passé. La sensation de son corps musclé et solide contre le mien atténue mon angoisse, mais mes appréhensions quant au lendemain persistent.

Et s'il se faisait tuer ?

— Tu veux t'allonger ? murmure Peter au bout d'un moment en s'écartant pour me regarder.

Je secoue la tête. J'ai toujours la poitrine comprimée et l'estomac perclus de crampes, mais me retrouver seule avec mon désarroi ne ferait qu'aggraver les choses.

Je me dégage de son étreinte et parviens à sourire.

— Je vais bien. Désolée si j'ai gâché le dîner. Tout était délicieux.

Il reste des traces d'inquiétude dans ses yeux, mais il hoche la tête. Manifestement, il me croit sur parole.

— Tu veux du dessert ? demande-t-il. C'est de la tarte aux pommes. Je peux t'en apporter une part en haut si tu n'es pas d'humeur à…

— Non, je vais descendre. De toute façon, je dois prendre un Advil.

Avec une grande inspiration, je sors de la salle de bain, résolue à faire ce qu'il faudra pour me changer les idées à propos du lendemain.

Quand nous arrivons dans la cuisine, le comportement de Sara change si brutalement qu'on dirait qu'un interrupteur s'est enclenché, entraînant une personnalité différente. Une sorte de frénésie s'est emparée d'elle et, après avoir avalé deux Advil, elle s'affaire dans la cuisine, range les restes et sort de nouvelles assiettes pour le dessert à une telle vitesse qu'elle semble avoir un train à prendre.

— Je m'en charge, ptichka. Détends-toi, lui dis-je en la conduisant vers sa chaise au moment où elle essaie de sortir la tarte du four sans manique. Tu es patraque, alors vas-y doucement.

— Tout va bien, proteste-t-elle.

Mais je n'en tiens pas compte et sors moi-même la tarte du four avant de l'emporter à table, sous le regard perplexe de mes hommes.

Sara reste assise en silence pendant quelques instants, me laissant couper la tarte en cinq parts, avant de bondir à nouveau.

— Attends, je vais servir, dit-elle en attrapant l'assiette d'Ilya.

Puis, comme si elle venait de se rendre compte qu'elle n'avait pas les bons ustensiles, elle se rue vers un tiroir de la cuisine pour revenir avec une spatule.

Cette fois, je la laisse faire, même si j'ignore ce qui lui arrive. Ses yeux sont trop brillants, comme enfiévrés par une fébrilité refoulée, et son visage est encore trop pâle. Elle couve peut-être quelque chose ? Mais dans ce cas, elle devrait être fatiguée au lieu de s'agiter.

— Tiens, dit-elle en posant sa part de tarte devant Ilya. Tu veux autre chose ? De la crème fouettée ?

— Euh, non merci, répond mon coéquipier en clignant des paupières. Ça va.

Elle lui adresse un sourire inhabituellement éclatant et s'empare ensuite de l'assiette d'Anton. Après y avoir déposé une part de tarte, elle lui rend son assiette et sert Yan, puis moi. Enfin, elle prend la dernière part et se rassoit.

Elle remplit sa fourchette avant de lever les yeux vers nos mines ébahies.

— Alors, dit-elle d'une voix si guillerette que j'ai du mal à la reconnaître. Vous avez des tartes aux pommes en Russie, vous aussi, ou est-ce plutôt un dessert américain ? Comme on dit, plus américain que la tarte aux pommes, ça n'existe pas…

Yan est le premier à se ressaisir.

— Nous avons de la tarte aux pommes, dit-il avec un sourire amusé. Ça ne ressemble pas exactement à ça, mais nous faisons des tartes et des tartelettes – *pirozhki* – fourrées aux pommes et aux baies, ou encore à la viande, aux pommes de terre, aux champignons, au chou, aux oignons verts et aux œufs.

— Chou, oignon vert et œufs ? fait Sara en fronçant le nez. Vraiment ?

— Non, pas ensemble, précise Yan. C'est soit œufs et oignons verts, soit chou. Oh, et les champignons peuvent aussi accompagner de l'oignon et du fromage.

Sara penche la tête et le regarde avec intérêt.

— Ah, oui ? Et quels desserts mange-t-on en Russie ?

— Oh, il y en a plein, dit Anton en intervenant dans la conversation.

Sans le vouloir, Sara a touché la plus grande faiblesse de mon ami – les bonbons et les pâtisseries – et Ilya et moi échangeons un regard exaspéré quand il se lance dans la longue liste de ses gâteaux et de ses entremets préférés, décrivant chacun d'entre eux dans ses détails les plus appétissants.

— Waouh ! se récrie Sara lorsqu'il marque une pause pour reprendre son souffle. Peter, sais-tu cuisiner tout ça ?

— Quelques-uns, je réponds en posant ma fourchette. Si tu veux, je peux tenter un Napoléon quand nous rentrerons – c'est la version russe du mille-feuille dont te parlait Anton, avec de multiples couches et de la crème anglaise.

— Oui, s'il te plaît, répond Anton, même si je ne m'adressais pas à lui. Comment disent les Américains, déjà ? Ah oui, ce serait *la cerise sur le gâteau*.

Ilya et Anton éclatent de rire, mais le visage de Sara se ferme pendant une fraction de seconde. Pourtant, l'instant d'après, elle se joint à leur hilarité et je me demande si je ne l'ai pas imaginé. De toute façon, ça n'a aucune importance, car son comportement est déjà bien assez étrange.

Pendant que nous dégustons le dessert et buvons le thé – une tradition russe dont mes gars ont longuement parlé à Sara –, je l'observe en essayant de comprendre la raison de son animation soudaine. On dirait qu'une personne différente a pris possession de son corps. Devant mes hommes, elle plaisante et rit avec la plus parfaite insouciance. Et pourtant, sous la table, elle se trémousse sur sa chaise et garde un bras contre son ventre – un signe manifeste des crampes qui la minent.

Cette énigme me perturbe et une fois que toute la tarte aux pommes a disparu, je demande aux hommes de débarrasser la table. Sara bondit pour les aider, mais je lui attrape le poignet avant qu'elle commence à s'agiter.

— Viens, lui dis-je. C'est l'heure d'aller se coucher.

Elle n'émet aucune objection, même s'il est à peine vingt et une heures, et lorsque nous arrivons dans la chambre, elle commence à se déshabiller sans que je le lui demande, ses yeux brillent d'une lueur maladive.

Ma réaction physique est immédiate. Dès qu'elle retire sa chemise et dégrafe son soutien-gorge, ma queue devient aussi dure que la pierre et des gouttes de sueur perlent sur ma peau. Quand elle laisse son soutien-gorge tomber par terre avant de quitter son jean, mon cœur se met à cogner contre mes côtes. Ce qui m'excite le plus, c'est qu'elle soutient mon regard pendant tout ce temps. L'éclat fiévreux dans les profondeurs noisette de ses yeux se transforme en œillade séductrice remplie de désir.

Son string disparaît en dernier, puis elle s'approche de moi, faisant onduler ses hanches minces avec une grâce naturelle.

Comme si c'était possible, je deviens encore plus dur et il me faut redoubler d'efforts pour ne pas l'attraper quand elle s'arrête devant moi et tend ses mains fines vers le premier bouton de ma chemise.

— Je croyais que tu ne te sentais pas bien.

J'ai parlé d'une voix rauque, sous l'effet du désir qui déferle en vagues impétueuses dans mes veines.

— Chut, dit-elle en posant un doigt délicat sur mes lèvres. Je n'ai pas envie de parler.

Les battements de mon cœur rugissent dans mes oreilles quand elle baisse les mains et s'attaque aux boutons de ma chemise. C'est la première fois que Sara est elle-même à l'initiative de l'un de nos corps à corps. Tandis que ses doigts m'effleurent la peau, la chaleur en moi devient volcanique et l'envie de la baiser si forte que je serre les poings. Sa concentration est délicieuse. Elle a glissé sa jolie lèvre inférieure entre ses dents et d'épaisses mèches de cheveux brillants encadrent son visage. Le besoin de m'emparer d'elle et de la prendre, encore et encore, me fait presque trembler.

Pourtant, je ne bouge pas. J'en suis incapable. Ses caresses volontaires sont un cadeau auquel je ne m'attendais pas ce soir, que je n'osais pas espérer. J'ignore ce qui lui est passé par la tête ou pourquoi elle fait ça, mais je ne compte pas protester.

Terminant de défaire mes boutons, Sara fait tomber la chemise sur mes épaules et lève les yeux vers moi à travers ses cils noirs avant de poser la main sur la fermeture de mon jean.

Cette fois, elle est plus hésitante, presque méfiante, mais peu importe. C'est de la lave qui jaillit dans mes veines. Son corps nu est si proche que je peux la toucher, la sentir… il ne manque que son goût sucré sur ma langue. Ses tétons sont durs et dressés, les globes pâles de ses seins se balancent doucement tandis qu'elle se débat avec ma boucle de ceinture, et un gémissement m'échappe quand elle libère ma queue endolorie et se laisse tomber à genoux devant moi.

— Sara…

Je suis à peine capable de parler quand elle prend mes boules dans sa paume douce et referme son autre main autour de mon sexe. Puis elle se penche et le lèche délicatement, de la base jusqu'au bout, propageant une chaleur brûlante le long de ma colonne vertébrale. Mes boules remontent et se contractent, et je sais que je n'en ai plus que pour quelques secondes. Je prends une inspiration en essayant de penser à autre chose pour retarder la montée en puissance explosive, mais Sara referme alors ses lèvres autour de moi pour me prendre tout entier dans sa bouche humide et moelleuse, et je perds tout semblant de contrôle.

En gémissant, j'agrippe sa tête et passe les doigts dans ses cheveux tout en donnant de grands coups. Je l'étouffe presque et des hauts le cœur la saisissent quand j'atteins le fond de sa gorge. Ce n'est pas ce que je voulais, ce que je comptais faire ce soir, mais le désir qui m'ébranle est trop violent, trop puissant pour que j'y résiste. À genoux, avec sa cascade de boucles noisette dans le dos et ses yeux humides alors que je prends possession de son visage, Sara est la vision la plus sexy que j'aie jamais eue. Et savoir qu'elle est ici de sa propre initiative…

— Putain !

Ce juron m'échappe lorsque sa main se referme sur mes boules. L'orgasme explose, ses éclats de plaisir échappant à mon contrôle. Mes muscles se contractent et mon dos se cambre quand l'extase me traverse le corps. Je jouis dans un cri rauque, faisant gicler mon sperme au fond de sa gorge.

Elle en avale chaque goutte, me suçant la queue jusqu'à ce qu'elle mollisse, sans détacher un seul instant ses yeux des miens. On dirait qu'elle s'abreuve à mon plaisir, qu'elle se nourrit de mon envie pour elle. Ça me rappelle les punitions que je lui infligeais, mais ce soir, je ne vois pas la même soumission éblouie dans son regard. Elle le fait parce qu'elle en a envie, et non parce que je l'y ai contrainte. Et quand les dernières vagues de plaisir s'estompent, je la hisse sur ses pieds et la conduis à notre lit, bien déterminé à me rattraper.

— Allonge-toi, lui dis-je en la guidant sur le matelas.

Elle obéit et s'étend sur le dos. Son regard est voilé et ses paupières mi-closes quand elle me voit monter sur elle. Je sais qu'elle est toujours en proie au sentiment qui l'anime ce soir.

C'est une énigme qui me ronge, mais ce n'est pas le moment de me pencher sur la question. J'ai encore le souffle court, sous le coup du plaisir, et pourtant j'ai envie de plus. Je veux la goûter quand elle jouira, sentir ses bras fins autour de moi. Au-delà du désir sexuel, c'est un besoin compulsif.

Avec Sara, je n'en ai jamais assez.

Alors je me laisse aller. Maintenant que mon avidité la plus urgente est satisfaite, je prends le temps de jouer avec son corps, de l'embrasser et de caresser chaque centimètre carré de sa chair chaude et parfumée. Elle est délicieuse, ma Sara, sa peau lisse, pâle et douce, ses courbes délicates, à la fois tendres et fermes au toucher. Ses gémissements, ses petits cris étouffés et ses soupirs alanguis quand je la lèche – je donnerais le monde pour rester éternellement dans cette position, pour l'entendre crier sous les caresses de ma langue.

Deux orgasmes, puis trois, puis quatre… Je perds le compte au bout d'un moment, entièrement consumé par son être, accro à son plaisir. Je la comble de mes doigts et de ma bouche, avant de la prendre doucement, conscient de ses désagréments prémenstruels. Elle ne proteste pas et s'agrippe à moi pendant que j'imprime un mouvement de va-et-vient. Une fois que j'ai joui, je redescends entre ses jambes pour goûter à nos goûts entremêlés en lui suçant le clitoris. Ses doigts qui se referment dans mes cheveux, sa respiration haletante et ses gémissements suppliants sont comme une drogue dont j'abuse. Je m'enivre de son odeur, de son goût et de sa texture. Une fois qu'elle retombe, épuisée et rayonnante, je la prends dans mes bras et nous nous endormons, son cœur battant tout contre le mien.

Je me réveille avec une sensation mêlée de bien-être et de malaise, et il me faut une longue minute pour comprendre pourquoi.

Peter.

Il est parti au Nigéria ce matin, après m'avoir fait l'amour pendant toute la nuit.

À présent, ça me paraît surréaliste, comme un rêve dont je m'éveille. Je n'en reviens pas d'avoir pris les devants, quant à ce qui a suivi… En gémissant, je roule sur le côté et sors mes jambes du lit. J'ai le ventre perclus de crampes et, en arrivant aux toilettes, je ne suis pas étonnée de constater que mes règles ont commencé. Ce qui me laisse perplexe, en revanche, c'est que nous avons encore oublié les préservatifs hier soir et qu'aucune alarme ne s'est déclenchée dans mon esprit.

On dirait qu'inconsciemment, j'ai envie de tomber enceinte.

Non. Je chasse cette pensée terrifiante. Je ne veux *pas* avoir un enfant dans ces conditions. Hier soir, je n'avais pas les idées claires, c'est tout. Après avoir entendu les hommes parler des dangers qu'ils allaient affronter, je me suis sentie malade d'inquiétude et si désespérée de me changer les idées que j'ai sauté sur Peter pour le séduire malgré mon intense chagrin. Je suis presque certaine qu'il m'aurait laissée tranquille hier soir – il a toujours été attentionné quand j'étais malade –, mais j'avais besoin d'une distraction et c'est précisément ce que j'ai obtenu. À mon deuxième orgasme, j'ai tout oublié du Nigéria et de mon mal-être, et au quatrième, je me rappelais à peine mon propre nom.

J'ai désespérément besoin d'une douche. Sans tenir compte de la gêne qui me tord le ventre, j'entre dans la cabine et me lave de la tête aux pieds. Puis je me sèche, me brosse les dents et retourne dans la chambre pour m'habiller. J'ai la surprise de découvrir un verre d'eau et un Advil sur la commode – Peter a dû les déposer ce matin.

Je m'en réjouis tout bêtement et avale le médicament, avant de me recoucher le temps que passent les douleurs les plus aiguës. C'est ridicule, mais mon ravisseur me manque… ainsi que ses attentions et sa prévenance. Sans doute est-ce à cause de ma baisse de moral, mais j'aimerais qu'il me masse le ventre, qu'il me serre contre lui et qu'il me donne l'impression que je suis le centre de son univers.

J'ai envie de sa présence. Je n'aime pas le savoir à l'autre bout du monde, où les balles fusent et où les bombes explosent.

Non. Non, non, non. Je ferme vivement les yeux, mais il est trop tard. L'angoisse que je croyais avoir chassée me revient en force et une panique toxique me comprime la poitrine et la gorge. C'est stupide, profondément irrationnel, mais je ne veux pas que mon tourmenteur meure. Je ne suis même pas capable de l'imaginer. Son impact sur ma vie est tellement absolu, tellement général que je ne l'envisage plus sans lui.

Et je n'ai même pas envie de l'envisager.

Mon cœur se serre encore plus et je me concentre sur ma respiration pour essayer de détendre mes muscles et d'apaiser mon pouls erratique. Je me persuade que tout va bien se passer, que Peter est capable d'affronter ce qui lui arrivera. Le danger, c'est sa zone de confort, et les assassinats, sa vocation professionnelle. Je n'ai aucune raison de penser que quelque chose peut déraper, aucune raison de croire qu'il ne reviendra pas.

Sauf qu'il a été blessé lors de cette mission au Mexique.

Non. Je prends une grande inspiration et fais taire ce rappel insidieux. Aucune raison de s'inquiéter pour une erreur qui ne s'est produite qu'une seule fois. Au fil des ans, Peter a réalisé une multitude de missions dangereuses sans être blessé.

En fait, il a même tué mon mari et ses trois gardes sans une égratignure.

Mon ventre se crispe, accentuant mes crampes, et ma gorge se remplit de bile à ce souvenir. Comment ai-je pu oublier, ne serait-ce qu'un instant, quel genre d'homme est Peter et ce qu'il a fait ? Ici, sur cette montagne, mon ancienne vie peut me paraître irréelle, mais ça ne veut pas dire qu'elle n'a pas existé.

Ça ne veut pas dire que le mari que j'aimais n'a pas existé.

Je ferme les yeux et me concentre sur George et nos souvenirs heureux. Il y en avait tant : nos premiers rendez-vous, notre voyage à Disney World, les barbecues chez mes parents… Mes parents l'aimaient, l'estimaient plus que tout au monde, et pendant des années, ce fut aussi mon cas. On riait et pleurait ensemble, on sortait et on restait chez nous. Il était présent à ma remise de diplôme, et moi, j'étais présente à la sienne. Ensuite, la vie est devenue plus difficile : mon école de médecine et mon internat, ses voyages interminables à l'étranger. Et pourtant, nous étions ensemble, notre amour renforcé par l'idée que nos vies ne faisaient que commencer, que nous étions jeunes et capables de tout endurer.

Bien sûr, c'était avant qu'il se mette à boire et qu'il ait ses sautes d'humeur… avant que ses secrets détruisent notre mariage et entraînent l'arrivée de Peter.

J'ouvre les yeux et regarde fixement le plafond, en proie à la douleur désormais familière de la trahison. J'aimerais pouvoir oublier ça, faire semblant que tout ce que Peter m'a raconté était un mensonge, mais je ne peux nier les faits.

Le garçon que j'ai rencontré à l'université n'était pas l'homme que j'ai épousé, et pendant des années, j'ignorais pourquoi.

Espion, et non journaliste. J'ai toujours du mal à le croire. George aurait-il fini par me le dire ? Si la tragédie de Daryevo et tout ce qui a suivi n'étaient pas arrivés, aurais-je appris quel était son vrai métier ? Ou m'aurait-il maintenue dans le noir pendant toute ma vie, me mentant constamment avec un grand sourire ?

Consciente que mes pensées virent à l'amertume, j'essaie de me concentrer sur les moments de joie, mais c'est inutile. Ce que George et moi avons connu était agréable autrefois, mais vers la fin, ce n'était plus le cas, et je ne peux pas l'oublier. Je ne peux pas effacer la tristesse et la culpabilité, la honte et le désespoir que j'ai combattus quand notre mariage battait de l'aile, écrasé par le poids de son addiction. J'ai perdu mon mari bien avant l'accident qui lui a brisé le crâne, avant que Peter surgisse avec ses sombres projets de vengeance.

Je l'ai perdu au moment où Peter a perdu sa famille, et pourtant à l'époque, je l'ignorais.

J'ai toujours des crampes dans le bas-ventre, mais les cachets commencent à faire leur effet. Je me lève et entreprends de m'habiller. Je ne supporte pas de penser à George plus longtemps, car même les bons souvenirs sont désormais entachés par l'idée que tout n'était qu'un mensonge, que je n'ai jamais vraiment connu l'homme que j'ai épousé.

L'homme qui a été assassiné par celui qui est à présent l'objet de toutes mes inquiétudes.

Cherchant désespérément à réprimer une nouvelle vague d'angoisse, je m'empare de l'iPad que Peter m'a donné et lance un clip vidéo. Je chante avec Ariana Grande tout en enfilant mes vêtements et en me brossant les cheveux. La musique me remonte un peu le moral et, en descendant, je suis capable de saluer Yan par un « bonjour » chaleureux.

Il est assis derrière le plan de travail avec un ordinateur portable.

— Bonjour, répond-il en levant les yeux de son écran tandis que je me prépare un café.

Comme toujours, on croirait à sa tenue que le frère d'Ilya travaille dans une société d'investissements. Ses cheveux bruns sont impeccables et son visage rasé de frais. Il me sourit, mais ses yeux verts restent froids quand il dit :

— Peter t'a laissé des flocons d'avoine sur la cuisinière.

— Oh, merci.

Mon cœur se serre avec une chaleur troublante quand je m'approche de la casserole et verse les flocons d'avoine dans un bol. Je devrais en avoir pris l'habitude, depuis le temps, mais je suis toujours émerveillée de constater que Peter ne se lasse pas de prendre soin de moi. Ce matin, en particulier, il devait avoir tant de choses plus importantes à l'esprit, et pourtant il a pensé à moi en me laissant de l'Advil, et maintenant le petit déjeuner.

— Des nouvelles ? je demande à Yan en prenant place à la table. Tu sais quelque chose ?

Le Russe secoue la tête.

— Il reste encore huit heures avant qu'ils atterrissent.

Son ton est léger, mais je décèle une certaine tension sous-jacente.

Ce type a beau être un psychopathe, il n'en a pas moins l'air soucieux.

Mon angoisse redouble et me coupe aussitôt l'appétit, mais je me force à manger tandis que Yan reporte son attention sur l'écran d'ordinateur. Peter est peut-être parti pour deux jours ou plus, et je ne peux pas me laisser mourir de faim uniquement parce que je suis malade d'inquiétude. Sans parler du fait que je n'ai aucune raison de m'inquiéter pour un homme que je devrais détester, mais sur ce point, je capitule.

Stupide ou non, je n'ai pas envie que Peter se fasse blesser ou tuer.

Après avoir terminé mon repas, je monte à l'étage et passe le temps en lisant et en regardant les clips vidéo que Peter a téléchargés sur l'iPad. Je m'occupe ainsi, avec quelques tâches ménagères, avant de redescendre à l'heure du déjeuner.

Yan n'est nulle part. Il doit être dans sa chambre ou à l'entraînement, quelque part à l'extérieur. Pendant une seconde, je suis tentée de m'évader à nouveau – à présent, le temps est bien plus chaud et à ma connaissance, aucun orage n'est prévu –, mais je me ravise. Je ne suis pas encore assez familière avec la topographie de cette montagne, et tâtonner à l'aveuglette autour des falaises ne me semble pas une excellente idée, d'autant plus que mes règles m'affaiblissent.

En tout cas, c'est la raison que je me donne en repoussant mes projets d'évasion. Je prends un autre Advil et me prépare un sandwich.

Quand je redescends pour le dîner, Yan est là. Il termine les restes de flocons d'avoine tout en assemblant ce qui ressemble à du matériel d'enregistrement audio – un casque énorme avec un micro intégré relié à l'ordinateur.

— Du nouveau ? je demande en me dirigeant vers le réfrigérateur après avoir avalé un autre cachet.

Yan secoue la tête.

— Mais ça ne devrait pas tarder, dit-il avant d'avaler le reste de son thé. Je te préviendrai quand ils atterriront.

— Merci, dis-je tout en cherchant les ingrédients pour préparer une poêlée végétarienne.

J'ai une douleur entre les omoplates, et l'anxiété contre laquelle je me suis battue toute la journée revient en force. Je découpe et émince les légumes, puis je les asperge généreusement de sauce soja.

— Tu en veux ? proposé-je à Yan quand il lève les yeux pour voir ce que je fais.

Il refuse poliment avant de mettre les écouteurs sur sa tête pour procéder à des tests de réception audio. Il a toujours l'air excessivement soucieux et reste concentré sur le clavier où ses doigts pianotent.

Une fois que la poêlée est prête, je m'assois et mange en silence tout en observant Yan. Je me sens de plus en plus mal à l'aise à chaque bouchée. D'après mes calculs, huit heures se sont déjà écoulées depuis le petit déjeuner et la tension qui émane du Russe, si placide en temps normal, ne m'aide pas.

— En général, vous restez en contact pendant toute la mission ? je demande quand le silence devient trop insupportable. Ou attends-tu qu'ils t'appellent ?

Yan lève les yeux et retire ses écouteurs.

— En général, je suis avec eux, dit-il en pivotant sur son tabouret pour me regarder.

Je comprends alors pourquoi il est si nerveux. Il a l'habitude de les accompagner, d'être au cœur de l'action, et non pas de la suivre de loin.

— Je suis désolée que tu sois forcé de faire du baby-sitting, dis-je en repoussant mon assiette à moitié intacte.

Autant essayer de faire connaissance avec mon geôlier au lieu de me tourmenter au sujet de Peter.

— Je suis sûre que tu t'inquiètes pour ton frère.

Yan hausse les épaules et ses traits tirés se dérident un peu.

— Ilya peut se débrouiller seul.

— Oui, je n'en doute pas.

Je prends ma tasse de thé et ajoute :

— Il est plus jeune ou plus âgé que toi ?

Cette fois, il a l'air franchement amusé.

— Plus âgé de trois minutes.

— Oh, dis-je en clignant des paupières. C'est ton jumeau ?

— Identique, si tu peux le croire, dit-il avec un hochement de tête.

— Waouh. Vous ne vous ressemblez pas du tout.

Tout en sirotant, je contemple ses traits nets et vaguement aristocratiques. À bien y regarder, je décèle des similitudes avec la structure osseuse d'Ilya, mais il y a aussi quelques différences. Le nez de Yan est plus droit et sa mâchoire carrée plus proportionnée – pas aussi ciselée que celle de Peter, mais forte et bien définie. La plus grande différence, cependant, c'est la chevelure.

Yan a la tête couverte de cheveux, sans la moindre trace de tatouages crâniens.

— Mon frère a manqué de chance dans certains combats, m'explique-t-il en remarquant mon regard scrutateur. Il s'est fait casser le nez et écrasé le visage à plusieurs reprises. Et puis, il a pris des stéroïdes quand il était jeune et écervelé. Il voulait gagner de la masse.

— Je vois.

Les stéroïdes expliquent certaines différences, y compris celle de la taille. Mais l'homme assis devant moi n'est pas petit. Il mesure environ la même taille que Peter, et il est tout aussi musclé. Son frère jumeau, en revanche, est massif, aussi imposant qu'un bodybuilder.

— C'est ton seul frère ? je demande.

Yan hoche la tête.

— Oui, nous ne sommes que deux.

Je repose ma tasse.

— Et vous avez de la famille ?

— Non.

Son expression demeure impassible, sans chagrin ni regret. Il est aussi insensible que si je l'interrogeais sur ses chaussettes.

J'ai envie d'approfondir la question, mais un autre sujet m'intéresse encore davantage.

— Quand as-tu rencontré Peter ? dis-je en m'avançant sur mes coudes. Vous avez déjà travaillé ensemble, n'est-ce pas ?

— Oui.

Yan referme l'ordinateur et tourne sur le tabouret de bar pour se placer face à moi.

— Ilya et moi, nous faisions déjà partie de son équipe depuis trois ans avant Daryevo.

La mention du village me rappelle les images d'horreur sur le téléphone de Peter, et la poêlée vire à l'aigre dans mon estomac.

— Tu les connaissais ? je demande d'une voix que j'essaie de maîtriser. Sa femme et son fils, je veux dire ?

— Non.

Les yeux verts du Russe sont plus vifs que des pierres précieuses, et tout aussi froids.

— Anton est le seul à les avoir rencontrés. Nous autres, on ne savait même pas que Peter avait une famille avant qu'ils soient tués.

— Oh.

Je ne sais que répondre. De toute évidence, Peter ne faisait pas confiance à l'homme assis en face de moi – du moins, pas assez pour risquer de lui exposer son secret le plus précieux. Et pourtant, ils travaillent encore ensemble.

— Si j'étais lui, moi aussi je l'aurais caché, m'explique Yan avec un sourire sévère sur le visage – et je me rends compte qu'il a perçu ma gêne. Les familles et les bébés n'ont pas de place dans notre monde.

— Vraiment ?

Alors ce n'était pas un manque de confiance. Peter a dévié du mode de vie habituel.

— Je suppose qu'aucun d'entre vous n'a jamais été marié ?

— Seulement Peter, me confirme Yan. Et tu sais comment ça a fini.

Je déglutis pour ravaler la boule qui me noue la gorge et prends à nouveau ma tasse de thé entre mes doigts.

— Oui, je sais.

Yan me regarde boire le reste de mon thé avant d'affirmer d'un ton calme :

— Ça ne durera pas non plus, tu sais.

Je baisse ma tasse.

— Qu'est-ce que tu veux dire ?

— Ça, répond-il en agitant la main pour me désigner, ainsi que notre environnement. Quoi que ce soit, ça ne durera pas.

Je le dévisage, perplexe.

— tu veux dire… qu'il va me laisser tomber ?

— Non.

Le regard du Russe est à nouveau froid, indéchiffrable.

— Il ne fera jamais ça. C'est un homme obsessionnel et tu es son obsession. Il ne te laissera jamais tomber, Sara. Pas avant que l'un, l'autre ou tous les deux, vous soyez morts.

Je prends une vive inspiration, mais avant que je puisse réagir, un tintement se fait entendre et Yan se tourne vers son ordinateur portable.

— Ils ont atterri, dit-il en mettant les écouteurs sur sa tête. Ça va devenir intéressant.

La première partie de l'opération se déroule sans encombre. C'est même si fluide que la nervosité me gagne. Ce n'est jamais bon signe quand tout se passe comme prévu. Il y a toujours un obstacle à gérer, un contretemps à désamorcer. Il faut s'attendre à des obstacles impromptus, car rien n'est jamais prévisible à cent pour cent, et croire le contraire – s'imaginer que le plan, aussi flexible qu'il soit, prend en compte tous les paramètres – est le meilleur moyen de se faire tuer.

Ainsi, quand nous pénétrons dans la résidence du banquier et éliminons sans un bruit le nombre précis de gardes que nous avions estimé, je commence à me sentir fébrile. Et quand nous piratons toutes les caméras pour donner à Yan l'accès à distance avant de nous diriger vers la chambre sans croiser un seul membre du personnel qui aurait dévié de son trajet habituel, mon radar à danger bascule dans le rouge.

Nous avons eu le vent en poupe jusqu'à présent, mais quand nous nous heurterons aux difficultés – ce qui est inévitable, car la chance est une garce inconstante – nous les sentirons furieusement passer.

Comme nous ne pouvons rien y faire pour le moment, à moins d'annuler l'opération, je fais signe à Anton de se tenir prêt tandis qu'Ilya se place devant la porte.

Sous la violence de son coup de pied, la porte est arrachée de ses gonds et vient s'écraser par terre. À l'intérieur, un cri de panique se fait entendre. En faisant irruption tous les trois dans la chambre, nous apercevons notre cible sur le sol, ses bourrelets tressautant tandis que sa maîtresse nue se pelotonne derrière le lit.

Les petits yeux porcins du banquier sont blancs de terreur et sa silhouette ronde tremble lorsqu'il s'efforce de couvrir son sexe ramolli avec un oreiller.

— Arrêtez ! Je vous en supplie, je peux vous payer. Je le jure, je peux vous payer. Je vous donnerai plus que ce que vous touchez. Que voulez-vous ? Cent mille euros ? Un demi-million de dollars ? Je les ai. J'ai l'argent, je le jure !

Constatant que rien ne nous arrête, il abandonne l'anglais pour parler dans un mélange de français et d'allemand à l'accent prononcé, puis un dialecte haoussa, répétant frénétiquement sa proposition jusqu'à ce qu'Anton lui assène un coup de poignard dans la gorge pour le faire taire.

— Avec les salutations du cousin d'Omuya, dis-je en anglais, tout en regardant l'homme se débattre en s'étranglant dans le sang qui jaillit de son cou.

Il meurt en un rien de temps – une mort plutôt facile, tout bien considéré.

La maîtresse de ce fumier éclate en sanglots derrière le lit. Sourd à ses pleurs, je prends une photo du cadavre en guise de preuve pour le client, puis je dis à Ilya en russe :

— Attache-la et partons.

En temps normal, nous éliminerions aussi la femme, mais cette fois, je veux un témoin.

Je veux que les autorités nous recherchent en Afrique, loin de Sara et du Japon.

Passant la lanière de son M16 sur son épaule, Ilya contourne le lit et se penche vers la femme éplorée. Sachant qu'il en fait son affaire, je me dirige vers la porte, mon radar toujours en alerte.

Soudain, un coup de feu retentit.

Je fais volte-face, les oreilles sifflantes à cause de la détonation, mais il est trop tard.

Ilya gît sur le sol, une tache rouge sombre de plus en plus grande s'écoulant de son crâne.

Je fais les cent pas au premier étage, de pièce en pièce, en proie à l'anxiété. Dès l'instant où l'équipe a atterri, Yan m'a demandé de le laisser seul pour qu'il puisse se concentrer sur son rôle : surveiller le complexe du banquier à distance afin de repérer les éventuels imprévus. Ce n'était pas une excuse pour se débarrasser de moi. En quittant la cuisine, j'ai aperçu plusieurs vidéos de caméras de surveillance sur son écran d'ordinateur et ce qui m'a semblé être une vue aérienne de drone.

Pour me changer les idées, j'ai essayé de lire à nouveau, puis de regarder des clips en chantant avec mes artistes préférés. Je me suis même rendue dans le studio inachevé pour tenter quelques pas de danse classique appris quand j'étais petite, ainsi que des étirements à la barre pour détendre mes lombaires crispées par mes règles douloureuses. Rien n'a réussi à retenir mon attention pendant plus de quinze minutes, et maintenant, j'erre sans réfléchir de fenêtre en fenêtre comme si, en regardant les ténèbres au-dehors, je pouvais voir apparaître l'hélicoptère.

Au bout de deux heures, mes crampes s'accentuent et je suis un paquet de nerfs. Je descends alors dans la cuisine pour prendre un autre Advil. Yan est toujours assis à son ordinateur devant le plan de travail, le casque sur les oreilles, mais à présent son expression n'est plus du tout détendue. Il est d'une pâleur saisissante, et des rides de tension encadrent sa bouche pincée, tandis qu'il parle en russe dans le micro avec un débit accéléré.

Mon cœur cesse un instant de battre avant de se lancer dans un galop paniqué.

Quelque chose a mal tourné.

Une appréhension glaciale me traverse le corps et mon ventre se tord. J'ai un terrible pressentiment et je me retiens de lui demander ce qui se passe. Ça n'aiderait pas et je ne veux pas détourner Yan de sa tâche. Au lieu de ça, je me rue dans la cuisine et m'arrête derrière lui pour jeter un œil fébrile par-dessus son épaule.

Il ne m'accorde aucune attention. Ses yeux restent rivés sur l'ordinateur tandis qu'il aboie des instructions. D'abord, je ne comprends pas ce qui se passe, mais soudain, sur la vidéo d'une caméra de surveillance, je les aperçois.

Deux corps étendus à côté d'un lit.

L'un d'eux est un homme obèse à la peau noire, son imposante silhouette nageant dans une mare rouge, et de l'autre côté du lit se trouve une femme nue. En regardant de plus près, je remarque aussi des éclaboussures de sang autour d'elle.

Ils sont morts tous les deux.

La nausée me prend à la gorge et je plaque une main sur ma bouche en m'efforçant de rester calme. Yan parle toujours du même ton pressant. Sur une autre séquence vidéo, deux hommes en tenue de commando spécial apparaissent dans un couloir. Ils marchent vite et portent par les bras et les jambes un homme de forte carrure.

Je reconnais avec un mélange d'horreur et de soulagement Peter et Anton, qui transportent Ilya. Sa tête est enveloppée dans un bandage, qui ressemble à une simple taie d'oreiller, mais du sang s'en échappe.

Le jumeau de Yan est gravement blessé, peut-être même mort.

J'ose à peine respirer et me mords la paume en les regardant franchir l'angle d'un mur. Sur une autre vidéo, une dizaine d'hommes armés se précipitent dans un couloir et je remarque leurs visages alarmés quand ils découvrent d'autres cadavres. Les autres gardes, sans doute ? Quoi qu'il en soit, ils ne tardent pas à se regrouper et continuent dans le couloir tandis que Yan parle d'une voix encore plus précipitée dans le micro.

Peter et Anton disparaissent de notre vue, avant de réapparaître quelques instants plus tard sous l'œil d'une autre caméra de surveillance. Je constate qu'ils approchent d'un salon avec une porte donnant sur un vaste garage. À ce moment, ils essaient de courir, mais le corps d'Ilya se balance entre eux comme un hamac et, le cœur serré, je comprends la raison de leur empressement.

Le couloir rempli de gardes armés débouche sur le même salon.

C'est une course aux enjeux vitaux – et les soldats semblent avoir le dessus.

J'ai probablement fait un bruit malgré moi, car Yan jette un œil par-dessus son épaule et sa mâchoire se contracte quand son regard croise le mien. Il ne dit rien et se contente de retourner à son ordinateur. Quant à moi, je continue à regarder, incapable de détacher les yeux de l'horreur qui se déroule à l'autre bout du monde.

Sur l'enregistrement du drone, deux explosions font voler en éclat une petite structure à côté de la maison principale, et les gardes s'interrompent avant de se séparer en deux groupes. L'un d'eux continue en direction du salon tandis que quelques soldats rebroussent chemin – vers les bombes que l'équipe a dû mettre en place pour faire diversion.

Mais ce délai ne suffit pas. Les gardes arrivent au salon quelques secondes avant Peter et son équipe.

Les Russes semblent prêts. Sans cesser de courir, ils soulèvent Ilya un peu plus haut. Peter plie alors les genoux sans ralentir sa foulée pour hisser son coéquipier inconscient sur son épaule, tandis qu'Anton le lâche pour prendre son fusil d'assaut. Avec une grimace d'effort, Peter se redresse, le corps massif d'Ilya sur l'épaule. Stupéfaite, je le vois reprendre sa course, retenant le corps à une main tout en sortant une grenade de sa poche.

Malgré le bruit qui me parvient des écouteurs de Yan, je n'entends pas la détonation de l'arme automatique, mais je vois les balles traverser les murs lorsque les Russes font irruption dans le salon avec les gardes. Deux soldats sont fauchés par les tirs d'Anton, tandis que le reste se réfugie derrière une colonne. Je retiens un cri lorsque Peter titube. Ilya glisse sur son épaule, mais aussitôt, mon ravisseur se ressaisit et rattrape son fardeau. Son visage affiche une détermination sans faille lorsqu'il brandit une grenade et arrache la goupille avec les dents.

Boum ! Un vif éclat lumineux, puis le noir complet sur deux vidéos. Je ne suis pas en contact direct avec Yan, mais je le sens tressaillir, comme s'il avait été touché. Un flot de paroles fébriles fuse en russe de sa bouche tandis qu'il tape sur le clavier pour faire apparaître d'autres vidéos de surveillance. Ce n'est qu'en repérant un mouvement sur la vue aérienne du drone que je m'autorise à respirer. Je me rends compte que je suis en train de pleurer. Les larmes laissent un sillon brûlant sur ma peau glacée.

Yan a dû apercevoir le même mouvement, car il zoome sur la vidéo du drone au moment où un énorme 4x4 traverse la porte d'un garage, qui s'ouvrait si lentement que le véhicule en emporte un morceau dans son élan en direction de la sortie.

Un sanglot filtre à travers mes dents serrées et je me mords à nouveau la paume.

Au moins, l'un d'eux est vivant, et suffisamment en forme pour conduire.

Toute tremblante, je regarde le 4x4 enfoncer le portail en fer sous une pluie de balles, avant de s'engager à toute allure dans une rue étroite, deux véhicules remplis de gardes à ses trousses. Le drone les suit assez longtemps pour montrer l'un des 4x4 des poursuivants quitter la route, comme si ses pneus avaient éclaté, mais au bout de quelques secondes, les voitures disparaissent au loin. Le drone est distancé.

Yan grommelle ce qui doit être un juron en russe avant de taper frénétiquement sur le clavier. Une nouvelle fenêtre s'ouvre, cette fois sur un spectre sonore, et je comprends qu'il se connecte à un signal radio. Bien sûr, une minute plus tard, il reprend sa litanie en russe et j'expire un souffle frémissant.

Quelqu'un dans ce 4x4 doit être vivant.

Est-ce Peter ? Sont-ils blessés ? L'avion est encore loin ? Ilya est en vie ? Peter est blessé ?

Les questions menacent de me submerger, mais j'enfonce mes ongles dans mes paumes et garde le silence. Je n'ose pas détourner l'attention de Yan, qui ouvre une carte à l'écran et débite ses instructions aussi rapidement que des tirs de mitraillette. Sa posture est plus tendue que jamais, son attention focalisée sur l'ordinateur, et je sais qu'ils sont toujours en danger.

S'ils sont encore vivants, évidemment.

Je prends une inspiration pour essayer de me calmer, pour empêcher les larmes de ruisseler sur mon visage glacial, mais la peur est trop forte. J'en suis malade, empoisonnée par l'excès d'adrénaline. Je n'ai encore jamais connu cette inquiétude fiévreuse pour quelqu'un d'autre. Mon cœur cogne à tout rompre dans ma cage thoracique, et chaque battement marque une autre seconde d'attente insoutenable.

Il faut que Peter aille bien. Il le faut.

Une minute, deux, trois, dix… Je regarde fixement la minuscule horloge au coin de l'écran, tandis que Yan sombre dans le mutisme, se joignant à moi dans notre ex-pectative silencieuse.

Douze minutes.

Quinze.

Dix-huit.

Je ne bouge pas. Je respire à peine.

Vingt.

Vingt-deux.

Yan change de position. Il a l'air sur le qui-vive. Soudain, il referme les doigts autour du micro et prononce quelques phrases laconiques en russe avant de retirer son casque pour se tourner vers moi.

Les ravages du stress sont encore imprimés sur ses traits, mais la tension que j'y ai aperçue un peu plus tôt a disparu.

— C'est terminé, dit-il. Ils sont dans les airs, en direc-tion de l'Égypte. Une balle a éraflé le crâne d'Ilya, mais ils ont interrompu le saignement et il s'est déjà réveillé quelques instants. Avec un peu de chance, tout ira bien.

Je m'agrippe au plan de travail et me prépare à lui poser ma question.

— Et Peter ?

— Contusionné et couvert de sang, mais il n'est pas blessé. Même chose pour Anton.

J'expire, étourdie par le soulagement, et essuie mes joues mouillées du revers de ma main tremblante.

Peter est vivant.

Contusionné et ensanglanté, mais vivant.

J'ai envie de m'effondrer sur le sol. La torpeur qui suc-cède à l'adrénaline me percute comme la balle d'un fusil, mais je retrouve l'équilibre contre le plan de travail et force mon cerveau surchargé à fonctionner.

— Alors, pourquoi…

Je me racle la gorge pour éclaircir ma voix enrouée.

— Pourquoi vont-ils en Égypte ?

— Ilya a besoin de soins médicaux, et il y a une clinique là-bas, explique Yan avant de me regarder d'un air dubitatif.

— Quoi ? je demande, le cœur battant.

— Tu es médecin, dit-il en penchant la tête. N'est-ce pas ?

— Je… oui.

Il le sait, non ?

— Je suis gynécologue obstétricienne.

— Tu sais faire des points de suture ?

Je commence à voir où il veut en venir.

— Oui, bien sûr. J'ai aussi passé quelque temps aux urgences pendant mon internat, mais…

— Attends.

Il pivote vers l'ordinateur et reprend ses écouteurs.

— Attends, Yan. Il a besoin d'un hôpital, protesté-je.

Mais il parle déjà en russe dans le micro. Frustrée, j'attends qu'il ait terminé et quand il se tourne à nouveau pour me regarder, je déclare d'un ton ferme :

— C'est une mauvaise idée. Ton frère fait peut-être une commotion cérébrale ou une hémorragie interne. Il a besoin d'une tomodensitométrie, d'antibiotiques, de matériel médical adéquat… Il…

— Il a survécu à pire, crois-moi, m'interrompt Yan, l'air déterminé. Ce dont il a besoin, c'est de se reposer et de prendre le temps de guérir, ce qu'il ne pourra pas faire dans cette clinique – les autorités vont bientôt passer le continent africain au peigne fin à notre recherche. On a des antibiotiques et les fournitures médicales de base – on en entrepose dans chacune de nos planques – et maintenant, on a aussi un docteur.

— Non, écoute, dis-je en fronçant les sourcils. Ce n'est pas…

— Tu ferais mieux de dormir un peu, Sara, me conseille Yan en s'emparant de son casque audio. Tu as l'air fatiguée et il faut que tu sois en pleine forme et bien reposée quand ils atterriront.

Sara se tient à côté de l'héliport quand nous atterrissons. Sa silhouette fine me paraît petite et fragile à côté de la carrure solide de Yan. La voir ainsi me serre le cœur et ravive le besoin douloureux que j'éprouve pour elle. Je dois me retenir de la prendre dans mes bras dès que les patins de notre hélicoptère touchent le sol. Au lieu de quoi, la première chose que je fais en sautant hors de l'appareil, c'est d'aider Ilya à descendre. La plaie à l'endroit où la balle a effleuré sa tête ne saigne plus, mais il est encore faible après avoir perdu beaucoup de sang, et il est très secoué.

Si la maîtresse du banquier avait utilisé autre chose qu'un revolver 22 à crosse de nacre et avait mieux visé, nous le ramènerions dans un sac mortuaire.

Mon épaule malmenée me brûle et mes côtes contusionnées sont douloureuses quand Ilya s'appuie sur moi – mon gilet pare-balles en a arrêté deux pendant notre fuite –, mais je ne me plains pas. J'ai de la chance. Putain, nous avons tous les trois de la chance. Quand les emmerdes arrivent, elles ne font pas semblant. Entre la maîtresse du banquier qui a trouvé le revolver sous le matelas et le garde vigilant qui a entendu le coup de feu, notre repli s'est avéré aussi ardu que l'aller avait été facile.

Sur une échelle d'un à dix, cette mission était un sept – pas aussi terrible que certaines, mais clairement pire que d'autres.

— Attendez, je le prends, dit Yan en s'avançant pour soutenir Ilya.

Je m'écarte pour le laisser venir en aide à son frère. Anton sort de l'hélico derrière nous, mais je ne lui prête pas attention. Il a reçu des éclats de grenade dans le bras et l'épaule, mais je sais que tout ira bien. Je préfère me concentrer sur la seule personne sans qui je ne pourrais pas vivre.

Sara.

Mon bel oiseau chanteur.

Le vent soulève ses cheveux de part et d'autre de son visage, le soleil soulignant de discrètes nuances auburn dans ses ondulations d'un brun riche. Le regard qu'elle pose sur moi est solennel et son visage est dénué d'expression. Pourtant, je sens son manque, je le ressens jusque dans mes os.

Elle ne l'avouera peut-être pas, mais elle a besoin de moi.

Elle aussi, elle ressent notre connexion.

Il me suffit de cinq enjambées pour la soulever dans mes bras et écraser ma bouche sur la sienne. Derrière nous, Anton siffle pour se moquer, mais je n'en fais pas cas. Je me fiche bien de ce que pensent les gars, je me fiche qu'ils remarquent ma faiblesse. Rien d'autre n'a d'importance que ses bras minces repliés autour de moi et ses lèvres brûlantes et douces. La saveur mentholée de son haleine, sa langue glissante, le parfum chaud de ma Sara – j'absorbe tout, remplissant le vide en moi, chassant les ténèbres de mon monde.

Je ne la mérite pas, mais je l'ai.

Elle est à moi, et je l'aime, la chéris et la soutiens.

J'ignore pendant combien de temps je l'embrasse, mais quand je relève la tête, les autres entrent déjà dans la maison. À contrecœur, je repose Sara par terre, mais ne peux me résoudre à la lâcher.

— Je t'ai manqué, ptichka ? je demande d'une voix douce en posant les mains sur sa taille souple. Tu t'es inquiétée quand je suis parti ?

Le soleil fait danser l'éclat vert de ses beaux yeux noisette, soulignant le tourment qu'ils expriment.

— Je…

Elle passe la langue sur ses lèvres gonflées par notre baiser.

— Je ne voulais pas que tu meures.

— Tu me l'as déjà dit. Mais est-ce que je t'ai manqué ?

Elle m'adresse un regard troublé avant de repousser mon torse pour se dégager de mon étreinte.

— Je dois y aller, dit-elle d'une voix blanche. La tête d'Ilya ne se recoudra pas toute seule.

Elle tourne les talons et se rue à l'intérieur. Je lui emboîte le pas, à la fois déçu et encouragé.

Elle n'est pas encore prête à l'avouer, mais tôt ou tard, je la vaincrai.

Je réussirai à me faire aimer par elle, quoi qu'il en coûte.

Sara suit les jumeaux Ivanov dans la chambre d'Ilya, pendant que je monte dans notre chambre pour prendre une douche avant de me mettre au lit. J'ai fait une toilette rapide à bord de l'avion, mais j'éprouve toujours le besoin de récurer mon corps pour le débarrasser de toute cette violence et cette mort.

Je n'ai pas envie que la laideur de mon monde déteigne sur Sara.

Il me faut plus de vingt minutes pour me doucher et me changer – comme l'engourdissement de l'adrénaline s'estompe, mes muscles endoloris et mes côtes contusionnées protestent à chaque mouvement – et quand j'entre dans la chambre d'Ilya, Sara a presque terminé les points de suture. Je m'arrête dans l'encadrement de la porte et la regarde travailler, attendri par sa mine concentrée. Comme j'avais fait installer des caméras dans son cabinet de l'hôpital, cette expression m'est familière. Elle l'affichait souvent quand elle prenait des notes sur ses patients ou lisait de nouvelles études parues dans son domaine.

— Donne-moi la gaze, dit-elle à Yan après avoir fini.

Son ton autoritaire me fait sourire. Mon petit oiseau est dans son élément, et pour la première fois depuis des semaines, je retrouve un aperçu du feu qui l'animait autrefois. Yan a eu raison de le suggérer : non seulement c'est infiniment plus sûr de laisser Sara panser les plaies de son frère, mais c'est également bénéfique pour son moral.

Ses mouvements sont vifs et efficaces lorsqu'elle enveloppe la tête d'Ilya dans un bandage, et mon coéquipier ferme les yeux avec béatitude, sous l'effet des analgésiques que nous lui avons administrés tout à l'heure.

— D'autres blessures ? demande Sara en jetant un œil par-dessus son épaule, vers Yan et moi.

— Je ne pense pas, mais je vérifierai, répond Yan. Je sais qu'Anton a reçu un éclat de grenade, alors tu devrais peut-être l'examiner. Je crois qu'il est dans sa chambre.

Elle hoche la tête et se lève.

— Et toi, Peter ?

J'ai envie de sentir ses mains sur moi et je hausse les épaules avant de grimacer de douleur.

— Quelques hématomes et égratignures, dis-je en m'efforçant de rester stoïque.

Yan, qui m'a déjà vu marcher avec des os cassés sans sourciller, me lance un regard qui signifie : « Putain, tu plaisantes, ou quoi ? », mais il est assez intelligent pour garder sa langue. Sara s'approche en fronçant les sourcils.

— Montre-moi, ordonne-t-elle en agrippant mon tee-shirt.

Je saisis ses poignets fins avant qu'elle commence son examen.

— Et si on montait dans la chambre pour que je puisse m'asseoir ? proposé-je en ignorant Yan qui lève les yeux au ciel. Nous serons plus à l'aise là-bas.

Sara se renfrogne. Sans doute a-t-elle deviné mon intention.

— Je dois d'abord examiner Anton. Tiens, assieds-toi.

Elle dégage ses poignets et me prend la main pour m'entraîner vers une chaise dans un coin, pendant que Yan – ce foutu rabat-joie – ricane tout bas.

— Laisse-moi voir ça, dit Sara en passant prestement mon tee-shirt par-dessus ma tête.

Ce mouvement me fait mal à l'épaule, m'arrachant une grimace. Mais ça en vaut la peine, car l'instant d'après, les mains douces et fraîches de Sara se posent sur mon torse, tâtonnant délicatement chacune de mes côtes à la recherche de fêlures. Son contact devrait me faire souffrir, mais tandis que ses doigts attentionnés glissent sur mes hématomes, je n'éprouve qu'une bouffée de chaleur mêlée à une tension douloureuse dans le bas-ventre.

— Ça fait mal ? murmure-t-elle en posant les mains sur mon épaule.

Je secoue la tête, hypnotisé par les éclats verts de ses beaux yeux noisette.

— C'est juste… dis-je avant de me racler la gorge. Juste des douleurs musculaires, je crois.

— Hmm.

Avec précaution, elle me soulève le bras et exerce un mouvement circulaire.

— Ça ne fait pas mal ?

— Non.

Je prends une profonde inspiration pour inhaler son doux parfum.

— Rien qu'une vague douleur.

— D'accord.

Elle baisse doucement mon bras et, à ma grande déception, elle recule.

— Il semblerait que tu aies raison, ce ne sont que des ecchymoses.

— Je me suis aussi éraflé le dos, ajouté-je en me retournant pour lui montrer les dégâts. J'aurais peut-être besoin de bandages.

Sara se penche et ses mains effleurent mes épaules avant de descendre au milieu de mon dos, où je sens un léger picotement.

— Ça ? demande-t-elle en touchant délicatement la zone blessée.

Je hoche la tête, même si je remarque à peine la douleur.

— Apparemment, c'est en train de guérir, aucun bandage ne sera nécessaire, dit Sara quand je me retourne vers elle. Je suppose qu'on a déjà nettoyé ta plaie ?

— Anton s'en est chargé dans l'avion, avoué-je de mauvaise grâce.

Pour une fois, je regrette que mon équipe s'y connaisse en matière de premiers secours.

— Tu es sûre qu'il ne faut pas de pansement ?

— Non. Ça guérira mieux ainsi. Autre chose ?

Je lève les mains pour lui montrer les égratignures au bas de mes paumes quand Yan éclate de rire.

— Que veux-tu qu'elle fasse ? Un bisou et ça ira mieux ? dit-il en russe, sans prêter attention à mon regard furieux. Sérieusement, vieux, si tu veux jouer au docteur et au patient, tu le feras plus tard. Laisse-la d'abord traiter les vraies blessures.

Sara nous regarde en fronçant les sourcils, avant de demander à Yan :

— Qu'est-ce que tu as dit ?

— Je lui ai dit qu'Anton avait besoin de toi, répond Yan en souriant. Et qu'il ne devrait pas t'accaparer avec ses petits jeux coquins.

Les joues de Sara virent au rose et elle se détourne pour attraper la trousse de premiers soins et la remplir de bandes de gaze et autres accessoires.

— Je vais examiner Anton tout de suite, déclare-t-elle d'un ton sec avant de sortir en trombe de la pièce sans un regard en arrière.

Je me lève et enfile mon tee-shirt.

— Demain à l'entraînement, je t'enfoncerai le visage dans le crâne, dis-je froidement à Yan. Dès que j'aurai dormi un peu, tu vas avaler tes dents.

Cet enfoiré se contente de rire tandis que je sors à grandes enjambées de la salle pour suivre Sara. Avant de claquer violemment la porte derrière moi, j'ai le temps de voir Ilya sourire.

Anton a intérêt à ne pas profiter autant que moi des soins de Sara.

Sinon, je tuerai ce fils de pute.

Anton présente quelques entailles et plaies perforantes superficielles, à l'endroit où les éclats de grenade l'ont atteint aux bras, mais par ailleurs il va bien. Je change ses bandages tandis que Peter nous observe de l'autre côté de la pièce, le visage sombre. Je donne à Anton quelques instructions sur le traitement de ses plaies. De toute façon, le coéquipier de Peter n'en a pas besoin, car d'après ce que j'ai pu voir, ces hommes maîtrisent les premiers secours à la perfection.

— Merci, Dr Cobakis, dit-il une fois que j'ai terminé.

Je lui réponds par un sourire. Même les assassins barbus à la mine patibulaire semblent respecter les professions médicales – quand ils sont blessés, en tout cas. Peter lance sèchement quelques mots en russe et traverse la chambre pour venir se placer à côté de moi.

— C'est fini ? demande-t-il sur un ton agacé en me fusillant du regard, se heurtant à ma mine renfrognée.

— Oui, pour le moment.

Je me demande bien quel est son problème, mais il se comporte comme un ours souffrant d'une épine dans le pied depuis qu'il est entré dans cette pièce.

Si ce n'était pas ridicule, je penserais qu'il est jaloux des attentions que je prodigue à son ami blessé.

— Alors, sortons.

Il m'attrape la main et me conduit au-dehors. Mon cœur s'emballe quand je me rends compte qu'il m'entraîne vers notre chambre.

— Peter…

Je cherche ma respiration tout en essayant de calquer mes foulées sur les siennes.

— Qu'est-ce que tu fais ? Tu as besoin de repos.

Il me décoche un regard en coin, mais ne s'arrête pas. Sa mâchoire est contractée et il me serre si fort que j'en ai presque mal. Sans me lâcher, il entre dans notre chambre et referme résolument la porte derrière nous.

— Peter…

Je recule dès qu'il me libère.

— Tu es blessé. Je ne sais pas à quoi tu penses, mais tu dois…

Mes paroles se terminent dans un cri étouffé, car Peter m'a rejointe d'un pas raide, franchissant en quelques enjambées la distance qui nous sépare. Il m'attire contre son torse. Trois secondes plus tard, je me retrouve sur le lit, avec quatre-vingt-dix kilos de mâle furieux et excité sur mon corps.

— Qu'est-ce que tu…

Sa bouche s'abat sur la mienne, avec fermeté et avidité, tandis que ses mains déchirent mes vêtements, arrachant presque ma chemise en deux. Je me crispe, étonnée par une telle violence, mais il ne s'arrête pas et baisse mon jean avec des mouvements brusques, sans cesser de me dévorer par ses baisers brutaux. Quand il tire sur ma culotte, je songe un instant aux draps et à la serviette hygiénique que je porte, mais ses doigts se mêlent aux miens et plaquent mes mains au-dessus de ma tête. J'oublie tout, emportée par la tempête fougueuse de son désir.

C'est irrésistible, presque effrayant, et pourtant le désir est bien là, tapi sous la peur. Mes muscles se contractent instinctivement alors qu'une moiteur chaude lubrifie mon entrejambe, et cette tension décuple mon excitation. Je me consume pour lui, avide de danger et de brutalité, et lorsqu'il me pénètre, la stupeur, le plaisir sombre et la douleur piquante m'arrachent un cri.

Il s'interrompt alors et lève la tête pour rencontrer mon regard. Je me souviens de notre première fois, la manière dont il m'a prise, perdant tout contrôle. Il m'a fait mal à cette époque, mais contrairement à cette fois-là, je n'ai plus de haine dans le cœur aujourd'hui, plus d'amertume ni de honte cuisante. La douleur est agréable et chasse mes restes d'inquiétude, me rappelant qu'il est bien vivant.

Me rappelant que nous sommes tous les deux vivants.

— Sara…

Mon prénom est rauque sur ses lèvres et je suis prisonnière de ses yeux argentés. Il s'enfonce en moi et sa queue épaisse étire mes parois internes, me remplissant jusqu'à la douleur.

— Ptichka, j'ai tellement besoin de toi…

— Moi aussi.

Cette réponse semble venir des tréfonds de mon être, arrachée par le feu impossible qui brûle dans mes veines. Je ne peux plus résister, je ne peux plus prétendre détester ce bel homme dangereux. Ce n'est pas de l'amour entre nous, ni rien qui ressemble à de l'amitié, mais notre connexion est indéniable, cette alchimie profondément enracinée qui nous lie par ses nœuds d'envie obscure et de violente attirance. C'est ce que j'attends de lui : la dureté et la tendresse, la peur et la chaleur dévorante.

Il est tout ce que j'ignorais vouloir, et en voyant son regard s'assombrir après ma réponse, je comprends ce que ça signifie.

Je *suis* à lui, aussi terrifiante que soit cette pensée.

Fermant les paupières, j'enroule mes jambes autour de ses hanches et l'accueille encore plus en profondeur. Quand il recommence à aller et venir, ses fesses musclées contractées contre mes mollets, je capitule devant l'inévitable.

Je capitule devant lui.

PARTIE III

Quand mon deuxième mois de captivité cède la place au troisième, je constate que mon ressentiment s'atténue progressivement. Mon regret désespéré pour mon ancienne vie se change en une sorte de douleur douce-amère. Je continue à guetter les occasions d'évasion, mais il y a toujours quelqu'un à la maison, qui me surveille. Alors que les jours se succèdent, je cesse de m'inquiéter à propos de mon impossible fuite et je commence à apprécier certains aspects de ma routine paisible. La météo clémente y contribue – nous entrons dans les mois les plus chauds de l'été et il y a beaucoup à faire à l'extérieur –, en plus du fait qu'à l'exception de quelques excursions, Peter passe le plus clair de son temps en ma compagnie.

— Ça fait longtemps que tu n'as pas travaillé, dis-je alors que nous descendons vers un ruisseau de montagne où nous aimons nager lors des journées les plus chaudes.

C'est à cause de ce qui est arrivé à Ilya, ou est-ce que vous n'avez pas beaucoup de clients ?

— On nous contacte en permanence, mais nous sommes très sélectifs dans les missions que nous choisissons, dit Peter en soulevant une branche basse pour me laisser passer. Le ratio risque/récompense doit être idéal, surtout maintenant.

Il ne me dit pas pourquoi, mais ce n'est pas nécessaire. D'après ce qu'il m'a expliqué et ce que j'ai pu glaner de mes brèves conversations avec mes parents, je sais que les autorités intensifient leur chasse à l'homme et consacrent toutes leurs ressources à résoudre le problème que leur pose Peter. C'est en partie à cause de ma disparition. Malgré mes deux appels hebdomadaires, mes parents sont convaincus que je suis en danger et passent leurs journées à harceler le FBI pour en savoir plus. Mais leur préoccupation principale demeure la dernière cible sur la liste de Peter, un ancien général américain qui s'avère aussi insaisissable que Peter et son équipe.

— Wally Henderson a des relations haut placées, m'a expliqué Peter deux semaines plus tôt. Il a eu vent de ce qui se tramait bien avant les autres noms de ma liste, et il a mis en scène une disparition digne de Houdini. Jusqu'à présent, chaque piste suivie par nos hackers n'a rien donné. Apparemment, il a coupé tout contact avec son ancienne vie - les amis, les collègues, et même les connaissances éloignées –, et il n'a commis aucun impair. Aucune apparition sur les réseaux sociaux utilisés par ses adolescents, aucune carte de crédit, rien. Une grande partie de son histoire est classée confidentielle, mais d'après les rumeurs, il a été agent pour la CIA, probablement sous un nom d'emprunt sur le terrain. Et si nous n'avons pas réussi à trouver comment il procède, il semblerait que depuis sa cachette, il mette la pression aux autorités pour accélérer la cadence.

— Tu crois qu'il sait qu'il est le dernier nom sur ta liste ? lui ai-je demandé.

— Je n'en doute pas, a répondu Peter. Comme je l'ai dit, il a le bras long, et pas uniquement à Washington. Il connaît tout le monde dans la communauté internationale des renseignements et il utilise tous les moyens de pression pour faire de moi une priorité absolue, au même titre que n'importe quel dirigeant de l'État islamique.

J'essaie de ne pas penser à ce que cela implique, mais c'est impossible. Je ne peux pas faire abstraction de mes craintes pour Peter. J'aurais toutes les raisons de me ranger du côté du général et d'espérer que les autorités retrouvent mon ravisseur, et me libèrent par le même coup, mais ces derniers temps, on dirait que je suis incapable de penser de manière rationnelle.

— Pourquoi tu n'arrêtes pas toutes ces missions ? je demande alors que nous approchons du ruisseau. Tu dois avoir assez d'argent.

Peter me lance un regard en coin.

— On n'a jamais assez d'argent quand on est en cavale, dit-il avant de retirer son tee-shirt, exposant son torse puissant. Les avions et les hélicoptères privés ne sont pas donnés.

Je détourne le regard pour éviter de rougir quand il enlève son short – il ne porte rien en dessous – et s'enfonce dans la rivière après s'être déchaussé. Je le vois constamment nu, mais l'impact de son corps ferme et musclé sur mes sens n'en est pas moins fort. La nature a fait don à mon ravisseur d'une carrure virile parfaitement proportionnée – épaules larges, hanches étroites, membres longs et toniques – et grâce à son entraînement militaire intensif, il a un corps à faire pâlir d'envie les athlètes des Jeux olympiques. Mais ce n'est pas son physique qui remplit mes veines de lave en fusion, c'est la certitude qu'il me suffit d'un regard pour enflammer le brasier de ténèbres qui sommeille toujours entre nous, pour hurler son prénom entre ses bras tandis qu'il me prend à même la roche glissante.

— Tu sais, tu n'aurais pas besoin de tous ces avions et ces hélicoptères si tu ne t'aventurais pas si souvent à l'extérieur, dis-je une fois que son corps est entièrement recouvert par l'eau tumultueuse.

Ma voix est plus éraillée que je le voudrais, mais au moins, mon visage n'est pas rouge comme une pivoine.

— Tu serais en sécurité et tu ne serais pas obligé de… tu sais.

— Tuer des gens ? suggère-t-il d'un ton sec.

— Exactement.

Je me déshabille et ne garde que mon maillot de bain, tandis que Peter se retourne pour flotter sur le dos, bougeant légèrement les bras afin de ne pas dériver dans le courant. Je n'aime pas penser à la réalité macabre de la profession de Peter, ou en tout cas pas dans les détails. Évidemment, je suis consciente que c'est un tueur, mais tant que je ne m'y attarde pas, ça reste un concept abstrait plus qu'une préoccupation qui me taraude.

Pourtant, aujourd'hui, je suis incapable de me changer les idées et quand je m'avance dans la partie profonde du ruisseau à côté de Peter, je me surprends à demander :

— Ça te plaît ? C'est pour ça que tu fais ce que tu fais ?

Je m'attends à ce qu'il le nie, qu'il prétende que son choix de carrière a été motivé par la nécessité ou par son éducation, mais il se tourne vers moi et un sourire sinistre apparaît sur ses lèvres quand il répond :

— Bien sûr, ptichka. Tu croyais le contraire ?

Je le dévisage tandis que le courant afflue autour de moi, me donnant la chair de poule. L'eau m'arrive aux épaules. Si elle me paraissait rafraîchissante quelques instants plus tôt, elle me laisse une impression de glace liquide, aussi froide que cet orage qui nous a surpris la dernière fois.

— Tu aimes tuer ?

Il approuve et la teinte argentée de ses yeux étincelle dans la lumière du jour.

— La mort, comme la vie, a son propre attrait, dit-il d'une voix douce en s'avançant pour m'attirer contre son large torse chaud. C'est un attrait sombre, mais il existe, et chaque soldat le sait. En tant que médecin, tu dois même l'avoir remarqué quelquefois : cette manière dont la douleur se dissout dans la béatitude du néant, l'agonie dans la paix de la non-existence. La mort met un terme à toutes les luttes, guérit tous les maux. Et côtoyer la mort… il n'y a rien de tel. On ressent tout : sa propre vulnérabilité et celle de tout ce qui nous entoure, mais également la puissance. Le contrôle. C'est addictif, une fois qu'on en a fait l'expérience… une fois qu'on a tenu la vie de quelqu'un entre ses doigts et que l'on y a délibérément mis un terme.

Ses paroles me submergent comme une vague obscure, à la fois terrifiante et fascinante. J'ai entrevu ce dont il parle, j'ai même senti la puissance qu'il décrit. Sauf que, dans ma situation, c'était quand je sauvais une vie, pas l'inverse. Je n'imagine même pas le manque d'empathie dont il faut faire preuve pour employer cette puissance à détruire au lieu de guérir, à supprimer l'existence de quelqu'un.

J'avais raison de le prendre pour un monstre. Il en *est* un, et pourtant cette révélation ne me repousse pas autant qu'elle le devrait. Son aveu, aussi atroce qu'il soit, n'atténue pas la chaleur qui monte en moi lorsqu'il plaque le bas de son corps contre le mien, une main sur ma hanche et l'autre contre ma joue. Il est déjà excité et je sens son érection, dure contre mon ventre, quand il se penche pour presser avidement ses lèvres sur les miennes. Je ferme les yeux et replie les bras autour de son cou musclé, laissant son étreinte me brûler, emportant le frisson de peur que me procure sa vraie nature.

Je couche avec le diable, et en cet instant, je ne voudrais être nulle part ailleurs.

Ce soir-là, nous dînons ensemble tous les cinq. Comme c'est le cas depuis la mission au Nigéria, les hommes de Peter discutent avec moi pendant tout le repas, me racontant des anecdotes amusantes sur la Russie et l'ancienne République soviétique. Je ne suis pas encore très à l'aise en compagnie des mercenaires – je suis parfaitement consciente qu'ils me tueraient sans hésitation, moi comme n'importe qui d'autre, si Peter leur en donnait l'ordre –, mais ils sont excessivement gentils depuis que j'ai soigné les blessures d'Ilya et d'Anton. C'est pendant des repas comme celui-ci que j'apprends les coutumes du pays d'origine de mon ravisseur – par exemple, la politesse exige que l'on se déchausse en entrant chez quelqu'un – et même quelques mots de russe.

— *Vkusno. V-kous-na.*

Ilya me répète lentement le mot, allégeant le « v » pour lui donner la sonorité d'un « f ».

— Ça signifie délicieux, ou savoureux. Alors si tu veux dire à Peter qu'un plat te plaît, tu peux le montrer du doigt et dire : « Vkusno ».

— *Vikusno !* j'essaie en désignant le poulet rôti que Peter a préparé. *Fi-kous-na.*

— Il n'y a pas de « i », remarque Yan d'un air amusé. Et ne mets pas tant l'accent sur la première consonne. Prononce-le rapidement, sans hacher le mot en trois syllabes. *Vkusno.* Essaie.

— *Vkusno,* dis-je en l'imitant le mieux possible.

Tous éclatent de rire, y compris Peter.

— C'est plutôt bien, ptichka, dit-il en me découpant une autre part de poulet. Ils arriveront peut-être à te faire parler russe couramment un jour.

Je lui souris, bêtement ravie, et quand il me demande de chanter devant eux après le dîner, comme il a pris l'habitude de le faire sans succès, je cède pour une fois. J'interprète avec entrain l'une de mes chansons préférées de Beyoncé, celle que j'ai répétée dans le studio d'enregistrement qu'il a mis sur pied. Les hommes de Peter écoutent, bouche bée.

À la fin, ils applaudissent si fort que les assiettes s'entre-choquent sur la table.

C'est la meilleure soirée que je passe depuis des mois et quand Peter me conduit à l'étage, je l'enlace de mon plein gré, avec un certain enthousiasme. Nous faisons l'amour. Par la suite, je ne pense plus à George et j'en oublie que c'est avec son meurtrier que je couche. Je ne pense même plus à mes parents.

Cette nuit, j'appartiens à Peter et à personne d'autre.

Dès le lendemain matin, j'ai repris ma lutte contre mes sentiments. Pourtant, au fil des jours, je suis consciente que c'est une bataille perdue d'avance. Mon ravisseur m'épuise et me fait oublier la raison même de ma résistance. Il ne m'a pas dit qu'il m'aimait depuis que nous sommes ici – sans doute parce que je lui ai rejeté ses mots en pleine face à notre arrivée –, mais je ne peux nier qu'à sa manière toute personnelle, Peter tient à moi.

Ça se voit dans son regard, dans la façon dont il me touche et me tient contre lui. Même quand nos rapports sont houleux, avec ce côté sombre qui m'effraie encore par moments, il m'apaise toujours par la suite, il me caresse et me câline jusqu'à ce que je me sente en sécurité, au chaud, choyée et adorée. Son pouvoir sur moi est absolu et il y a quelque chose de réconfortant là-dedans, aussi pervers que ce soit, quelque chose qui fait appel à une partie de moi-même dont j'ignorais l'existence.

Ma vie sexuelle avec George n'était pas insatisfaisante. Au fil des ans, nous avions appris à connaître le corps l'un de l'autre et nous savions exactement quoi faire pour nous procurer du plaisir. Avant qu'il commence à boire, nous couchions régulièrement ensemble, au moins une ou deux fois par semaine, et même si nous n'étions plus très aventureux après la première année, nous nous adonnions parfois à des jeux érotiques et nous utilisions même des jouets. Ça me suffisait, du moins je le pensais. C'était comme il le fallait. Je n'aurais jamais imaginé ce genre d'alchimie sexuelle que j'ai avec Peter aujourd'hui, je n'aurais jamais cru qu'une connexion physique si forte puisse exister.

Il me baise à une telle fréquence que certains jours, je suis percluse de douleurs. Son appétit à mon égard ne faiblit jamais. Et j'y réponds, même s'il m'épuise souvent par ses assauts perpétuels. Je ne pensais pas qu'on puisse avoir autant d'énergie. Ces dernières semaines, Peter et ses hommes se sont entraînés tous les jours, des heures de musculation quotidiennes, des footings en forêt avec des sacs à dos lestés de pierres, et des combats au corps à corps qui me paraissent aussi dangereux que leurs armes. Malgré tout, il trouve encore la force de m'emmener en randonnée, de nager quand le temps le permet, de cuisiner pour tout le monde et, bien sûr, de coucher avec moi deux ou trois fois par jour.

— Tu n'es jamais fatigué ? je murmure un soir, allongée sur son torse, le cœur palpitant encore après l'orgasme intense que je viens de vivre.

En temps normal, je m'endors tout de suite après notre étreinte du soir, mais j'ai fait une sieste cet après-midi. Pour une fois, je peux rester éveillée plus longtemps.

— Fatigué ?

Il bouge sous mon corps et cale bien confortablement ma tête sur son épaule. Ses doigts glissent paresseusement dans mes cheveux et je sens les battements de son cœur, forts et réguliers, contre mon oreille.

— Par quoi ?

— Physiquement fatigué, c'est tout, expliqué-je. Parfois, j'ai l'impression que tu es inépuisable, comme une sorte de cyborg. Tu n'as jamais envie de te prélasser à ne rien faire ? Ou de te détendre et oublier l'entraînement au moins une journée ?

— Je suis en train de me prélasser en ce moment même, souligne-t-il d'un air amusé. Et je dois m'entraîner. Sinon, nous risquerions d'être tués.

J'enfouis mon nez contre son cou et inspire son odeur propre et chaude. Sieste ou pas, je suis somnolente et la caresse de ses doigts dans mes cheveux me plonge dans un état de relaxation proche de l'hypnose. Réprimant un bâillement, je chuchote dans son cou :

— Ce n'est pas ce que je voulais dire. Tu n'es jamais *fatigué* ? Comme un être humain normal ? Tu sais, les membres lourds, les muscles engourdis, aucune envie de bouger ?

Son rire fait vibrer son torse puissant.

— Si, bien sûr. Disons simplement que j'ai un seuil de tolérance plus élevé que la moyenne. Je n'aurais jamais survécu jusqu'à l'âge adulte autrement.

Il parle d'un ton léger, mais mon radar est en alerte rouge et je sais qu'il est prêt pour d'autres révélations. Il évoque rarement sa jeunesse – presque jamais, à vrai dire –, alors quand j'ai l'occasion d'apprendre quelque chose de nouveau je m'en saisis, même si la plupart du temps ce que je découvre me terrifie.

— C'était comment ? je demande, réveillée pour de bon.

Je décolle la tête de son épaule et rencontre son regard dans la lumière tamisée de la lampe de chevet.

— Ce camp de détention pour mineurs où tu as été envoyé.

Les traits de Peter se crispent. Toute trace d'humour a disparu quand il me détache de son torse pour se tourner sur le côté, face à moi.

— C'était l'enfer, répond-il abruptement tandis que je glisse un oreiller sous ma tête. Un enfer froid et sale, peu-plé de démons de forme humaine. Exactement comme on peut imaginer un camp de travail en Sibérie.

Je frissonne en me remémorant un livre que j'ai lu un jour au sujet des camps de prisonniers à l'époque sovié-tique, et je tire sur la couverture pour me protéger du froid qui s'étend sur ma peau.

— C'était comme un goulag ?

— Ce n'était pas *comme* un goulag.

Un sourire sinistre fend son visage.

— C'*était* un goulag autrefois, destiné à punir et à tuer rapidement les dissidents et autres indésirables. Quand l'Union soviétique est tombée, l'endroit est resté à l'abandon pendant quelque temps, mais quelqu'un a eu la brillante idée de l'utiliser comme camp de correction pour délinquants juvéniles. Et c'est ainsi qu'est né le Camp Larko.

Je résiste à l'envie de détourner le regard pour ne pas voir l'obscurité froide dans ses yeux.

— Combien de temps y es-tu resté ?

— Jusqu'à mes dix-sept ans. Près de six ans.

Six ans qui ont commencé quand il n'était encore qu'un enfant – pratiquement toute son adolescence. Je serre le poing sous la couverture et mes ongles s'enfoncent dans ma paume.

— Pourquoi t'a-t-on envoyé là-bas ? Il n'y avait aucune alternative ?

Sa bouche se tord avec amertume.

— Pas en Russie. Pas pour un criminel orphelin tel que moi.

— Mais tu n'avais même pas douze ans.

Je ne peux concevoir que l'on soit cruel au point d'envoyer un enfant dans l'enfer glacial que j'ai découvert un jour dans ce livre.

— Et l'école ? Et…

— Oh, on nous donnait des leçons.

Il dévoile ses dents dans un autre sourire sans joie.

— Nous avions précisément deux heures d'instruction tous les jours. Les quatorze autres heures, en revanche, étaient consacrées au travail – après tout, c'est pour ça que nous étions là.

Quatorze heures ? Pour un enfant ? J'avale ma salive pour chasser le nœud qui se forme dans ma gorge et me force à demander :

— Quel genre de travail ?

— Aux mines, la plupart du temps. On travaillait aussi sur des chantiers de voirie et on posait des canalisations. Il arrivait qu'on fasse un peu de construction, mais c'était toujours à proximité du camp, pour réparer les merdes de l'époque soviétique qui tombaient en ruine un peu partout.

Je le dévisage sans savoir quoi dire. Je savais qu'il n'avait pas eu la vie facile, évidemment, mais je n'aurais jamais imaginé ça. Je ne pensais pas que la majeure partie de ses années d'apprentissage – une période où les autres garçons de son âge jouaient aux jeux vidéo et se rebellaient contre l'heure du coucher imposée par leurs parents – avaient été consacrées au dur labeur dans des conditions infernales.

J'essaie d'ignorer la douleur qui me comprime la cage thoracique. Je tends la main sous la couverture et passe mes doigts sur les tatouages qui recouvrent son bras gauche et son épaule.

— C'est là que tu t'es fait tatouer ?

Peter baisse les yeux, comme s'il se rappelait soudain l'existence des dessins à l'encre.

— Pour la plupart, oui, dit-il en pliant son autre bras sous sa tête. J'en ai ajouté quelques-uns plus tard, quand j'ai intégré mon unité.

— Qu'est-ce qu'ils signifient ? je demande en suivant les motifs imbriqués du bout des doigts.

Celui de son épaule ressemble à l'aile d'un oiseau et certains me font penser à des crânes démoniaques, mais les autres ne sont que des lignes et des formes abstraites.

Le regard de Peter devient opaque.

— Rien. Il fallait que je les fasse, c'est tout.

— Ça fait beaucoup d'encre pour un simple coup de tête.

Il garde le silence pendant quelques secondes, puis il répond à mi-voix :

— J'avais un ami dans ce camp. Andrey. Il aimait ce genre de trucs – c'était un véritable artiste, tu sais. Au bout de deux ans, il a manqué de place sur sa propre peau, alors je l'ai laissé s'exercer sur moi. Chaque fois qu'il nous arrivait quelque chose, bien ou mal, il voulait le commémorer par un tatouage, et parce qu'il était doué, je lui donnais carte blanche.

— Oh.

Intriguée, je me hisse sur le coude.

— Qu'est-il arrivé à cet ami ?

— Il est mort.

Peter m'a répondu sur un ton désinvolte, comme si ça n'avait aucune importance, mais j'entends l'écho sous-jacent d'un sombre chagrin, une rage que le temps n'a pas réussi à apaiser. Ce qui est arrivé à son ami était assez grave pour lui laisser une cicatrice... assez grave pour qu'une simple évocation ait encore le pouvoir de lui faire mal.

— Je suis désolée, murmuré-je, mais Peter ne répond pas.

Au lieu de ça, il tend la main pour éteindre la lumière avant de m'attirer dans la position que nous prenons habituellement pour dormir.

Je ferme les yeux et me concentre sur ma respiration en essayant de me calmer pour m'endormir, mais c'est impossible. Même la chaleur du large corps de Peter ne parvient pas à chasser le froid qu'ont jeté ses révélations. Mon esprit bourdonne comme une ruche détruite et les questions se bousculent. J'ignore encore beaucoup de choses au sujet de l'homme qui m'étreint tous les soirs, tant d'événements de son passé. Tout ce qui concerne sa vie en Russie m'est inconnu, aussi étrange et mystérieux que s'il venait d'une autre planète.

Enfin, je n'y tiens plus. Je me dégage des bras de Peter et allume la lampe de chevet avant de me tourner sur le côté pour le regarder. Comme je m'y attendais, lui non plus ne dort pas. Ses yeux d'argent sont assombris par les souvenirs lorsqu'ils croisent les miens.

— Tu as dit que tu avais été recruté là-bas par ton unité, dis-je en me redressant sur le coude. Pourquoi ? C'est habituel en Russie ?

Il me fixe du regard sans un mot, puis il s'allonge sur le dos et croise les mains sous sa tête, tourné vers le plafond.

— Non, dit-il au bout d'un moment. En général, on recrute par l'armée. Mais dans ce cas, ils avaient besoin d'un profil psychologique précis.

Je m'assois, ramenant la couverture sur ma poitrine.

— Quel genre de profil ?

Il tourne brusquement les yeux vers moi.

— Aucune attache ni liens familiaux gênants, aucun scrupule et une conscience minimale. Assez jeune pour être formé et modelé pour répondre à leurs besoins.

— C'est-à-dire ? je demande, même si je soupçonne déjà la réponse.

Peter se redresse, le visage neutre lorsqu'il s'appuie contre la tête de lit.

— Une arme. Quelqu'un qui recule devant rien. Tu sais, les insurgés étaient sans pitié, de plus en plus féroces chaque année. Les bombes dans le métro de Moscou ont fait déborder le vase. Le gouvernement russe s'est rendu compte qu'il ne pouvait pas se limiter aux méthodes civilisées approuvées par les Nations Unies pour combattre le terrorisme. Il fallait les affronter sur leur terrain, avec chaque outil à disposition. C'est ainsi qu'ils ont formé cette unité de Spetsnaz non officielle, et comme ils ne trouvaient pas assez de soldats entraînés correspondant au profil souhaité, ils ont décidé de se montrer créatifs en cherchant ailleurs.

— Au Camp Larko, dis-je.

Peter hoche la tête. Ses yeux ressemblent à de l'acier poli.

— Ceux d'entre nous qui résistaient sur une longue période avaient tendance à être forts, capables de supporter des heures interminables de travail harassant dans des conditions extrêmes. La faim, la soif, le froid – on pouvait endurer tout ça. Et comme tu l'imagines, on était nombreux à correspondre au profil qu'ils recherchaient.

Un frisson m'effleure la peau et je resserre la couverture autour de moi.

— Alors, pourquoi t'ont-ils choisi parmi les autres ? je demande d'un ton égal.

Il ébauche un sourire noir.

— Parce que juste avant leur arrivée, j'ai tué un gardien, me dit-il à voix basse. Je l'ai pris à partie dehors dans la neige et lui ai extorqué des aveux avant de l'étriper comme un lapin devant tout le camp. Mes méthodes étaient… Eh bien, disons simplement que c'était exactement ce qu'ils recherchaient. Alors au lieu d'être puni pour la mort du gardien, j'ai reçu une nouvelle carrière, adaptée à mes goûts comme à mes aptitudes.

Mes paumes deviennent moites autour de la couverture.

— Et quels étaient les crimes du gardien ? demandé-je, même si je n'ai pas très envie de connaître la réponse.

Les ténèbres dans le regard de Peter s'accentuent et, pendant un moment, je crains d'être allée trop loin, d'avoir éveillé trop de mauvais souvenirs. Mais il finit par s'adosser contre la tête de lit et répond sans émotion :

— Il aimait ébouillanter les garçons.

Je suspends mon souffle et la bile remonte dans ma gorge.

— Quoi ? je m'exclame, incapable d'en dire plus.

— Dans les douches, l'eau était soit glaciale, soit bouillante, rien entre les deux, dit Peter, les traits tirés et le regard dans le vague. Les tuyaux fonctionnaient mal et on devait utiliser des seaux pour mélanger l'eau avant de se laver. Mais certains gardiens nous punissaient en nous obligeant à rester sous l'eau, glaciale pour les infractions mineures, brûlante en cas de bêtises graves. Un gardien en particulier aimait le supplice de l'eau chaude. Je crois que ça l'excitait. Les autres se contentaient de quelques secondes, une demi-minute au maximum, histoire d'infliger des brûlures superficielles aux garçons. Mais ce gardien insistait. Une minute, deux, trois, cinq… Quand Andrey y est passé, il avait déjà tué deux garçons de quinze ans en les ébouillantant jusqu'à l'os.

Je sens le goût du vomi dans ma gorge.

— Andrey… ton ami Andrey ? je murmure à travers mes lèvres engourdies.

— Oui.

Les traits ciselés de Peter sont déformés par une fureur presque démoniaque.

— Andrey, qui n'aurait jamais dû mettre les pieds dans ce trou de l'enfer. Mon ami, qui a refusé de laisser ce connard le baiser et qui en a payé le prix fort en agonisant dans d'atroces souffrances.

— Oh, Seigneur, Peter…

Je presse mon poing tremblant contre ma bouche avant de tendre la main vers lui. Je sens ses doigts frémir d'une rage à peine contenue, qu'il s'efforce néanmoins de contrôler.

— Je suis tellement désolée.

Il se raccroche à ma main comme à une bouée de sauvetage et ferme les yeux avant de prendre une grande inspiration. Lorsqu'il les rouvre, son expression est calme, mais maintenant je connais sa douleur et sa colère enfouies, tapies sous ce masque bien maîtrisé.

J'ai eu tort de croire que la mort de sa famille l'a transformé en monstre. Il l'était déjà bien avant Daryevo. Les horreurs qu'il a rencontrées quand il luttait pour sa survie l'ont dépouillé de la bonté d'âme qu'il possédait peut-être autrefois. Ses premières victimes n'étaient pas des anges, mais en mettant un pied sur le chemin obscur de la vengeance, il est devenu comme elles, faisant souffrir avec indifférence les innocents comme les coupables.

Dégageant précautionneusement mes doigts de sa poigne, je recule au milieu du lit.

— Et le directeur ? je demande en soutenant le regard de mon ravisseur.

J'ai déjà l'estomac retourné, mais j'ai besoin de connaître l'ampleur des dégâts.

— Qu'a-t-il fait pour mériter de mourir ?

Peter sourit tristement.

— Tu n'en as pas assez entendu pour ce soir ? Non ? D'accord, si tu veux savoir, il aimait les petits garçons. Plus ils étaient jeunes, mieux c'était. J'avais de la chance, parce qu'à onze ans, j'étais déjà costaud, presque un adolescent. Bien trop vieux pour lui quand il est arrivé à l'orphelinat. Mais les petits… La nuit, j'étais allongé dans mon lit et je les entendais crier et pleurer dans leurs chambres quand il allait les voir. Chaque soir, je mourais un peu plus à l'intérieur, parce que je ne pouvais rien faire, personne ne m'aurait écouté. Les enseignants, la police – ils s'en fichaient ou ils n'osaient pas faire de vagues. Ce fils de pute avait le bras long, tu vois, il venait d'une famille importante. Alors personne ne faisait rien. Un jour, un nouveau est arrivé, il n'avait que deux ans. Quand je l'ai entendu rejoindre l'enfant, je n'ai pas pu le supporter. J'ai pris un couteau de cuisine, je me suis faufilé derrière lui et pendant qu'il s'affairait au-dessus du petit, je lui ai tranché la gorge.

Bien sûr. Mon chevalier noir, encore et toujours mû par la vengeance. Je ferme mes yeux brûlants de larmes, le cœur serré pour Peter et le petit garçon. Je me doutais que c'était quelque chose de ce genre, mais je craignais que

Peter lui-même en ait été victime. Ça ne veut pas dire qu'il ne l'a jamais été. J'ouvre les yeux et croise son regard d'acier.

— Et toi ? je demande d'une voix incertaine. As-tu déjà… ?

— Non, dit-il en pinçant les lèvres. En tout cas, pas que je sache. J'ai toujours été très doué pour me défendre, même quand j'étais petit. Cela dit, je n'ai pas beaucoup de souvenirs avant trois ans, alors c'est possible – j'étais un beau garçon, d'après mes vieilles photos. Quoi qu'il en soit, à l'âge de la maternelle, je savais déjà faire usage de mes poings, de mes dents, des pierres… toutes les armes qui me passaient sous la main. Le seul connard qui a tenté quelque chose quand j'avais cinq ans s'est fait arracher le doigt, et ensuite, on ne m'a plus embêté.

Je le regarde, à la fois soulagée et profondément apitoyée. Et en colère. J'éprouve une telle colère envers la cruauté du monde qui a fait de lui l'homme sombre et tourmenté qu'il est aujourd'hui, ce tueur impitoyable et amoral, qui, malgré tout, a désespérément besoin d'amour et d'une famille. A-t-il trouvé le repos loin de ses démons quand il avait Tamila et son petit garçon ? Est-ce pour cette raison qu'il a accepté si facilement sa grossesse, de devenir un mari et un père alors qu'il aurait pu simplement s'en aller ? Lui ont-ils rendu des fragments de son âme, qui se sont à nouveau brisés avec leur mort brutale ?

Si tel est le cas, pas étonnant que leur disparition l'ait rendu fou – et que la vengeance ait été sa réaction par défaut.

Devant mon long silence, le visage de Peter s'assombrit encore davantage, puis il finit par esquisser un sourire moqueur.

— C'est trop pour toi, ptichka ? Je suppose que j'aurais dû inventer une histoire à l'eau de rose, remplie d'arcs-en-ciel, de petits chiots et de piñatas.

— Non, je…

Je m'interromps, la gorge gonflée par les émotions. Quand j'ai retrouvé ma contenance, j'essaie à nouveau :

— Je regrette juste que personne n'ait été présent pour toi, comme toi tu l'as été pour ce petit garçon.

Il cligne lentement des paupières et s'écarte de la tête de lit.

— Je te l'ai dit, ça allait. J'étais toujours capable de me débrouiller.

— Je le sais, murmuré-je lorsqu'il tend les bras vers moi pour m'allonger à côté de lui avant de s'étirer sur le lit et éteindre la lumière. Mais tu n'aurais pas dû y être forcé, Peter. Comme aucun enfant.

Il ne répond pas, mais je sais qu'il m'a entendue, parce que son bras se resserre contre mes côtes, m'attirant encore plus près de lui. Nous restons allongés dans le noir, dans la chaleur l'un de l'autre, et nous trouvons du réconfort dans le rythme régulier de nos cœurs.

Après ce soir-là, c'est encore plus difficile de résister aux efforts que déploie Peter pour s'immiscer dans mon esprit et dans mon cœur. Je ne sais pas s'il craint que ses révélations m'aient terrifiée et s'il cherche à se rattraper, ou simplement s'il sent ma résolution faiblir, toujours est-il qu'il devient de plus en plus attentionné envers moi. Il me choie et me gâte au-delà de mes désirs.

Je suis la seule à ne pas avoir de tâches ménagères. Peter se charge des repas et les autres font la lessive et entretiennent la maison à la perfection. Je les aide tout de même avec le linge pour ne pas me comporter comme une fainéante, mais Peter ne me le demande pas, et à part la fois où j'ai jeté l'assiette, je n'ai pas touché à un aspirateur ni fait quoi que ce soit sous la contrainte.

Pour couronner le tout, il m'accorde tout ce dont j'ai envie – dans les limites de ma captivité, naturellement. Si je mentionne une préférence pour les taies d'oreiller en soie, Peter m'en obtient en quelques jours. Si j'exprime le souhait d'aller me promener, il abandonne tout ce qu'il fait et m'accompagne sans jamais déléguer cette tâche à l'un de ses hommes. Mais surtout, il fait tout son possible afin que je ne m'ennuie pas.

Jusqu'à présent, son idée de studio de danse est un fiasco – j'utilise juste cette salle pour du yoga de temps en temps, et quelques étirements –, mais j'apprécie beaucoup le matériel d'enregistrement qu'il m'a acheté. C'est du haut de gamme, comme chez un professionnel. Je peux enregistrer et retravailler tout ce que je veux. Si j'ai commencé par les chansons pop qui me plaisent, je tente vite quelques variantes et compose même des chansons de mon cru, ajoutant des paroles aux musiques que je crée à partir de plusieurs chansons. La maîtrise du logiciel et de l'équipement ne me vient pas en un jour, mais j'apprécie ce challenge. Non seulement c'est intéressant, mais ça occupe une grande partie de mon temps libre et pendant que j'essaie de trouver les mots pour exprimer la chanson qui prend forme dans mon esprit, je ne pense pas à tout ce que j'ai perdu et au fait que je suis captive d'un assassin.

Je me concentre exclusivement sur la musique.

J'ai également commencé à me produire devant les gars. C'est devenu un rituel de début de soirée. Peter me demande de chanter pour divertir les autres et j'accepte avec réticence (mais au fond, je suis enthousiaste). Avant chaque chanson, je prends soin de préciser que je risque d'oublier les paroles, et qu'il faut s'attendre à quelques couacs. Naturellement, il s'agit toujours d'un morceau que j'ai répété par avance, souvent la variante d'un tube populaire sur lequel j'ai travaillé le jour même dans le studio d'enregistrement. Je suis trop timide pour partager mes propres créations, mais ils accueillent si favorablement mes versions de musique pop que j'imagine un jour être capable de leur chanter l'une de mes compositions.

— Tu as une très jolie voix, me dit Yan au bout d'une semaine, ses yeux verts écarquillés de surprise. Peter avait raison.

Je lui souris – les compliments de la part de notre psychopathe sont plutôt rares – et je décide d'en chanter deux la fois suivante.

Si les garçons aiment ça et moi aussi, pourquoi pas ?

Entre la musique et mes activités habituelles avec Peter, j'ai de quoi occuper mes journées, mais mon ancien métier me manque toujours. Chaque fois que l'un d'entre eux se fait mal – ce qui arrive très fréquemment pendant leurs entraînements quotidiens –, j'ai l'occasion de mettre en pratique mes compétences médicales, mais ce n'est pas suffisant. J'ai besoin de la stimulation intellectuelle de ma profession, de tout ce que j'apprends au quotidien en soignant une grande variété de patientes et en me tenant informée des nouvelles études. À présent, je me sens hors du coup, isolée des nouveaux développements de mon secteur, et quand j'en parle à Peter durant l'une de nos promenades, il me promet d'y remédier.

Il demande donc à ses pirates informatiques de m'envoyer deux fois par semaine des compilations de toutes les avancées de pointe du monde entier dans le domaine médical. Certains textes sont publics – études validées par la profession et publiées dans les revues universitaires auxquelles j'étais inscrite, etc. –, mais un grand nombre semble provenir directement des archives privées de certaines sociétés.

— Peter, c'est de la folie, dis-je après avoir lu un compte-rendu sur une thérapie génique offrant un nouvel espoir pour résorber le cancer du sein décelé tardivement. Où tes hommes ont-ils trouvé ça ? C'est énorme.

— Vraiment ?

Il sourit en levant les yeux de son ordinateur. Je hoche énergiquement la tête.

— Si cette thérapie est aussi efficace que les notes de ces chercheurs semblent l'indiquer, on sauvera la vie de millions de femmes. Comment tes pirates ont-ils trouvé ça ? J'aurais dû au moins entendre des rumeurs à ce sujet, à l'hôpital. Ça change complètement la donne dans le traitement du cancer. Tu t'en rends compte, au moins ?

Son sourire s'agrandit.

— Que veux-tu que je te dise ? Nos gars sont doués.

Je secoue la tête avant de m'absorber dans l'analyse détaillée de l'étude. Je devrais me sentir coupable de voler ainsi la propriété intellectuelle d'une quelconque start-up, mais je suis trop fascinée pour suspendre ma lecture. Et puis, je n'utiliserai pas ces connaissances à des fins commerciales et je ne les partagerai avec personne. Mon accès au monde extérieur est strictement limité aux appels à mes parents.

C'est un point sur lequel Peter refuse de céder, malgré mes supplications.

— Allez, quel mal y aurait-il à me laisser consulter des sites d'actualités une fois de temps en temps ? je proteste un jour où Peter me surprend essayant de me connecter à son ordinateur – tentative vaine, étant donné le nombre de sécurités et de mots de passe qu'il a mis en place. Tu peux bloquer certains sites web, m'empêcher d'utiliser les e-mails et les réseaux sociaux, si tu veux. Il existe une tonne d'applis pour ça, et…

— Non, ptichka.

Son visage est déterminé lorsqu'il me prend l'ordinateur des mains.

— On ne peut pas prendre le risque que tu fasses une recherche qui exposerait notre adresse IP au FBI ni que tu trouves un moyen ingénieux d'entrer en contact avec eux. Chaque site permet de laisser des commentaires, de nos jours, et tu es trop intelligente pour l'ignorer.

Frustrée, j'abandonne l'idée d'accéder à internet et j'essaie de trouver d'autres moyens d'évasion, mais rien ne me vient à l'esprit. La seule chose que je pourrais tenter – une sorte de message codé à mes parents à l'occasion de nos brefs échanges – serait bien trop risquée. Peter est constamment avec moi, épiant chaque mot que je prononce, et il me suffirait de la moindre allusion à notre emplacement pour qu'il m'interdise tout contact avec ma famille. Il me l'a déjà dit et je sais qu'il le ferait.

Il a beau m'accorder tous mes désirs, je n'oublie jamais que son obsession a un côté obscur et qu'il fera tout ce qui est en son pouvoir pour me garder près de lui.

Tandis que les chaudes journées de fin d'été cèdent la place à l'automne et que les tons rouge et or s'épanouissent dans la forêt, j'acquiers la conviction que j'ai fait le bon choix en enlevant Sara. Malgré notre début houleux, elle commence à prendre ses marques et je suis certain qu'un jour, elle sera complètement adaptée et qu'elle acceptera pleinement sa nouvelle vie avec moi.

Je l'aime tellement qu'une douleur constante me comprime le cœur, et bien que je sache qu'elle n'éprouve pas le même sentiment, j'aperçois parfois une certaine douceur dans son regard, une chaleur qui se propage dans mon cœur et me donne de l'espoir. La colère de son enlèvement faiblit et nos disputes deviennent moins fréquentes. Si ni elle ni moi ne pouvons oublier la manière dont notre relation a commencé, le passé commence à me sembler lointain et son emprise sur notre présent est moins douloureuse, moins aiguë.

Je pense toujours à Pasha et Tamila, et je me réveille avec des sueurs froides quand je rêve de leur mort atroce. Mais les cauchemars me hantent moins souvent, et Sara est toujours là. Je peux tendre les bras et la serrer contre moi, entendre sa respiration régulière jusqu'à ce que l'horreur des souvenirs s'efface.

Je peux aussi coucher avec elle. Et c'est quelque chose qui ne manque jamais de m'apaiser, le meilleur moyen de soulager les ténèbres qui me tourmentent de l'intérieur.

— Pourquoi aimes-tu me faire mal, par moments ? murmure-t-elle un soir, alors que je l'ai réveillée pour la prendre sauvagement, la baisant avec une telle force que nous sommes à présent tout engourdis. As-tu un penchant sadique ?

Je réfléchis à sa question avant de secouer la tête, bien qu'elle ne puisse pas voir mon geste à cause de l'obscurité totale.

— Pas dans un sens sexuel, ou du moins, pas avant de te rencontrer.

Certes, j'ai tiré un certain plaisir à tuer et à torturer mes ennemis, mais c'était plutôt cérébral, une façon de ressentir cette violente bouffée de puissance et satisfaire ma notion de justice. En tout cas, ce fut le cas avec le gardien qui a ébouillanté Andrey dans les douches et, dans une moindre mesure, avec les terroristes que j'ai supprimés dans le cadre de mon travail. Je n'ai éprouvé aucune pitié pour eux. Leurs souffrances me procuraient une joie vicieuse. Mais je n'ai jamais bandé en infligeant de la douleur, et pendant l'amour, j'ai toujours été prévenant et doux avec les femmes, employant ma connaissance du corps humain pour donner du plaisir et non pour blesser.

Ce n'est qu'à ma rencontre avec Sara que ces pulsions conflictuelles – punition et plaisir, violence et tendresse – ont fusionné. Je la chéris, je l'aime tellement que ça me fait mal, et pourtant quand je la touche, je suis parfois incapable de me contrôler, de réprimer le besoin pressant de la punir pour être ce qu'elle est.

Pour avoir appartenu à mon ennemi avant de voler mon cœur.

— Alors, avec elle… jamais ?

La curiosité que Sara tente maladroitement de dissimuler dans son murmure me fait sourire, alors même qu'une douleur familière m'enserre le cœur.

— Tu parles de Tamila ?

— Oui.

Sa main se pose sur mon torse, comme si elle sentait la douleur qu'il contient.

— Tu n'as jamais été brutal comme ça avec elle ?

— Non.

Je recouvre sa main fine de ma paume, l'appuyant encore plus contre ma peau.

— Ce n'était pas comme ça avec elle.

Ce que je ressentais pour Tamila n'avait rien de commun avec la connexion intense, presque violente, que j'éprouve pour Sara. Avec ma femme, c'était un mélange agréable d'attirance physique et d'affection, comme une sorte d'amitié. Je l'admirais pour son courage, étant donné le contexte dans lequel elle avait grandi, et parce qu'elle était une bonne mère pour Pasha. Sa beauté ne gâchait rien, évidemment, et même si nous n'avions pas grand-chose en commun, j'avais appris à tenir à elle… je pensais même l'aimer. Or maintenant, je me rends compte que c'était une illusion.

Ma tendresse pour Tamila n'était rien d'autre que ça, un simple écho des émotions brutes que Sara fait naître en moi.

Sa main frémit sous ma paume et je l'entends déglutir.

— Je vois.

La voix de Sara a une intonation étrange qui me fait presque mal.

— Tu devais beaucoup l'aimer, poursuit-elle sur le même ton.

Je souris alors, quand je comprends ce qui se passe.

— Tu es jalouse ? je demande d'une voix douce en me penchant sur le côté pour allumer la lampe de chevet.

La lumière soudaine lui fait cligner des paupières et en voyant sa jolie bouche pincée, je sais que j'ai raison.

Elle a mal compris mon aveu et elle croit que la douceur dont je faisais preuve avec ma femme signifie que je tenais plus à Tamila qu'à elle.

Sara ne me répond pas et se contente de retirer sa main. Cette fois, je ris. Malgré les sombres souvenirs qui dansent aux confins de ma mémoire, je me sens particulièrement léger. Ma ptichka *est* jalouse – d'une femme morte, rien de moins – et je ne pourrais être plus ravi.

En entendant mon amusement, Sara fronce les sourcils. Une ride soucieuse lui barre le front. Avec un grognement à peine audible, elle éteint la lampe et se retourne. De toute évidence, elle boude.

Je perds aussitôt ma bonne humeur, à laquelle succède ce mélange complexe d'émotions qu'elle suscite toujours en moi. Le désir et la tendresse, la colère et la possessivité – tout cela fait partie de la folie qu'est mon amour pour Sara, de cette obsession dont je ne parviendrai jamais à me défaire.

— Viens ici, mon amour.

Sans tenir compte de sa posture raide, je l'attire contre moi et moule mon corps au sien, par-derrière. J'enfouis mon visage dans ses cheveux et inspire son doux parfum – ma fragrance préférée – avant de resserrer mon étreinte. Elle essaie de se dégager, mais je tiens ferme.

— Parfois, j'ai envie de te faire mal, chuchoté-je quand elle s'immobilise enfin, épuisée et le souffle court. J'ai envie de te faire des choses que je n'aurais jamais rêvé de faire à ma femme. Il y a des soirs où j'ai envie de te dévorer, ptichka, de te consumer jusqu'à ce qu'il ne reste plus rien… jusqu'à ce que cette addiction me laisse en paix et me permette de prendre une inspiration sans te désirer, sans avoir la sensation de tenir à toi plus qu'à ma propre vie.

Elle retient son souffle.

— Qu'est-ce que tu dis ?

— Je dis que je t'aime, ptichka… et que je te déteste. Parce que ça fait mal, tu vois, de savoir que tu l'aimes encore, que tu penses encore à *lui* quand tu es avec moi.

Ma voix devient plus sèche et je resserre ma poigne quand elle essaie à nouveau de me fuir.

— Le tueur de ton mari, c'est comme ça que tu me vois, c'est parfois la seule chose que tu vois. Si je pouvais l'effacer de ton esprit, je le ferais en un claquement de doigts. J'effacerais toute trace de son existence, je le renverrais au néant auquel il appartient. Dans un monde différent, le destin aurait voulu que tu m'appartiennes, mais dans celui-ci, j'ai dû me battre pour toi… tuer pour toi.

Son corps tout entier se crispe.

— Pour *moi* ? Mais de quoi parles-tu ? Ce n'était qu'une question de vengeance, cette liste que tu…

— Oui, c'était vrai… jusqu'à ce que je te rencontre. Ensuite, tout a changé.

C'est une vérité que je ne m'étais même pas avouée à moi-même, que ma conscience ignorait, mais qui existait déjà dans les tréfonds les plus sauvages de mon âme.

Quand je me suis penché sur le lit de George Cobakis, j'ai hésité en pensant à Sara, mais ce n'était pas parce que je voulais l'épargner pour elle. C'était parce que le meurtre était inutile, son état végétatif étant équivalent à la mort.

Si j'ai appuyé sur la détente, ce n'était pas en dépit de mon attirance pour Sara, mais au contraire à cause d'elle.

Parce que je voulais la libérer de lui à jamais.

Parce que, même à ce moment-là, je savais qu'elle devait m'appartenir.

— Non.

La voix de Sara chevrote nettement.

— Tu dis ça comme ça. Tu n'as pas pu tuer George à cause d'un intérêt malsain pour moi, ce serait de la pure folie.

— Peut-être.

Je veux bien le lui accorder.

— Mais dans certaines cultures, ce que j'ai fait t'aurait donnée à moi, tu aurais été mon trophée de la victoire, mon butin de guerre.

— De guerre ? Il était dans le coma ! Tu as tué un homme sans défense. Il ne faisait pas le poids…

Mon rire est amer.

— Tu crois que je suis un noble héros ? Tu crois que je cherche à me battre à la loyale ?

Elle se fige et sa peau devient moite à l'endroit où nos corps nus se touchent. Je reprends :

— Ce n'est pas le cas, Sara. Je me fous complètement d'être loyal, parce que les autres ne le sont pas non plus. Le monde est déloyal par nature. Si tu veux quelque chose, tu dois te battre pour l'obtenir… et le prendre. Et je te voulais, ptichka. Je t'ai voulue dès l'instant où je t'ai tenue contre moi, quand tu pleurais avec une telle grâce dans mes bras. Et toi aussi, tu me voulais – tu me veux toujours – parce que, quoi que tu en dises, c'est bien réel… bien plus réel que ton mariage d'illusions. Tu ne vivais pas un conte de fées et Cobakis n'était pas ton Prince Charmant. C'était un menteur, un lâche qui s'est mis à boire parce qu'il ne sup- portait pas de vivre dans la culpabilité du massacre qu'il avait causé. Même s'il n'avait pas figuré sur ma liste, je l'au- rais tué si je t'avais rencontrée – parce que je t'aurais voulue quoi qu'il arrive. Si nos chemins s'étaient croisés, je t'aurais faite mienne.

À présent, elle frissonne et je sais que j'ai été trop hon- nête en lui révélant la bête que je suis. Et pourtant, il y a quelque chose que je ne ferais pas, c'est lui mentir.

Avec moi, Sara saura toujours ce qui l'attend, aussi laid que ce soit.

Je tire les couvertures sur nos deux corps et je lui caresse le bras, la hanche et la cuisse jusqu'à ce qu'elle cesse de trembler. Quand j'entends enfin sa respiration lente et profonde, je ferme les paupières sans la lâcher.

C'est peut-être mal aux yeux des autres, mais j'ai Sara et je suis heureux – et je ferai mon possible pour la rendre heureuse, elle aussi.

Tandis que l'automne progresse et que les températures continuent de baisser, ma vie avec Peter commence à me faire penser à une lune de miel prolongée, malgré le fait que nous partageons notre refuge avec d'autres personnes. Ses attentions ne faiblissent pas, et même si je me rappelle que je ne suis pas ici de mon plein gré, je ne peux ignorer que Peter fait de son mieux pour m'assurer plaisir et confort. À l'exception de sa profession et de ma captivité – une broutille –, Peter Sokolov est tout ce que l'on pourrait attendre d'un époux : un parfait homme d'intérieur, si prévenant que j'ai bien souvent l'impression d'être une princesse.

Maintenant, tous les matins commencent par le petit déjeuner au lit. En interrogateur subtil, Peter a appris tout ce que j'aimais et n'aimais pas en matière de nourriture, et il cuisine toujours ce que je préfère. Des crêpes russes aux raisins secs et au fromage frais, des omelettes légères, des quiches, des plateaux de fruits exotiques – la totale, avec du jus d'orange fraîchement pressé et du café. Pour le déjeuner et le dîner, je suis tout aussi gâtée, à tel point que les hommes font discrètement appel à moi pour leur commander tel ou tel plat.

— Tu as aimé le *shashlik* la dernière fois, n'est-ce pas ? Ces kebabs d'agneau que Peter a faits avant le Nigéria ?

Ilya essaie de me faire des yeux de chien battu quand il se retrouve seul avec moi dans la cuisine, mais ça lui donne un drôle d'air.

J'acquiesce et il ajoute en souriant :

— Alors, demande-lui d'en cuisiner, un de ces quatre, d'accord ? Laisse entendre que tu aimerais bien de l'agneau avec sauce piquante. Tu veux bien ?

Je ris et lui promets de le faire, comme j'ai déjà promis à Anton de la tarte aux pommes. Malgré leur rôle dans mon enlèvement, je commence à apprécier les hommes de Peter et je suis presque sûre que c'est réciproque. Je m'en réjouis, mais Peter semble avoir une autre opinion sur la question. J'ai surpris le regard froid qu'il posait sur eux quand ils se montraient particulièrement amicaux, comme s'il craignait qu'ils m'arrachent à lui.

Sa possessivité est l'un de nos principaux écueils ces derniers temps, et un soir, elle échappe à son contrôle.

— Putain, garde tes yeux au-dessus de son cou ! aboie-t-il à Anton alors que je viens de terminer ma variante du dernier tube de Lady Gaga.

Je me suis habillée pour l'occasion, avec l'une de ces robes décolletées que Yan m'a achetées. Quand Anton et

Peter se lèvent en se défiant du regard, je me rends compte que c'était peut-être une erreur.

— Peter, il ne faisait rien de mal, dis-je en tentant désespérément de désamorcer la tension palpable. Je chantais et il écoutait, c'est tout.

— Il bavait sur toi, voilà ce qu'il faisait.

Peter bouscule la chaise qui les sépare.

— Et ce n'est pas la première fois.

— Va te faire foutre, mec.

La barbe noire d'Anton frémit de rage et les deux assassins se redressent. Ils montrent les crocs et serrent les poings.

— Personne ne fait rien de mal, bordel ! Tu es trop obsédé pour penser correctement.

Peter gronde sa réponse en russe et Yan réplique à son tour sur un ton amusé tandis qu'Ilya secoue la tête en souriant. Un instant plus tard, Anton sort en coup de vent, Peter sur les talons.

Frustrée, je me tourne vers les jumeaux.

— Où vont-ils ?

J'ai horreur que les gars passent au russe pour me cacher des choses.

— Qu'est-ce que vous avez dit ?

— Peter veut briser tous les os du visage d'Anton et j'ai proposé qu'il le fasse dehors pour nous éviter des réparations dans la maison, dit Yan, le sourire aussi large que celui de son frère. Apparemment, ils ont suivi mon conseil.

— Quoi ? Ils vont se battre ?

Atterrée, je me rue au-dehors, où je suis accueillie par des bruits de pugilat. Peter et Anton roulent sur le sol. Les bras et les coudes volent avec violence. Du sang gicle quand Peter assène un coup particulièrement brutal et j'étouffe un cri en voyant la fureur qui déforme ses traits.

Ce n'est pas un entraînement, ils se battent pour de vrai.

— Séparez-les, je vous en prie, dis-je sur un ton suppliant à Yan et Ilya qui viennent de sortir à leur tour. Ils vont s'entretuer.

— Non, fait Yan en agitant la main d'un air évasif. Ils vont juste se casser quelques os. Notre prochaine mission n'est pas avant le mois prochain, alors tout va bien.

— Non, ça ne va pas !

Je grince des dents et je me tourne vers Ilya.

— Si tu veux manger du *shash*-machin un jour, tu as intérêt à les arrêter tout de suite. Sinon, je vais développer une *allergie* à l'agneau, m'exclamé-je en enfonçant le doigt sur son torse imposant. Tu m'entends ?

Yan éclate de rire, mais Ilya paraît inquiet.

— D'accord, d'accord, ronchonne-t-il avant de se diriger vers les combattants.

Je pousse un soupir de soulagement lorsqu'il s'interpose courageusement, mais ni Peter ni Anton n'acceptent sa tentative pour les séparer. Bientôt, ils roulent tous les trois sur le sol et échangent des coups violents. Quand je me tourne vers Yan, ce dernier lève les mains, paumes vers l'extérieur.

— Je ne m'approche pas d'eux, dit-il avec conviction.

Je suis toute seule.

Désespérée, j'envisage de les arroser à l'eau froide, mais je choisis une solution plus opportune.

— Au secours ! je hurle à pleins poumons en me pliant en deux comme si je souffrais. Aïe ! Peter, aide-moi !

C'est encore plus efficace que je l'espérais. Les hommes se séparent aussitôt et Peter se lève d'un bond. Sur son visage, la rage s'est changée en épouvante lorsqu'il se rue vers moi.

— Que s'est-il passé ? demande-t-il en me prenant les mains avant de m'examiner de la tête aux pieds. Tu es blessée ?

— Oui, blessée de te voir te comporter comme un barbare, rétorqué-je en essayant de me dégager lorsqu'il entreprend de me palper le corps. Maintenant, lâche-moi, je dois évaluer les dégâts.

Ses sourcils se rejoignent et il marque un temps d'arrêt.

— Tu n'es pas blessée ? Tu voulais juste arrêter la bagarre ?

— Évidemment. Comment aurais-je pu me faire mal ?

J'ignore Yan, qui rit à s'en tenir les côtes, et me dirige vers Anton et Ilya. Ils sont plus mal en point que Peter. Ilya a la lèvre fendue et le visage d'Anton a déjà commencé à enfler, son nez sanguinolent légèrement décentré.

— Eh ! fait Peter en m'attrapant le poignet avant que je puisse faire deux pas. Tu vas *les* soigner en premier ?

Il a l'air fou de colère et je suis tentée de répondre par la négative – je n'ai pas envie de provoquer un autre combat –, mais mon côté diabolique me pousse à hocher la tête.

— Ils ne se sont pas attaqués tout seuls.

Je tire sur mon poignet pour tenter vainement de me libérer.

— Et tu n'as pas l'air blessé.

Si Peter croit que je vais récompenser son comportement d'homme des cavernes par des soins attentionnés, il se trompe fortement.

Il se renfrogne et me lâche le poignet. Il a même le culot de paraître vexé.

— Si, je suis blessé. Tu vois ?

Il soulève son tee-shirt pour révéler sa peau rougie, sur sa cage thoracique.

— Et là, ajoute-t-il en me montrant le dos de sa main droite, où les jointures de ses doigts commencent en effet à gonfler.

Malgré ma colère, mon instinct de docteur entre en jeu.

— Laisse-moi voir ça.

Avec précaution, je lui tâte le torse – c'est un vilain hématome, mais ses côtes n'ont rien – avant de me pencher sur les jointures de ses doigts.

— Ça fait mal ? je demande en appuyant sur son majeur.

Peter secoue la tête, les yeux luisants, et j'examine le reste de sa main. À mon grand soulagement, je ne sens aucun os brisé.

— Ça va aller, dis-je avant de remarquer une éraflure ensanglantée sur son oreille gauche.

Je la nettoierai à l'intérieur, avec mon matériel médical, mais d'abord je dois vérifier le nez d'Anton et m'assurer qu'Ilya ne subisse pas une autre commotion cérébrale.

Les autres sont déjà rentrés et je les suis dans la maison, sans prêter attention à la mine sombre de Peter. Je ne comprends pas ce qui lui a pris. Je sais qu'il est possessif, mais

Anton est l'ami de Peter et, à ce que je sache, il n'a jamais eu de comportement déplacé envers moi. Pas plus que les autres, bien que ce soient tous des hommes virils en pleine santé sans compagnie féminine depuis plusieurs mois.

Ma bravade ne dure que le temps d'entrer dans la cuisine et d'apercevoir les dégâts sur le visage d'Anton. Peter ne plaisantait pas quand il le menaçait de lui casser tous les os. S'il n'en a pas eu le temps, il a pourtant bien entamé le travail. L'engrenage de violence est arrivé si vite que je n'ai pas pris conscience de la brutalité saisissante du combat, mais à présent, alors que j'essaie de remettre en place le nez d'Anton, mes mains tremblent. Je subis le contrecoup du choc et l'adrénaline qui déferle dans mes veines est si forte que j'ai presque l'impression de m'être moi-même battue.

Ces dernières semaines, j'ai cédé à la complaisance et je me suis laissé bercer par la vie domestique, oubliant ce que Peter et ses hommes étaient réellement. Ce n'était pas une rixe d'ivrognes dans un bar, où quelques coups sont échangés. Peter est un assassin de formation, et il s'en est pris à son ami avec l'intention de lui infliger des dégâts sévères. Si je n'avais pas interrompu le combat, quelqu'un aurait pu être grièvement blessé – ou tué.

— Je suis désolée, murmuré-je en voyant Anton grimacer de douleur sous mes mains. Je suis désolée pour tout ça.

— Ce n'est rien.

Sa voix est nasillarde lorsque j'enfonce du coton dans ses narines pour interrompre le saignement.

— Ça devait arriver, cet enfoiré est trop fou de toi.

Il n'y a aucune rancœur dans sa voix. Au contraire, il a l'air presque amusé que son ami ait tenté de le mutiler par jalousie mal placée.

— C'est vrai, gronde Peter en s'approchant de moi. Alors, ne la regarde pas, putain. Plus jamais. C'est compris ?

À ma grande stupéfaction, la bouche gonflée d'Anton esquisse un sourire ensanglanté.

— Compris, sale con.

Je suspends mon geste et mon regard incrédule alterne entre les deux hommes. J'hallucine ou ils se sont réconciliés ?

C'est bien ça, car Peter gratifie son ami d'une tape dans le dos avant de se tourner vers Ilya, perché sur un tabouret de bar à côté de nous. Il tient une poche de glace sur sa lèvre.

— Même chose pour toi et… dit-il avant de lancer un regard noir à Yan, qui vient de nous rejoindre… pour toi aussi.

Les deux frères opinent et Ilya répond :

— Pigé. Elle est toute à toi.

Ignorant cette évidence, je finis de soigner le nez cassé d'Anton et lui donne des poches de glace pour qu'il les applique sur son visage avant de tendre la main vers son tee-shirt afin d'examiner ses côtes.

— C'est bon, me dit-il alors d'une voix étranglée, m'arrêtant avant que je puisse soulever l'ourlet de son tee-shirt.

Avec un regard méfiant en direction de Peter, il ajoute :

— Tu peux passer à Ilya maintenant, si tu veux.

Je me renfrogne, mais me tourne vers Ilya comme il me l'a suggéré.

— Laisse-moi voir ça, dis-je en retirant la glace de sa lèvre. As-tu reçu un autre coup à la tête ?

— Non, rien que celui-là, fait Ilya en grimaçant quand je palpe sa mâchoire gonflée.

— Très bien… je réponds avant de conclure mon examen. Tu n'as pas de commotion cérébrale, mais tu dois quand même être prudent. Les coups à la tête sont mauvais pour ton cerveau – les joueurs de la ligue nationale de football américain en savent quelque chose.

— Oui, Dr Cobakis.

Ilya sourit dans la mesure permise par sa lèvre fendue.

— Je serai prudent.

Je lui rends son sourire, ignorant le ricanement de son frère, avant de me tourner vers Peter qui semble toujours de mauvaise humeur.

— Montre-moi ça, dis-je alors en l'asseyant sur un tabouret de bar pour pouvoir atteindre son lobe d'oreille. On dirait que tu t'es arraché un peu de peau.

Peter reste calme et me laisse nettoyer et poser un pansement sur l'égratignure avant de chercher d'autres plaies mineures éventuelles. Quand j'ai terminé, mes mains ne tremblent plus. Ces manipulations familières m'ont aidée à me remettre du choc causé par l'explosion de violence.

Malheureusement, ma sérénité est de courte durée. Dès l'instant où je range le matériel médical, Peter descend d'un bond du tabouret et se penche pour me soulever. Sourd à mon cri de stupeur et aux sifflements grivois de ses collègues, il me serre dans ses bras et prend possession de ma bouche avec un baiser avide et fougueux.

Puis, me plaquant contre son torse comme si j'étais un trophée de guerre, il se dirige vers les escaliers.

CHAPITRE 35

PETER

Sara se débat dans mes bras lorsque je l'emporte à l'étage. Son visage pâle est rouge, sans doute de colère et de honte.

— Pose-moi, chuchote-t-elle avec agacement dès que nous atteignons le palier. Peter, pose-moi tout de suite.

J'attends d'être dans la chambre pour la libérer. Je suis encore porté par la vague d'énergie qu'a déclenchée ma soif de sang, et l'adrénaline du combat fait battre mon cœur dans un rythme effréné et furieux. La colère et la jalousie animale me compriment le ventre, et un désir intense et exigeant se réveille, le besoin de la prendre et de la posséder, de la faire si entièrement mienne qu'elle ne sourira plus jamais à un autre homme.

Je sais que mes sentiments sont irrationnels, qu'ils virent au pathologique, mais en la voyant ce soir dans cette robe – ce fourreau rouge, moulant et bien trop décolleté –, j'ai perdu mon semblant de sang-froid. Ces dernières semaines, j'ai supporté les coups d'œil furtifs que lui lançaient mes gars de temps à autre, ainsi que leur compétition pour attirer son attention pendant les repas et leurs demandes de menus pas si discrètes qu'ils l'auraient voulu. Mais ce que j'ai perçu dans les yeux d'Anton ce soir reflétait mon propre désir pour Sara et je ne pouvais pas laisser passer ça.

— Tu ne porteras plus jamais cette robe en public, dis-je d'une voix sèche en tirant sur la fermeture dans son dos. À partir de maintenant, elle est uniquement pour cette chambre.

Sara me fusille du regard et le renflement laiteux de ses seins, exposé par cette foutue robe, se soulève quand sa respiration s'accélère.

— Tu es fou, dit-elle en plaquant ses paumes contre mon buste pour me repousser. C'est toi qui m'as acheté cette robe.

— C'est Yan.

Je tire sur le vêtement avec une force superflue, mais la rage bouillonne dans mes veines.

— Et s'il y en a d'autres comme ça, tu ferais mieux de me les réserver exclusivement. La prochaine fois que je surprendrai un autre homme en train de baver sur toi, je le démembrerai. Lentement.

Je ne bluffe pas, et Sara doit le sentir, car le sang quitte son visage.

— Tu es malade, murmure-t-elle en me dévisageant avec des yeux immenses.

Je sais qu'elle a raison. Je *suis* malade, complètement fou d'elle. J'ai fait de mon mieux pour maîtriser l'intensité de mon envie, mais ça ne peut plus durer. Je ne peux pas faire semblant que chaque minute que nous passons loin l'un de l'autre ne me semble pas durer une heure, que chaque fois que je la touche je n'ai pas envie de la dévorer sur place. Mon désir est noir et violent, et pourtant je m'efforce de rester courtois, de me borner au comportement d'un amoureux attentionné alors que j'ai envie de la mettre intégralement à nu pour la posséder tout entière.

Le combat est perdu d'avance, et je suis prêt à baisser les armes.

Mes pensées doivent se deviner sur mon visage, car Sara commence à se débattre quand je fais glisser sa robe, exposant ses seins tout en gardant ses bras à l'intérieur du tissu moulant. Le contraste entre le rouge vif de sa tenue et sa peau blême fait ressortir les nuances vertes de ses yeux noisette et ma queue se tend avec un besoin féroce. J'ai envie d'elle. Putain, une telle envie ! C'est presque une maladie, ce désir qui me tourmente jour et nuit.

Je me mets à genoux et passe les bras autour d'elle sans libérer ses bras de la robe. Je prends dans ma bouche son téton rose et dressé. Sara pousse un cri et se débat de plus belle tandis que j'attire son mamelon vers mon palais tout en suçant énergiquement. Je suis incapable de m'arrêter. Son goût évoque le sexe et la perfection la plus douce, et tous mes fantasmes prennent vie. Je me demande comment j'ai pu vivre sans elle pendant tout ce temps, mais maintenant que je la tiens, j'ai toujours plus envie d'elle.

C'est un besoin, et ce soir, je vais tout prendre.

— Peter, s'il te plaît…

Maintenant, elle halète et son ventre plat frémit quand je passe à l'autre sein.

— Je… oh, mon Dieu, s'il te plaît…

Je tourmente ses tétons jusqu'à ce que la fournaise qui brûle en moi me fasse tourner la tête, puis je la débarrasse de sa robe, que je laisse tomber autour de ses chevilles. Je me relève pour la conduire jusqu'au lit. Elle titube quand l'arrière de ses genoux touche le bord du matelas, mais je l'attrape et la retourne sur le ventre. Aussitôt, je grimpe sur elle sans prendre le temps de me déshabiller.

— Qu'est-ce que…

Elle étouffe un cri lorsque je retire ma ceinture et lui attrape le poignet, que je ramène dans son dos pour l'attacher. Ensuite, je recommence avec son autre main, sans tenir compte de ses rebuffades. Je joins ses deux poignets et les noue dans son dos avec ma ceinture.

— Qu'est-ce que tu fais ? Je t'en prie, Peter… qu'est-ce que tu fais ?

Ses paroles sont étouffées par la couverture. Je m'empare d'un oreiller, que je glisse sous ses hanches. Comme ça ne suffit pas, j'en prends un autre pour surélever ses petites fesses. Elle se tortille, apeurée, et afin d'éviter qu'elle s'échappe, je pèse de tout mon poids sur ses jambes tout en me penchant pour récupérer un tube de lubrifiant dans le tiroir de la table de chevet.

Je baisse la fermeture de mon jean et libère ma queue endolorie avant de me pencher sur elle. Je me soutiens sur un bras et fais couler du lubrifiant sur le joli fessier qui s'agite. Je le laisse glisser entre ses fesses et ruisseler jusqu'à son entrejambe. Sara tressaille et remue de plus belle.

Enfin, je jette le lubrifiant et pénètre son sexe avec un doigt. Elle est chaude et délicieusement lisse. Le gel se mêle à sa propre moiteur quand j'insère un autre doigt pour l'étirer.

Tout en la baisant de mes doigts, je fais rouler mon pouce sur son clitoris. Bientôt, je suis récompensé par un gémissement impuissant. Ses tentatives d'évasion se changent en mouvements empressés pour augmenter son plaisir. Ses hanches se soulèvent vers moi et, à chaque coup, son clitoris vient s'écraser contre mon pouce. Je sais qu'elle y est presque. Mais je ne veux pas la laisser jouir tout de suite et j'interromps mon geste pour attraper ma queue et la guider vers l'ouverture rose et frémissante entre ses jambes.

Une chaleur humide m'accueille et les parois lisses se referment autour de moi lorsque je pénètre sa chair gonflée. Mon cœur cogne à tout rompre et mes bourses se contractent quand ses muscles internes s'ajustent, caressant et pompant mon sexe dur. La sensation est sublime et tous mes sens s'aiguisent en même temps que disparaît ma conscience du monde extérieur. Je me concentre entièrement sur elle : les bruits qu'elle fait, la manière dont son corps s'adapte au mien… Je sens l'odeur de son excitation sur mes doigts et je les présente à sa bouche en lui ordonnant d'un ton sans appel :

— Nettoie-les.

Elle m'obéit et sa petite langue agile s'affaire autour de mes doigts, que j'enfonce dans sa bouche. Je la baise ainsi en même temps que je m'enfonce entre ses jambes. Un cri étranglé monte dans sa gorge quand mon gland atteint les limites de son vagin. Elle est frêle et fragile sous mon corps et je la sens trembler. Ses mains liées frottent contre mon ventre. Elle est tout entière à ma merci, ce qui décuple mon désir, mon besoin de la dominer et de la prendre.

— À qui tu appartiens ? je demande dans un grondement sourd en retirant mes doigts de sa bouche pour les essuyer sur son menton et sur sa joue.

Je referme la main autour de sa gorge fine tout en redoublant de vigueur entre ses cuisses. Je veux la faire crier.

— Dis-le-moi, Sara. Qui te possède ?

Sa respiration est si pantelante que son souffle frénétique fait palpiter son cou, sous mes doigts.

— C'est… c'est toi.

Sa réponse est presque inaudible lorsqu'elle franchit ses lèvres, et elle ne me suffit pas. Loin de là.

Libérant sa gorge, je passe la main entre ses jambes pour sentir la chair soyeuse qui s'étire autour de ma queue, l'onctuosité du lubrifiant se mêlant à ses sécrétions. À présent, Sara halète et elle tend les fesses. Ses gémissements redoublent et mes doigts remontent lentement pour se glisser entre les deux monts pâles et fermes de ses fesses.

— Peter… attends. Oh, mon Dieu, Peter…

Mon prénom n'est qu'un cri étouffé dans sa gorge lorsque je trouve son autre orifice étroit et y insère le bout de mon doigt sans prêter attention à la résistance de ses muscles contractés. Il me faut tout mon sang-froid pour progresser lentement et ne pas la prendre violemment comme mon corps le réclame. Je ne veux pas la déchirer, je ne veux pas la blesser, malgré les ténèbres qui me rongent l'âme. Le lubrifiant facilite le passage de mon doigt et je la pénètre un peu plus, mais elle reste trop serrée et je manque de jouir en imaginant ma queue comprimée et à l'étroit entre ses fesses.

Ma pénétration est désagréable et elle geint, pourtant je ne m'arrête qu'une fois mon doigt enfoncé en entier, quand je peux sentir ma queue à travers la fine paroi interne qui sépare ses deux orifices. La sensation est enivrante, surréaliste par son intensité. Elle affûte le désir qui me tourmente, le rendant encore plus sombre, plus animal.

Ma belle ptichka en cage.

Il est temps de la posséder tout entière.

Après ce soir, elle ne doutera plus qu'elle m'appartient.

Submergée, je contracte mes muscles pelviens. Je sens à la fois les dimensions incroyables de sa queue et la brûlure piquante de ce doigt qui m'envahit. En dépit des quantités généreuses de lubrifiant, ce n'est pas facile. Je me sens remplie, pénétrée malgré moi et vaincue. La respiration lourde, j'essaie de m'ajuster aux étranges sensations de cette double pénétration.

À mon grand soulagement, mon tourmenteur retire son doigt, mais il est aussitôt rejoint par un second. Ses doigts épais progressent entre mes fesses, étirant avec soin l'anneau de muscles contractés, mais c'est douloureux et mon corps résiste contre cette intrusion.

— Abandonne, ptichka.

Sa voix est un murmure diabolique, enjôleur et maîtrisé, alors même que sa queue vient buter en moi.

— Détends-toi et laisse-moi entrer. Ça va te plaire.

Le souffle court, j'essaie de faire ce qu'il me dit, luttant contre le besoin pressant de me fermer encore plus. Mes poings liés se crispent dans mon dos et mes doigts tremblent contre mes paumes. Malgré la brûlure de l'invasion, je suis vaguement curieuse, presque impatiente, aussi singulier que ce soit. Quelque chose dans la douleur de la situation – la façon dont mes parois internes s'étirent et me piquent, la sensation d'être contrainte et prise de force – fait écho à mon étrange penchant de soumission, à l'envie de punition que mon monstre a éveillée en moi.

Si ça me fait mal, alors ce n'est pas une trahison.

Si je n'ai pas le choix, je ne cède pas vraiment devant l'ennemi.

— Oui, c'est ça, mon amour… Maintenant, détends-toi et respire.

Les deux doigts sont à l'intérieur, épais et rigides, et ses ongles éraflent ma chair tendre. C'est trop, trop puissant, les sensations dépassent tout ce que je connais. Mon cœur est un oiseau qui bat des ailes dans ma poitrine, et ma respiration est si frénétique que je crains de faire une attaque de panique. Seule sa voix me maintient dans l'instant présent, cette voix sombre et caressante à l'accent subtil.

— C'est bien, mon amour… Détends-toi…

Sa main libre caresse ma hanche, sa paume calleuse frottant contre ma peau.

— Ma belle ptichka, si délicate, si douce… Ce sera mieux dans un moment, je te le promets, mon amour.

Tout en susurrant ses mots d'amour, il commence à donner de petits coups de reins, et mon cœur s'accélère quand le mouvement vient écraser mon clitoris contre l'oreiller.

Le plaisir monte peu à peu. Cette tension qui augmente avec une lenteur insoutenable me rend folle. La pression des coussins sur mon clitoris est trop faible, ses coups légers sont trop doux. Je suis trop consciente de la brûlure entre mes fesses et je gémis de frustration contre le matelas tout en soulevant les hanches pour le pousser à y aller plus fort, plus rapidement. J'étais proche de l'orgasme tout à l'heure, et à nouveau j'y suis presque, mais j'ai besoin de plus.

J'ai besoin qu'il me prenne tout entière et qu'il me fasse basculer, qu'il me donne à la fois plus de plaisir et de douleur.

— Peter, s'il te plaît ! je supplie.

Mais ce sale pervers s'interrompt et se détache de moi. Seuls ses doigts restent entre mes fesses, avant qu'il les retire à leur tour, me laissant pantelante et vide, nerveuse et plus frustrée que jamais.

— Peter, dis-je tout bas.

Je sens qu'il tend la main derrière moi et un nouveau jet de lubrifiant frais coule entre mes fesses.

— Là, fait-il pour m'apaiser lorsque je me crispe instinctivement en sentant son énorme queue contre mon orifice. Tout va bien se passer, mon amour, laisse-moi juste entrer…

Il pousse plus fort, décuplant la pression sur mon sphincter. La brûlure s'accentue. Il est bien plus volumineux et plus épais que ses doigts, et je suis incapable de me détendre pour lui ouvrir la voie.

— Peter.

La panique me saisit et j'essaie de me débattre, tirant sur la ceinture qui me lie les poignets derrière le dos.

— Peter, je crois que ce n'est pas…

L'anneau cède enfin dans une saccade douloureuse et son gland large me pénètre. Un vertige m'étourdit lorsqu'il s'enfonce plus profondément, son passage facilité par le lubrifiant glissant. J'ai l'impression d'être empalée, envahie de la plus cruelle des manières, et tandis qu'il progresse à l'intérieur de mon corps, sa queue épaisse m'étirant au-delà du soutenable, j'ai envie de hurler pour qu'il arrête, pour qu'il mette un terme à tout ça. Je n'aurais jamais imaginé une telle invasion et la nausée me retourne le ventre. Une sueur froide ruissèle dans mon dos frissonnant.

Pourquoi ai-je été aussi curieuse ?

Comment ai-je pu le vouloir ?

Et pourtant, je l'ai voulu et je garde le silence, prenant de brèves inspirations en attendant que la douleur s'estompe. Peter roucoule à nouveau des mots d'amour, tout en me caressant le dos et les hanches – il semble me vénérer – et la douleur ne tarde pas à s'atténuer. La gêne disparaît peu à peu. En revanche, la sensation d'étirement extrême ne me quitte pas et lorsqu'il glisse la main entre mes cuisses pour trouver mon clitoris, c'est une tension bien différente qui m'ébranle. C'est trop, l'orgasme deux fois repoussé, l'invasion impitoyable, son intrusion là où aucun homme n'est encore jamais entré.

— C'est ça, ptichka, murmure-t-il en me pinçant légèrement le clitoris, m'arrachant un petit cri. Maintenant, tu peux l'avoir. Maintenant, tu peux te laisser aller.

Il se met à bouger en moi, doucement et avec précaution. Pourtant, chacun de ses coups est comme un nouvel assaut et mon corps se contracte chaque fois qu'il se retire pour mieux s'enfoncer. Ça me pique et me brûle, mais le rythme régulier commence à me faire de l'effet, augmentant la tension qui palpite entre mes jambes. Ce va-et-vient cadencé et la pression contre mon clitoris m'hypnotisent lentement, et je capitule sous les sensations conjuguées. La tension grandit et je sens le plaisir monter au fond de moi.

— Jouis pour moi, Sara, gémit-il en s'enfonçant de plus en plus vigoureusement.

À mon grand étonnement, c'est ce que je fais. Chaque muscle de mon corps se contracte d'extase. L'orgasme est violent, explosif, et le feu d'artifice est si vif que je hurle. Entre mes muscles internes tour à tour contractés et détendus, sa queue me paraît encore plus envahissante, mais la douleur ne fait qu'accentuer les sensations et le plaisir devient encore plus sombre et brûlant. Il gémit et je le sens tressaillir à l'intérieur de mon corps, inondant de sperme mes parois abrasées.

Par la suite, je ne perçois que nos souffles saccadés, puis il se retire lentement et libère mes poignets de sa ceinture avant de disparaître dans la salle de bain. Je ramène mes mains tremblantes le long de mon corps, mais reste blottie sur les oreillers, trop secouée pour me lever. Au bout de quelques minutes, Peter revient avec une serviette mouillée. Je le laisse essuyer l'excès de lubrifiant autour de mon orifice endolori, puis je lui prends la serviette des mains. Je la presse contre moi en me levant sur mes jambes flageolantes et me dirige vers la salle de bain.

J'ai besoin de me laver. Plutôt deux fois qu'une.

Avec prévenance, Peter m'accorde quelques minutes d'intimité avant de me rejoindre sous la douche.

— Ça va ? demande-t-il d'une voix douce.

Son dos bloque le jet d'eau et je hoche la tête, le visage en feu quand je croise son regard. Ce qui vient de se passer entre nous était si intime et puissant que j'ai l'impression d'avoir été mise à nu. Je ne comprends pas ce qui fait ressortir cet aspect de ma personne chez cet homme, pourquoi ce qui devrait me dégoûter – comme les traces de sang sur la serviette que je viens d'utiliser – m'excite au contraire.

— Tant mieux, chuchote-t-il.

Dans l'acier obscur de ses yeux, je décèle un reflet de ma propre confusion, de ces désirs conflictuels qui n'ont aucun sens. Comment puis-je souhaiter être libérée de cet homme et pourtant désirer sa présence ? Comment peut-il à la fois m'aimer et vouloir me faire mal et me punir ?

— Pourquoi ? je demande d'une voix chevrotante lorsqu'il pose ses grandes mains de part et d'autre de mon visage.

Ses pouces caressent délicatement mes joues détrempées. À mon tour, je lève les mains et les referme autour de ses épais poignets, sentant la force de ses tendons et la dureté de ses os sous mes doigts.

— Peter… Pourquoi sommes-nous comme ça ?

Il ne fait pas semblant d'avoir mal compris ma question.

— Parce que l'amour n'est pas toujours beau et simple, ptichka, répond-il tout bas. Et il n'arrive pas toujours avec la personne qu'on attendait. On ne choisit pas les désirs de nos cœurs, on ne peut que les accepter et les pervertir, les façonner du mieux possible pour survivre.

— Je…

Ma gorge se noue et je perds l'usage de ma voix.

— Je ne t'aime pas, Peter. C'est impossible.

Je suis étonnée de le voir sourire faiblement. Il penche la tête et dépose un baiser sur mon front avant de m'attirer pour une tendre étreinte.

— Si, c'est possible, murmure-t-il, une main sur mon cou tandis que l'autre me caresse le dos. C'est possible, et tu y viendras. Bientôt, tu cesseras de te débattre et tu verras. Parce qu'il est trop tard pour toi, ptichka – tu es prise au piège, tout comme moi.

PARTIE IV

Au cours des trois semaines suivantes, je fais de mon mieux pour détromper Peter, pour prendre mes distances avec lui, mais mes efforts s'avèrent vains. Chaque fois que je dresse des barrières entre nous, il les brise et la connexion perverse qui nous unit ne cesse de se renforcer, accentuée par une attirance physique si forte qu'elle réduit en miettes ce qu'il me reste de résistance.

Maintenant qu'il m'a possédée de toutes les façons, mon ravisseur n'a plus aucune limite avec mon corps, et nos étreintes sont plus sauvages que jamais – et l'usage des préservatifs de plus en plus anecdotique. Je ne comprends pas ce qui m'arrive, comment mon esprit peut-il se bloquer chaque fois qu'il me touche au point d'en oublier quelque chose d'aussi important ? Je ne veux pas avoir d'enfant avec lui – cette seule idée me donne le frisson –, mais quand il me prend dans ses bras, la grossesse est bien la dernière chose à laquelle je pense.

Jusqu'à présent, j'ai eu de la chance et mes règles sont arrivées la semaine dernière comme d'habitude, mais je sais mieux que quiconque qu'il suffit d'un dérapage, d'un moment insouciant. Et je ne pense pas que Peter soit insouciant, pas vraiment. Il utilise toujours des préservatifs quand je parviens à le lui demander, mais je n'ai plus reçu de pilules du lendemain, pas après cette fois-là.

— J'ai parcouru tous les documents médicaux sur le sujet et je ne veux pas que tu t'exposes à ces hormones, a-t-il déclaré quand je l'ai supplié de m'obtenir à nouveau des pilules. Tu es hypersensible – tu l'as dit toi-même – et je ne veux pas risquer ta santé pour l'infime possibilité que tu tombes enceinte.

Et j'ai beau essayer de le raisonner en soulignant que je suis gynécologue-obstétricienne et que je suis bien capable d'évaluer moi-même les risques, il ne veut rien entendre.

Je commence à soupçonner Peter de *vouloir* me mettre enceinte et, plus que le reste, c'est ce qui me motive à envisager une évasion.

Cette fois, je prends mon temps et planifie soigneusement chaque étape. Je suis presque certaine que Peter a dit la vérité en affirmant que la montagne était entourée de précipices, mais lors de nos randonnées en forêt, j'ai aperçu des falaises aux pentes moins escarpées, où les racines offraient des prises pratiques. La montagne est inaccessible en voiture, et monter jusqu'ici me paraît impossible, mais selon moi, un marcheur qui sait où il met les pieds a toutes ses chances de réussir à descendre.

En tout cas, je l'espère.

Je commence en déterminant quelles affaires emporter et en repérant l'endroit où chaque chose se trouve. Je ne peux pas les entreposer par avance sans me faire pincer, mais je prête attention à l'emplacement de chacune d'entre elles. Une corde, un couteau solide, un sac à dos, des denrées non périssables, des bouteilles d'eau – je dresse une liste mentale des indispensables, pour pouvoir les regrouper en quelques minutes le moment venu. Heureusement, Peter et ses hommes sont maniaques du rangement, et chaque chose est à sa place dans la maison. Il me suffit de m'en souvenir.

J'envisage aussi de voler un pistolet. En ma présence, les hommes sont prudents et leurs armes sont rangées hors de ma vue, mais je suis presque certaine de pouvoir en subtiliser une si j'essayais vraiment. Cependant, je ne m'y suis pas encore risquée, car le temps que je repère où elles étaient, j'avais appris à connaître chacun de mes ravisseurs et je n'imaginais pas leur faire du mal. L'instinct de guérison est trop enraciné en moi. Je pourrais appuyer sur la détente dans certaines circonstances – si ma vie en dépendait, par exemple –, mais ces hommes ne représentent pas un danger mortel. Au contraire, ils sont gentils avec moi, chacun à sa manière. Et m'emparer d'une arme pour les forcer à me libérer serait ridicule. Ils verraient clair dans mon jeu pitoyable et me reprendraient le pistolet sans croire un instant à mes menaces.

Après tout, mes ennemis ne sont pas de simples hommes, mais d'anciens tireurs d'élite.

Et pourtant, j'ajoute une arme à ma liste mentale, au cas où l'opportunité d'en voler une se présenterait avant mon évasion. Je ne pourrai peut-être pas contraindre Peter et ses hommes à obéir à mes ordres, mais avec un fermier japonais, qui sait ? Bien sûr, j'essaierai d'abord une approche polie, pourtant si j'ai du mal à accéder à un téléphone, je ne suis pas opposée à brandir mon arme en guise de menace – sans balles, évidemment.

Pendant mes préparatifs, je commence également à me renseigner sur la météo et pose chaque jour des questions désinvoltes sur les prévisions pour le lendemain. Il n'a pas encore neigé, mais nous sommes déjà au mois d'octobre et l'hiver est précoce à cette altitude.

La dernière chose que je veux, c'est d'être prise au piège dans un autre orage de glace.

— Je n'aime pas le froid ! je me plains auprès de Peter un jour en rentrant de promenade. Et j'ai horreur que la journée commence à une certaine température pour arriver au soir avec dix degrés de moins.

— Pauvre bébé, susurre-t-il en retirant ma veste pour me frotter les bras. Viens, allons prendre une douche et te mettre au chaud.

Je me laisse réchauffer par une douche chaude et deux orgasmes, mais dès le lendemain, je recommence à me plaindre du temps – ainsi, personne ne trouvera étrange que je pose des questions quotidiennes au sujet de la météo.

Pendant ce temps, les hommes s'affairent à leur propre préparation. Après une longue pause destinée à semer les autorités, l'équipe a accepté une nouvelle mission – l'assassinat aussi bien payé que dangereux d'un homme politique en Turquie.

Anxieuse, j'essaie de ne pas y penser, sous peine de perdre l'appétit et le sommeil. Après ce qui s'est passé au Nigéria, le mot « mission » suffit à augmenter ma pression artérielle.

— Pourquoi es-tu obligé de faire ça ? je demande à Peter, frustrée, alors que le milieu du mois d'octobre se rapproche à grands pas – la date fixée par le client pour l'exécution de la mission. Tu l'as dit toi-même, c'est particulièrement dangereux pour vous là dehors. Vous avez reçu des millions – des *millions* – pour ce banquier nigérian. Vous ne pouvez pas avoir épuisé tout cet argent aussi rapidement.

— Bien sûr que non, cependant il faut prévoir, dit Peter. En plus de nos joujoux hors de prix, nos hackers nous coûtent une fortune et nous avons besoin d'eux pour continuer à échapper aux autorités – et rechercher Henderson.

Je secoue la tête et prends une grande inspiration avant de me diriger vers mon studio d'enregistrement. J'ai besoin de me divertir avec un peu de musique et je préfère éviter les disputes. Parce que, si Peter est implacable sur la nécessité de ces missions, il est encore plus déterminé en ce qui concerne Henderson – le seul nom qu'il reste sur sa liste. J'ai évoqué un jour la possibilité d'oublier le général pour passer à autre chose, mais Peter m'a fait taire avec une telle virulence que je n'ai plus jamais tenté l'expérience.

— Il a personnellement ordonné l'opération de Daryevo, a rétorqué mon ravisseur, son beau visage tordu de rage au point d'en être méconnaissable. C'est lui qui a fait ça, s'est-il écrié en affichant les photos du massacre sur son téléphone, et je ne connaîtrai le repos que lorsqu'il pourrira rongé par les vers, lui et tous ceux qui l'ont aidé, comme les cadavres de ma femme et de mon fils.

J'ai acquiescé en silence avant de reculer. J'aurais aimé pouvoir prétendre le contraire, et pourtant je comprends le besoin de vengeance de Peter. Je n'imagine pas perdre des proches dans de telles circonstances et je sais que pour lui, la douleur a été pire que tout. D'après ce qu'il m'a raconté, ces quelques années passées avec Pasha et Tamila lui ont offert pour la première fois dans sa vie un sentiment de famille et d'amour.

La semaine dernière, Peter m'a enfin parlé de son fils. Il s'était réveillé d'un cauchemar sur la mort de sa famille, son grand corps tout tremblant et couvert d'une sueur froide. Il m'a prise dans ses bras et nous avons couché ensemble. Dans la sérénité qui a suivi, il m'a avoué à quel point son petit garçon lui manquait – la douleur de son absence est encore vive.

— Pasha était... toute ma vie, m'a-t-il dit, essoufflé. Je ne sais même pas comment l'expliquer. Je n'avais encore jamais connu d'enfant aussi heureux d'exister. Les oiseaux, les insectes, les arbres, le ciel et les rochers – tout était nouveau pour lui, tout était amusant. Et il avait une telle énergie. Tamila avait du mal à le suivre. Il la rendait folle. Et les voitures...

Son torse puissant s'est soulevé quand il a pris une grande inspiration.

— Il aimait les voitures. Il voulait devenir pilote de course quand il serait grand.

— Oh, Peter…

J'ai posé ma main sur la sienne.

— Il avait l'air formidable.

— Il l'était, a chuchoté Peter en tournant sa paume vers le haut pour me serrer les doigts.

L'intensité de la douleur contenue dans ces mots m'a retourné les tripes.

Malgré son obsession envers moi, mon ravisseur souffre toujours de la perte de sa famille – les personnes qu'il aimait vraiment.

Au fur et à mesure qu'approche la mi-octobre, les préparatifs des hommes pour la mission en Turquie s'intensifient et je décide que ce sera l'occasion ou jamais.

S'ils procèdent comme la dernière fois et laissent un homme pour me surveiller, je pourrai m'esquiver en douce – surtout si mon geôlier est aussi occupé que l'était Yan pendant l'excursion au Nigéria.

— Alors, je demande à Peter sur un ton désinvolte pendant l'une de nos promenades. Quel est le plan pour la semaine prochaine ? C'est encore Yan qui s'y colle ?

À mon grand étonnement, Peter secoue la tête.

— Il ne peut pas. Aucun de nous ne peut rester cette fois. La sécurité autour du politicien est trop complexe, nous ne serons pas trop de quatre pour l'atteindre.

Mon cœur bondit d'espoir. En essayant de ne pas paraître trop enthousiaste, je dis :

— C'est logique. Ne t'inquiète pas pour moi. Il y a beaucoup de choses à manger et…

— Non, ptichka.

Peter me prend la main et la cale au creux de son coude.

— Je ne te laisse pas ici toute seule, ne te fais aucun souci.

Je ravale ma déception et tente de lui adresser un regard candide lorsque nous reprenons notre marche.

— Pourquoi ? De toute façon, je ne peux pas descendre, alors…

— Exactement.

Peter me regarde de travers.

— Tu ne peux pas descendre, mais ça ne veut pas dire que tu ne seras pas tentée d'essayer. Et puis, je ne veux pas te laisser isolée ici, au cas où il nous arriverait quelque chose.

— Mais que vas-tu faire de moi ? je demande, perplexe. Tu vas m'emmener avec vous en mission ?

— Non, bien sûr que non, même si Yan me l'a suggéré. Cet enfoiré en col blanc aimerait avoir un docteur sous la main en cas de blessures, me dit Peter avec une grimace. Non, j'attends une réponse, puis je te tiendrai au courant.

— Quoi ?

Je fronce les sourcils.

— Une réponse de qui ? À quel propos ?

— Ne t'inquiète pas pour ça, me dit Peter en soulevant une branche pour me laisser passer. Si ça ne fonctionne pas, il y a toujours un plan B, mais le plan A est bien meilleur, crois-moi.

———

J'apprends quel est le plan A deux jours avant le départ des hommes.

— Tu vas me laisser à Chypre chez un trafiquant d'armes ?

Je regarde Peter, bouche bée, tellement stupéfaite que j'en oublie mon jean à moitié baissé sur mes jambes.

— Et en quoi est-ce mieux que me laisser ici… ?

Peter s'assoit sur le lit.

— Parce que sa femme et lui me doivent une faveur, m'explique-t-il en retirant sa chemise. Alors, s'il m'arrive quelque chose, ils m'ont promis de te ramener chez toi. Tu seras en sécurité chez eux jusqu'à ce que je puisse te récupérer et si pour une quelconque raison, je ne reviens pas… Eh bien, tu auras obtenu ce que tu prétends vouloir, mon amour. Tu retrouveras ton ancienne vie.

Ébahie, je finis de me déshabiller et m'assois sur le lit à côté de lui, en sous-vêtements.

— Mais un autre criminel ? Comment sais-tu que tu peux lui faire confiance ? Et s'il te trahissait ? Tu m'as dit que ta tête était mise à prix…

Peter hausse les épaules et ses yeux s'aventurent sur mon corps pratiquement nu.

— Comme je l'ai dit, Lucas Kent me doit un service, et il n'a pas besoin de l'argent de la récompense. Autrefois, c'était le commandant en second de Julian Esguerra, un puissant trafiquant d'armes, et maintenant il est devenu l'associé de son patron dans certains secteurs. L'argent de la récompense ne pèse pas dans sa balance, pas plus que les faveurs que les autorités pourraient lui accorder s'il me livrait à elles.

— Oh.

Quelque chose me tracasse, mais je ne parviens pas à mettre le doigt dessus. Soudain, ça me revient.

— Attends, c'est ce trafiquant d'armes dont tu m'as déjà parlé ? Celui qui t'a procuré ta liste ?

— Non, c'était son patron, Esguerra, me dit Peter en glissant une main dans mon dos. Ou plus exactement, la femme d'Esguerra, car à ce moment-là Esguerra avait juré de me tuer.

Je lui saisis les poignets avant qu'il puisse dégrafer mon soutien-gorge.

— Te tuer ? Pourquoi ?

Peter soupire.

— C'est une longue histoire, mais disons simplement que Kent ne partage pas la haine d'Esguerra envers moi. Je l'ai aidé dans des situations délicates, quand on travaillait ensemble – à une période, Esguerra était mon employeur – et par la suite, lorsque Kent a eu besoin de récupérer sa femme. Quoi qu'il en soit, il te suffit de savoir que Kent me doit une fière chandelle.

— Mais cet Esguerra – l'associé de Kent –, il veut te tuer ?

Peter hoche la tête et, frustrée, je demande :

— Pourquoi ?

— Parce que je lui ai sauvé la vie, mais pour ça, j'ai dû enfreindre les ordres. Plus précisément, j'ai dû mettre sa femme en danger, celle qu'il avait placée sous ma protection. C'était pourtant sur la demande de cette femme – en fait, elle l'a même négocié en échange de la liste –, mais il n'a pas apprécié.

Se dégageant de ma poigne avec une facilité déconcertante, Peter cherche à nouveau l'agrafe de mon soutien-gorge.

Je capitule et le laisse faire.

— Mais sa femme et lui sont sains et saufs tous les deux ?

Peter hausse à nouveau les épaules et baisse son regard enfiévré sur mes seins ainsi exposés.

— Sains et saufs, c'est relatif, mais oui, ils ont survécu et elle a honoré sa part du marché en me fournissant la liste.

Sa voix est rauque quand il reporte son attention sur mon visage et ajoute :

— Tu n'as aucun souci à te faire au sujet des Esguerra, ptichka. Ils vivent en Colombie, loin du domaine chypriote de Kent. Tu resteras avec Kent et sa femme pendant deux jours, le temps qu'on boucle cette affaire, puis nous passerons te chercher en rentrant. Chypre se trouve juste à côté de la Turquie, au cas où tu ne le saurais pas.

Tout en parlant, il prend mes seins dans ses paumes et les masse délicatement.

— C'est pour ça que…

Je déglutis lorsqu'il passe le pouce sur mon téton, provoquant un picotement chaud entre mes jambes.

— C'est pour ça que tu veux me laisser là-bas ? Parce que c'est pratique ?

— En partie, répond Peter en plantant ses yeux dans les miens. Mais surtout parce que Lucas Kent te protégera… tu seras en sécurité et quand je reviendrai, je suis sûre de te retrouver.

Puis, attrapant mon visage entre ses paumes, il m'embrasse avec fougue et me plaque contre le lit.

295

MON OBSESSION

Sara est calme, presque effacée pendant les deux jours précédant notre départ, et je sais qu'elle s'inquiète. Yan m'a raconté à quel point elle était angoissée pendant notre mission au Nigéria, et si sur le moment cette nouvelle m'a fait plaisir, je regrette à présent d'être la cause d'un si grand stress.

Qu'elle l'admette ou non, je sais que mon petit oiseau tient à moi.

Beaucoup.

Je m'efforce de lui changer les idées en la laissant parler tous les jours à ses parents, en l'accompagnant en promenade et en lui faisant l'amour le reste du temps. Malheureusement, le temps presse. Il y a tant de choses à faire, tant de scénarios à envisager. L'homme politique – Deniz Arslan – s'entoure constamment de porte-flingue et son équipe de sécurité est de niveau supérieur, aussi performante que si je l'avais constituée moi-même à l'époque où je conseillais mes clients dans ce domaine. Jusqu'à présent, nous n'avons repéré que d'infimes points faibles, et encore, ce sont peut-être des pièges.

Ce ne sera pas une mission facile, et c'est pour cette raison qu'un oligarque ukrainien nous paie vingt-cinq millions d'euros pour la réaliser.

Le soir avant le départ, je nous prépare un bon dîner, mais cette fois, j'interdis aux gars d'évoquer le danger à venir. La conversation reste légère et nous échangeons des anecdotes amusantes de notre passé. Anton réussit même à sortir Sara de sa coquille en lui racontant comment nous nous sommes rencontrés.

— Me voilà, jeune voyou de vingt et un ans recruté dans cette équipe d'élite, prêt à rencontrer mon nouveau commandant, dit-il en souriant. Je m'attendais à découvrir un vieux loup chevronné, plein de récits croustillants sur l'Afghanistan et la vie sous le communisme. Et au lieu de ça, c'est ce type de mon âge qui entre, fait-il en agitant sa fourchette pour me désigner, et qui commence à aboyer ses ordres. Je me suis dit qu'il devait y avoir un malentendu et je l'ai envoyé se faire foutre, mais il m'a plaqué son couteau sous la gorge.

Sara étouffe un cri de stupeur.

— Peter t'a menacé ?

— Si manquer de vous ouvrir la carotide est une menace, alors oui.

Anton éclate de rire et secoue la tête à ce souvenir.

— Mais c'était bien. Ça nous a permis de comprendre à quel genre d'homme on avait affaire.

Sara se tourne vers moi, ses yeux noisette grands ouverts.

— Alors, tu es devenu chef d'équipe à seulement vingt et un ans ?

J'acquiesce en terminant mon saumon poché.

— À ce moment-là, j'avais quatre ans d'expérience en traque et interrogatoire, et j'étais très doué pour mon boulot.

— J'imagine, fait Sara d'un ton sec avant de jeter un œil aux jumeaux pour leur demander : Vous avez tous commencé à la même période ?

Yan secoue la tête.

— Ilya et moi, nous sommes arrivés plus tard, alors que l'équipe était déjà formée depuis deux ans. Ces deux-là, dit-il en désignant Anton et moi, c'étaient déjà des pros, mais nous avons tenu le rythme.

— Oh, pitié, fait Anton en ricanant. Et cette fois où tu t'es retrouvé coincé dans ce puits près de Grozny ? Quand on a dû te hisser avec un seau au bout d'une corde, tu appelles ça tenir le rythme ?

Yan hausse les épaules et sourit froidement.

— J'ai obtenu beaucoup de renseignements des rebelles tchétchènes, caché dans ce puits, et mieux valait plonger que terminer en mille morceaux sous les bombes.

Sara blêmit à la mention des bombes et je décoche un regard noir à Yan. Nous avions décidé de rester légers ce soir, d'éviter ce qui risquerait de rappeler à Sara la mission à venir – et les bombes relèvent sans équivoque de cette catégorie.

Conscient de son erreur, Yan donne un coup de coude à son frère et ajoute :

— Et celui-là, il en a connu des déboires. Vous vous souvenez de cette pute qui a volé ses chaussures ?

Ilya rougit tandis que Yan se lance dans le récit sous les éclats de rire d'Anton. Je pose ma main sur le genou de Sara sous la table, serrant sa jambe par-dessus son jean dans un geste rassurant. Elle me sourit et la chaleur irradie dans ma poitrine. Avec elle, je me sens vivant. Nous sommes entourés par mes coéquipiers, mais nous pourrions aussi bien être seuls, parce que je suis uniquement conscient de sa présence. Je n'entends et ne vois qu'elle.

Ma Sara.

Je l'aime si fort que c'est douloureux.

Nous finissons le repas par un dessert somptueux, puis je conduis Sara à l'étage, où je lui fais l'amour jusqu'à ce que nous soyons épuisés et à bout de forces.

C'est étrange de rejoindre l'hélicoptère en compagnie de Peter, en sachant que je quitte cette montagne pour la première fois en quatre mois et demi. Pour une raison qui m'échappe, je n'avais pas encore fait le calcul, je n'avais pas ajouté les jours et les semaines qui se sont écoulés, mais maintenant, je me rends compte que ça fait un an que Peter est entré dans ma vie… un an depuis qu'il a pénétré par effraction chez moi et qu'il m'a torturée pour atteindre George.

Je n'ai pas vu ma famille depuis quatre mois et demi, et si je ne m'évade pas, je ne la reverrai peut-être jamais.

À moins que Peter soit tué, me rappelle un murmure insidieux dans ma tête, et mon cœur rate un battement. L'inquiétude pour mon ravisseur me fait l'effet d'un étau constant autour de mes poumons, incassable et suffocant, et j'ai beau raisonner, je n'arrive pas à apaiser mes craintes.

Je ne veux pas de ma liberté.

Pas à ce prix-là, en tout cas.

Je n'ai pas abandonné l'idée de m'enfuir, mais étant donné ces derniers revirements, mon nouveau plan est de m'échapper une fois que je serai à Chypre. J'ignore la sécurité dont dispose ce Lucas Kent, mais il y a une chance qu'il soit plus négligent que Peter et ses hommes, moins investi dans la mission de me couper du monde, d'internet et des téléphones. Il aura peut-être des scrupules à jouer le rôle de geôlier, même si je ne dois pas y compter.

Dans le monde de Peter, les hommes ne semblent pas se soucier de la liberté d'une femme.

Quand l'hélicoptère décolle, je regarde notre repaire sur la montagne en contrebas, de plus en plus petit de l'autre côté de la vitre. Pourtant, en fait d'espoir, je ne ressens que de la crainte. Je devrais accueillir ce changement avec joie, saisir l'opportunité qu'il m'offre, mais si c'est précisément mon intention, je ne peux m'empêcher de regretter ce départ.

Je ne peux m'empêcher de redouter ce qui va suivre.

Cette fois, je ne dors pas dans l'avion – j'en suis incapable – et lorsque nous atterrissons sur une piste privée à Chypre, mes yeux me brûlent, secs et fatigués. Peter non plus n'a pas dormi. Il a passé la majeure partie des treize heures de vol à passer en revue des questions pratiques de dernière minute avec les jumeaux, mais il a l'air aussi frais qu'une rose quand nous descendons de l'avion – tout comme ses hommes.

Si je ne les connaissais pas, je serais tentée de croire que tous les Russes sont surhumains.

L'air est délicieusement chaud quand nous sortons de l'avion, et la brise tropicale sent l'iode et le sel. Une limousine noire nous attend sur le tarmac et nous emmène sur une route panoramique, dans une région faiblement peuplée. À plusieurs reprises, j'aperçois même des ânes en liberté. Mais le trajet me rend nerveuse. Non seulement nous roulons du côté gauche, comme en Grande-Bretagne, mais les routes sont étroites et sinueuses, longeant parfois de dangereuses falaises à pic.

Enfin, nous atteignons un portail automatique, et au bout d'une longue allée, je distingue une maison de style méditerranéen sur un promontoire au-dessus de la plage – le domaine de Kent, d'après Peter. C'est immense et impeccablement entretenu, mais loin d'être aussi tape-à-l'œil que je l'aurais cru de la part d'un riche trafiquant d'armes.

— Ne te laisse pas berner par la taille de la maison, dit Peter quand je lui en fais part. Kent n'aime pas avoir du personnel à demeure, mais il possède toute la terre, aussi loin que porte le regard, y compris la plage en bas. Il a des mesures de sécurité incroyables. Actuellement, il y a une dizaine de gardes qui patrouillent dans la zone, et jusqu'à cinquante drones militaires nous surveillent. Si Kent nous considérait comme une menace, nous n'arriverions pas à un kilomètre de cet endroit sans nous faire pulvériser.

— Oh.

Je lève les yeux, l'estomac noué. Même si ce n'est que le début de l'après-midi dans ce fuseau horaire, le ciel est chargé de nuages. L'idée qu'une chose aussi dangereuse soit suspendue au-dessus de nos têtes, sans qu'on la voie, rend la situation encore plus dangereuse.

— Ne t'inquiète pas, me dit Yan qui semble lire dans mes pensées.

Il marche derrière Peter et moi, un sac jeté nonchalamment sur son épaule.

— Si Kent voulait nous tuer, on ne serait pas en train de marcher.

— La ferme, idiot, grommelle son frère en jetant un coup d'œil soucieux en direction de Peter.

Mais son patron ne l'écoute pas. Il a les yeux tournés vers l'homme de grande taille et aux épaules larges qui vient juste d'ouvrir la porte d'entrée et qui descend les marches à notre rencontre.

Je le regarde à mon tour, fascinée par ses traits sévères taillés au burin et la froideur de ses yeux bleus. Ses cheveux teints de couleur claire sont coupés court, presque à la façon militaire, et sa peau est basanée. Comme Peter, il semble avoir entre trente et quarante ans, et comme mon ravisseur, ce doit être un ancien soldat. Je le vois dans sa démarche et la vigueur de son regard.

C'est un homme accoutumé au danger.

Non, me dis-je quand il se rapproche, c'est un homme qui *s'épanouit* dans le danger.

Aucun détail spécifique ne me donne cette impression – il porte un jean et un tee-shirt, sans armes ni tatouages apparents –, mais je suis certaine de ma conclusion. Il y a quelque chose chez ces hommes intimement habitués à la violence, une sorte de hardiesse intrépide qui manque aux gens plus civilisés. Peter et ses coéquipiers en regorgent, tout comme cet homme.

— Lucas, dit Peter pour le saluer, en s'arrêtant devant lui. Quel plaisir de te voir !

L'homme blond hoche la tête avec un sourire aussi sec que les traits de son visage.

— Sokolov.

Son regard clair se tourne vers moi.

— Et vous devez être Sara.

— Bonjour, dis-je avec un timide mouvement de la tête.

Je ne m'attendais pas à entendre un accent américain, mais il est pourtant évident dans la voix de Lucas Kent lorsqu'il accueille les coéquipiers de Peter.

— Félicitations pour ton mariage, dit Peter tandis que notre hôte nous conduit en haut des marches, vers la porte d'entrée. Désolé, je n'ai pas eu l'occasion d'envoyer un cadeau.

Kent semble amusé.

— C'est sans doute mieux comme ça. Esguerra avait déjà du mal à se tenir.

— Ah, fait Peter en souriant. Alors il en pince toujours pour ta nouvelle épouse ?

— Tu sais comment il est, répond Kent, laconique, et Peter éclate de rire.

— Mieux que quiconque, je le crains. Où est ta femme, au fait ?

— Dans la cuisine, elle s'affaire aux fourneaux, dit le trafiquant d'armes, sa voix légèrement plus chaleureuse pour la première fois. Tu la rencontreras dans une minute.

J'écoute en silence tandis qu'ils continuent de parler, mentionnant des personnes et des lieux que je ne connais pas. Je suis curieuse de savoir ce que Kent signifiait quand il a dit que son patron/associé avait eu du mal à se tenir. On dirait que cet Esguerra n'apprécie pas la nouvelle femme de Kent, et si c'est le cas, je me demande bien pourquoi.

Quand nous entrons dans la maison, des arômes savoureux de viande grillée et d'épices diverses déclenchent les grondements de mon estomac. Nous avons mangé des sandwichs dans l'avion, mais c'était il y a des heures, et je suis à nouveau affamée. Je doute que la cuisine de Mme Kent soit aussi délicieuse que les plats mitonnés par Peter, mais si le dîner de ce soir est à moitié aussi bon qu'il en a l'air, ce sera parfait.

Peter et ses hommes doivent repartir juste après le dîner – ils doivent faire des repérages ce soir – et Lucas conduit Anton et les jumeaux vers une salle de bain près de l'entrée avant de nous emmener, Peter et moi, dans la chambre où je séjournerai. En traversant le salon spacieux, je remarque que la décoration chez les Kent est moderne, mais étonnamment chaleureuse, avec des canapés rembourrés et un ameublement d'inspiration scandinave, aux lignes épurées, mais taillé dans du bois aux tons chauds. Les immenses baies vitrées offrent de la lumière en abondance et des points de vue splendides sur la mer Méditerranée en contrebas. Sur les murs sont affichées des photos d'un couple souriant – notre hôte et une magnifique jeune femme blonde, sans doute la sienne. Un adolescent apparaît de temps à autre sur ces photos, et sa ressemblance avec Mme Kent me laisse penser qu'il s'agit de son frère.

La belle femme sur les photos ne semble pas assez âgée pour avoir un fils adolescent.

— Et voilà, dit Kent en ouvrant une chambre avec salle de bain attenante et une grande baie vitrée donnant sur la mer. Les serviettes sont dans la salle de bain et les draps déjà installés. Si vous avez besoin de quoi que ce soit ce soir, demandez-le à Yulia.

— Yulia ? je demande.

— Ma femme, précise Kent tandis que Peter s'avance vers la fenêtre. Elle sait où se trouvent les choses, contrairement à moi.

— Compris, dis-je.

Je fais de mon mieux pour cacher mon amusement soudain. Au Japon, j'ai tellement pris l'habitude que Peter et les gars effectuent toutes les tâches ménagères que j'en ai oublié que la plupart des hommes ne sont pas comme ça. Mon père demande encore à ma mère où se trouve la cuillère à crème glacée, et George ne savait rien faire à part le barbecue et les sandwichs au fromage.

À ce souvenir inattendu, mon cœur se serre et mon humeur s'assombrit quand je me rends compte que je viens une fois de plus de comparer mon mari décédé à son assassin. C'est quelque chose que je me suis souvent surprise à faire ces derniers temps, et chaque fois, j'ai honte et je m'en veux. Les comparaisons sont rarement flatteuses pour George, et ce n'est pas juste. George et moi avions une relation classique, avec de l'affection, du respect et une attirance normale. Mon mari n'était absolument pas obsédé par moi, et je n'éprouvais pas pour lui une fraction des émotions contradictoires que Peter suscite en moi.

Et tant mieux, me dis-je en entrant dans la salle de bain pour me rafraîchir. Ce que je partage avec Peter est trop intense, trop envahissant. Ce qu'il est prêt à faire pour m'avoir me terrifie, tout comme mon incapacité à lui résister malgré les horreurs qu'il commet. La seule idée d'un de nous deux est mauvaise à tous égards. Et si j'avais besoin de preuves, ces photos sur les murs aujourd'hui le prouvent. Même notre hôte, le trafiquant d'armes, semble être heureux en ménage – quelque chose que je ne connaîtrai jamais avec Peter.

Je doute que Lucas Kent soit assez cruel pour détenir sa belle épouse captive, et encore moins pour tuer son mari.

Quand j'émerge de la salle de bain, Kent est parti et Peter est assis sur le lit. Il m'attend.

— Le dîner est bientôt prêt, me dit-il en se levant à mon approche. Lucas m'a proposé de les rejoindre dès que tu serais changée.

— D'accord.

Je prends le sac que Peter a emballé pour moi et quitte ma tenue de voyage tandis que Peter disparaît aux toilettes. Lorsqu'il revient, j'ai enfilé l'une de mes jolies robes d'été et j'ai même réussi à me passer du gloss – un achat récent de Yan que j'ai pensé à glisser dans mon sac.

— Je suis prête, dis-je alors que Peter s'approche de moi, son regard métallique étrangement intense. On y va pour qu'ils ne… oh !

Avant que je puisse ajouter un mot, je me retrouve penchée sur le lit, ma jupe soulevée exposant mon string. Peter l'arrache d'un coup sec et le minuscule bout de tissu se déchire, me laissant nue jusqu'à la taille. Le cœur battant, je sens mon entrejambe palpiter avec un mélange de crainte et d'impatience. Bientôt, Peter est contre moi et se penche tandis que son sexe pénètre les replis de mon vagin.

Son entrée est brutale, presque violente. Une grande main m'agrippe la gorge, me forçant à cambrer le dos tandis qu'il s'enfonce en moi et que son autre main glisse en direction de mon clitoris. Au début, je ne suis pas assez humide et ses coups de reins féroces me brûlent, sa queue épaisse agissant comme un insatiable pilon. Pourtant, ses doigts ont tôt fait de trouver le bon rythme et une tension familière commence à monter. Sa main sur ma gorge m'empêche de respirer et mes terminaisons nerveuses vibrent d'un insoutenable mélange de plaisir et de douleur, le manque d'oxygène accentuant toutes les sensations. C'est trop puissant, trop intense, et je prends de vives inspirations saccadées, les poings serrés sur la couverture tandis qu'il continue à m'étriller, me baisant avec une telle force que j'ai l'impression de me briser en morceaux.

Et bientôt, c'est ce que je fais, la tension atteignant son apogée en vagues éblouissantes. Un plaisir incandescent explose dans chaque muscle de mon corps et mon cœur manque d'éclater dans ma poitrine. Toute tremblante, en manque d'air, je m'effondre sur le matelas dès que Peter me libère la gorge et je l'entends gémir quand son orgasme le fait frémir à l'intérieur de mon corps.

Pendant une minute, je suis incapable de réfléchir et je halète faiblement dans la couverture lorsqu'il se retire et recule. Soudain, je sens un liquide couler le long de mes cuisses et je me secoue.

Une fois de plus, Peter n'a pas utilisé de préservatif.

Plissant les paupières, je me maudis en silence – puis Peter, puis moi à nouveau. Chaque fois que nous avons oublié de nous protéger, j'étais dans une période relativement peu fertile, ce qui nous a permis d'éviter les conséquences jusqu'à présent. Mais en ce moment, je suis au milieu de mon cycle – et sans doute en train d'ovuler.

— Tu peux me donner un mouchoir ? je demande d'un ton sec en ouvrant les yeux.

Je ne bouge pas, de peur de tacher ma nouvelle robe. Je n'ai apporté que deux tenues pour mon séjour et je ne peux pas me permettre d'en salir une dès le premier soir.

Peter se dirige vers la table de chevet près du lit et revient avec un mouchoir.

— Tiens, murmure-t-il en essuyant l'humidité entre mes jambes.

Je le lui arrache des mains et termine le travail avant de me ruer dans la salle de bain. Mon sexe est gonflé et endolori, et mes jambes ne sont pas stables, mais la seule chose à laquelle je pense, c'est au risque de tomber enceinte.

Enceinte de l'enfant de Peter.

Je me nettoie scrupuleusement, même si je sais que c'est inutile. Il suffit d'un spermatozoïde, sur les millions qui sont déjà en moi. Réprimant un sanglot, je me lisse les cheveux et m'assure que ma robe soit toujours présentable avant de sortir.

— Sara…

Peter se lève du lit où il s'était assis. Sa mâchoire est crispée et ses sourcils se rejoignent lorsqu'il tend les mains vers moi, refermant les doigts autour de mes bras.

— Ptichka, ça va ?

— Comment ça ? je réponds en me renfrognant.

— Je t'ai fait mal ? précise-t-il, la mine assombrie par l'inquiétude. Je ne voulais pas être si brutal. Tu étais si belle et si sexy que j'ai… Eh bien, à vrai dire, j'ai perdu le contrôle, conclut-il avec une grimace.

Mon désespoir me remplit d'une colère soudaine et une chaleur furieuse me monte aux joues. Belle et sexy ? C'est l'excuse qu'il a trouvée ?

— Perdu le contrôle ?

Je me dégage brusquement de sa poigne.

— Vraiment ? Et les autres fois où tu as fait ça ? Tu avais aussi « perdu le contrôle » ?

Son regard d'argent exprime le remords.

— Je t'ai fait mal. Je suis désolé, mon amour. J'ai été brutal et ce n'était pas mon intention – pas ce soir, en tout cas.

— Tu ne m'as pas fait mal ! je m'écrie, les poings serrés. Enfin, si, mais je m'en fiche – j'ai joui, au cas où tu ne l'aurais pas remarqué. Je parle de l'oubli du préservatif.

Ses traits se détendent et son expression devient indéchiffrable.

— Je vois.

— Tu vois quoi ?

Je le fusille du regard en m'avançant, si près que je lui marche presque sur les orteils. Il fait une tête de plus que moi, et il est bien plus grand, mais je suis trop en colère pour m'en soucier.

— Avoue-le, dis-je d'une voix sifflante. Tu essaies de me mettre enceinte. Ce n'était pas un accident, pas plus que l'autre fois où nous avons « oublié ».

Pendant un moment, je suis certaine que Peter va le nier, mais il me prend la main et la presse contre son torse, ses yeux luisants comme du verre sombre.

— Oui, répond-il avec douceur. Tu as raison, Sara. J'essaie bien de te mettre enceinte.

Je ne regarde pas la décoration des Kent tandis que Peter me conduit dans la salle à manger, pas plus que je ne prête attention aux hommes de Peter lorsqu'ils nous rejoignent dans le salon pour nous suivre jusqu'à la table. Je réfléchis toujours à l'aveu de Peter, ma colère promptement transformée en panique suffocante.

Ce n'est pas vraiment une surprise, évidemment. Je m'en doutais, je le savais d'une certaine manière. Mon ravisseur avait déjà reconnu qu'un enfant avec moi ne lui déplairait pas, et un homme comme Peter – assez méticuleux pour planifier d'impossibles assassinats et prévoir des dizaines de variables aléatoires – n'oublierait pas un préservatif par simple étourderie. En tout cas, pas plusieurs fois.

J'avais raison de vouloir m'enfuir. Si je ne m'échappe pas au plus vite, je n'en aurai peut-être jamais l'occasion – et il le faut. Si ce n'est pas pour moi, du moins pour mon futur enfant.

Je ne peux pas avoir un bébé avec un criminel en cavale, un homme dont la vie macère dans la violence et le danger.

— Vous voilà. Je commençais à croire que vous aviez décidé de faire une sieste avant le dîner.

La belle blonde des photos, Yulia, nous accueille avec un sourire éblouissant lorsque nous entrons dans la salle à manger. En personne, elle est encore plus resplendissante, avec des jambes interminables, des yeux bleu vif, et des traits parfaits de mannequin. Comme son mari, elle porte une tenue décontractée, un short en jean et un tee-shirt de couleur claire, mais la simplicité de ses vêtements ne fait que souligner sa beauté naturelle. Elle a l'air un peu plus jeune que moi, sans doute a-t-elle une vingtaine d'années seulement. Son corps grand et mince a des proportions idéales et sa peau pâle brille d'une nuance dorée qui offre un charmant contraste avec les mèches blondes, presque blanches, de sa longue et épaisse chevelure.

Si je la croisais dans la rue, je penserais que c'est un top-modèle ou une actrice.

Conscience que je la dévisage comme s'il s'agissait d'une célébrité, je repousse mes pensées au sujet de Peter et de la grossesse pour lui adresser un sourire chaleureux.

— Bonjour. Je m'appelle Sara. Tu dois être Yulia ?

J'ignore si la femme de Kent est au courant de ma situation, mais si c'est le cas, je pourrais lui expliquer mon problème et la rallier à ma cause. Mais d'abord, je dois apprendre à mieux la connaître, comprendre qui elle est.

— Oui, c'est moi.

Radieuse, Yulia me rejoint et dépose un baiser très européen sur ma joue.

— Ravie de faire ta connaissance.

Puis elle se tourne vers Peter et ses hommes et leur sourit.

— Bonjour. Ravie de tous vous rencontrer.

Pendant que les hommes se présentent, je me rends compte que la femme de Kent parle aussi un anglais américain parfait, sans accent décelable. Toutefois, son nom me laisse penser qu'elle vient d'Europe de l'Est – une supposition confirmée quand Yan lui dit quelque chose en russe et qu'elle répond dans la même langue avec un grand sourire.

— Yan vient de lui demander si la cuisine sera aussi bonne que dans ses restaurants, me traduit Peter. Yulia en possède trois, et apparemment Yan a fréquenté l'un d'entre eux à Berlin.

— Oh.

Je retire ma pensée de tout à l'heure, le repas sera peut-être aussi bon qu'il en a l'air.

— C'est merveilleux. Félicitations.

— Merci, dit Yulia avec un sourire encore plus éclatant. Ça demande beaucoup de travail, mais j'adore ça.

— Qu'est-ce que tu adores ? demande alors Kent en entrant dans la pièce.

Il se dirige tout droit vers Yulia et l'attire à lui, passant un bras possessif autour de sa taille. Son visage dur est dénué d'expression, mais ses yeux clairs scintillent dangereusement lorsqu'il balaie du regard Peter et ses hommes. Sa posture est un avertissement silencieux pour les prévenir de garder leurs mains – et leurs yeux – loin de sa femme.

— Gérer mes restaurants, explique-t-elle en souriant à son costaud de mari sans la moindre crainte.

Elle lève une main, qu'elle passe derrière les cheveux courts de son homme.

— Il se trouve que Yan a mangé dans celui de Berlin, et ça lui a beaucoup plu.

— Le contraire m'aurait étonné.

La mine de Kent se radoucit quand il regarde Yulia.

— Tes recettes sont formidables, mon cœur.

Elle rougit et, pendant un moment, ils semblent presque avoir oublié notre présence. Le regard qu'ils échangent est si tendre, si intime, que mon visage se réchauffe en même temps qu'une douleur douce-amère me transperce le cœur.

Kent et sa femme sont heureux en ménage – et je ne peux m'empêcher de les envier.

— On mange ? demande alors Anton d'un ton plaintif.

Tout le monde éclate de rire tandis qu'une Yulia aux joues colorées se détache des bras de son mari pour se ruer dans la cuisine. Notre hôte la suit, et ils reviennent une minute plus tard avec des plats au fumet appétissant qu'ils déposent sur la table. Peter et moi, nous nous rendons dans la cuisine pour les aider à apporter le reste, et quelques minutes plus tard, nous prenons place devant un repas gourmet qui surpasse les plats les plus élaborés que Peter ait jamais préparés.

— Est-ce que tout le monde cuisine comme ça dans cette partie du monde ? je demande, ébahie.

Il y a non seulement deux sortes différentes de poulet rôti et d'agneau mariné, mais également du poisson fumé, cinq salades, des feuilletés et des crêpes fourrées avec tout un assortiment de garnitures alléchantes, ainsi qu'un nombre incalculable d'accompagnements. Je n'aurai jamais assez de place dans le ventre pour tout goûter. Et c'est si bien présenté que chaque plat ressemble à une œuvre d'art.

— Non, tu as juste eu de la chance en tombant sur moi – et nous tous avec Yulia, dit Peter en souriant.

Il a l'air détendu. Son regard d'acier est chaleureux quand il se pose sur moi. S'il ne m'avait pas annoncé cinq minutes plus tôt qu'il avait l'intention de me faire porter un enfant de force, j'aurais pu facilement faire semblant que nous étions un couple normal qui partage un agréable dîner avec un groupe d'amis.

Tout le monde goûte à tout, complimentant Yulia à chaque bouchée, et il faut attendre que les estomacs soient à moitié pleins afin que la discussion s'oriente sur les affaires. Il se trouve que Peter s'y connaît en trafic d'armes, y compris tous les acteurs clés, et je l'écoute avec fascination discuter business avec notre hôte, évoquant des montants ahurissants – parfois en milliards.

J'ignorais que la vente d'armes était si lucrative, et que mon propre gouvernement était parfois impliqué.

— As-tu réussi à résoudre cette contrainte de fabrication avec l'explosif indétectable ? demande Peter en déposant sur son assiette un feuilleté fourré d'un mélange shiitake-camembert – l'un des plats qui ont remporté le plus vif succès auprès de ses hommes. C'était très demandé, je me souviens.

— Ça l'est toujours, mais la réponse est non, répond Kent tandis que Yulia lui sert une cuillérée de salade de crabe. Le matériau de base est si instable qu'il faut des chimistes hautement qualifiés pour superviser le processus de fabrication à chaque étape. Et même si l'on pouvait accélérer la cadence de production, Oncle Sam ne veut pas. Comme tu l'imagines, les Américains sont très satisfaits de pouvoir acheter tous nos stocks dès que nous en produisons.

— Bien sûr.

Peter récupère un autre feuilleté avant que les jumeaux Ivanov déciment le plat tout entier.

— Frank est-il toujours avec vous ?

— Il a pris sa retraite il y a quelques mois, dit Kent en jouant négligemment avec la main de Yulia, croisant ses grands doigts burinés par le soleil avec ceux de sa femme, petits et graciles.

— Nous avons un nouveau contact à la CIA, Jeff Traum. Mais il est coriace. Il déteste Esguerra au plus haut point et il ne travaille avec nous que sous la contrainte.

— Pourquoi ça ? demande Yan, vivement intéressé. Vos gars lui ont fait quelque chose ?

Kent hausse les épaules.

— Pas vraiment. Nous avons jeté un os à ronger aux Israéliens une fois ou deux, en leur donnant des renseignements, et je pense que ça y a joué. Et ce truc avec Novak n'a rien arrangé.

Les sourcils de Peter se dressent.

— Le trafiquant d'armes serbe ?

— Oui, lui-même.

Kent libère la main de Yulia et sa bouche se crispe.

— Il interférait avec nos affaires et il a fallu riposter. Malheureusement, la CIA était en pleine opération quand nous avons frappé, et nous avons fait sauter quelques-uns de leurs agents. Pas volontairement, bien sûr. Mais Traum nous en veut toujours, parce que ce coup monté était en quelque sorte son bébé.

— Tu sais, ça me dit quelque chose, dit Peter d'un air pensif.

Il se tourne alors vers Anton et ajoute :

— Rappelle-moi… Ces emmerdes dont nous ont parlé les hackers au moins d'août, c'était bien à Belgrade ?

— Exact, répond Anton en hochant la tête. Deux entrepôts remplis de C-4, quinze camions blindés, et une usine à proximité du village. C'était toi, Kent ?

Le sourire de notre hôte est plus affûté qu'une lame.

— Tout juste. Nous devions impressionner Novak en lui montrant qu'on ne plaisante pas. Nous couper l'herbe sous le pied en réduisant les prix, c'est une chose, mais entrer par effraction dans nos locaux en Indonésie et tuer tout le personnel ? Il a dépassé les bornes.

J'écoute avec une fascination horrifiée et jette un œil vers Yulia pour voir comment elle réagit. Peut-on s'habituer à des conversations sur des massacres de personnel et des explosions d'usines ?

Comme je pouvais m'y attendre, la femme de Kent mange calmement, apparemment imperturbable. Soit le métier violent de son mari ne lui pose aucun problème, soit c'est une excellente actrice. Au fond, je suppose que c'est un peu les deux, et je m'interroge sur l'histoire de

Yulia. A-t-elle toujours travaillé dans la restauration, et si ce n'est pas le cas, que faisait-elle avant ? Comment a-t-elle rencontré son mari ?

Et de manière générale, comment rencontre-t-on un homme issu de ce milieu sans avoir un mari malchanceux figurant sur la liste de vengeance d'un assassin ?

Poussée par la curiosité, je me lève pour aider Yulia quand elle commence à débarrasser. Elle essaie de refuser, mais j'insiste pour rapporter les plats à la cuisine, laissant les hommes discuter de ce qui s'est passé à Belgrade. C'est important pour moi de me rapprocher de la femme de Kent, et pas uniquement pour en apprendre plus sur sa vie.

Si je veux pouvoir m'enfuir avant le retour de Peter, j'aurai besoin de son aide.

— D'où es-tu originaire ? je demande tandis qu'elle sort plusieurs desserts d'un réfrigérateur aux dimensions industrielles. Tu parles parfaitement anglais, mais ton prénom…

— C'est ukrainien, m'explique-t-elle en souriant. Mais ça pourrait aussi être russe. C'est un prénom commun aux deux pays. Si c'est difficile à prononcer, tu peux m'appeler Julia – l'équivalent anglais.

Je lui rends son sourire et commence à rincer les plats sales.

— Je crois que je le prononce bien, *Iou-li-a*, c'est bien ça ?

Elle a l'air enchantée.

— Tout juste. Certains Américains ont du mal, c'est pour ça que je propose Julia. Mais ta prononciation est très bonne, meilleure que la plupart des gens.

— Merci. C'est normal, je baigne dans la langue russe ces derniers temps, dis-je en disposant les plats rincés dans le lave-vaisselle.

J'espère qu'elle me posera des questions, mais Yulia se contente de sourire avant d'emporter les premiers desserts dans la salle à manger. Puis elle revient en chercher d'autres.

Je n'ai pas l'occasion de lui adresser à nouveau la parole, car elle ne cesse d'aller et venir, servant aux convives thé et café pour accompagner le dessert. Frustrée, je retourne à table, où les hommes discutent à présent de la situation en Syrie et des agitations continues en Ukraine. J'essaie de suivre leur conversation, mais ils pourraient tout aussi bien parler russe. Un mot sur deux est un nom de lieu ou de personne que j'ignore, sans parler des nombreux acronymes tels qu'UUR. La seule chose que j'apprends, c'est que les affaires de Kent se portent bien grâce aux conflits de toutes sortes, depuis les rivalités à petite échelle entre cartels de la drogue jusqu'aux guerres ouvertes entre nations.

Chaque homme autour de cette table contribue, d'une manière ou d'une autre, à la mort et aux souffrances dans le monde.

Je devrais commencer à en avoir l'habitude – je vis avec une équipe d'assassins depuis des mois –, mais je suis toujours stupéfaite par la banalité qui en ressort, par le détachement dont ils font preuve envers les questions de bien et de mal. Là d'où je viens, les gens ont honte s'ils ne recyclent pas ou ne donnent pas leurs vêtements usagés à des associations, et sont encore plus gênés de dire ou de faire quelque chose susceptible de blesser quelqu'un. Dans mon monde, les hommes méchants trompent leurs épouses, conduisent saouls ou refusent de céder leur place à une femme enceinte. Ils ne tuent pas pour de l'argent et ne vendent pas d'armes capables d'anéantir des villes entières.

C'est un tout autre degré de malveillance.

Et pourtant, j'ai beau en avoir conscience, je ne peux m'empêcher de songer au temps qui passe, car chaque minute nous rapproche de la fin de ce repas et du départ de Peter. Étant donné les circonstances, je devrais être soulagée de le voir s'en aller, mais une angoisse incontrôlable affleure sous mes craintes et ma colère.

Quoi qu'il advienne, je ne peux m'empêcher de m'inquiéter pour le monstre que je devrais haïr.

Bientôt, les desserts sont avalés – la majeure partie d'entre eux par Anton – et le thé est terminé. Peter et ses hommes se lèvent en remerciant Yulia, la félicitant pour le dîner en des termes élogieux, puis Anton et les jumeaux se dirigent vers la sortie, accompagnés par notre hôte. Yulia, quant à elle, disparaît dans la cuisine et je me retrouve seule avec Peter pour la première fois depuis sa révélation.

Il me rejoint et passe doucement ses phalanges sur ma joue.

— Je dois partir, me dit-il tout bas.

J'acquiesce en essayant d'ignorer la douleur sourde qui se propage dans ma poitrine.

— D'accord, je parviens à répondre sur un ton faussement calme. Bonne chance.

Sois prudent. Reviens-moi. J'ai besoin de toi. Cette confession douloureuse s'attarde sur le bout de ma langue, mais je refoule ces mots ainsi que l'envie de me jeter à son cou pour l'embrasser. Il ne s'agit pas d'un amoureux sur le sentier de la guerre, c'est mon ravisseur, mon tourmenteur. Quand il reviendra, je serai peut-être partie, et si je suis encore là, c'est un conflit sans précédent qui nous attend. Ce que souhaite Peter – me féconder sans mon consentement – est encore pire que le kidnapping, plus terrible que la torture.

Cela me priverait du choix le plus élémentaire de tous et imposerait à un enfant innocent de voir le jour dans une relation compliquée et instable.

Peter soutient mon regard et je sais qu'il attend. Quoi, je l'ignore, mais comme je reste debout en silence, son visage se crispe et sa main retombe le long de son corps.

— À bientôt, dit-il d'un ton sévère avant de tourner les talons.

Le cœur battant à tout rompre, je le regarde quitter la pièce.

Peu avant minuit, nous atterrissons sur une piste privée non loin d'Istanbul, à moins de dix kilomètres de la demeure de notre cible, dans les faubourgs. Notre mission de ce soir est d'examiner la zone de visu, comme nous l'avons fait par satellite et par images de drone jusqu'à présent.

Si tout se passe bien, nous attaquerons dans quelques jours.

Comme nous sommes tous fatigués, en plein décalage horaire – c'est déjà le matin au Japon –, notre reconnaissance des lieux est brève. En voiture, Anton et Yan font le tour du lotissement protégé par une grille où est située la maison, notant les points de repère essentiels et les voies de repli potentielles, tandis qu'Ilya et moi entrons à pied, profitant du changement de gardiens pour escalader la clôture de trois mètres près du portail principal.

Ce degré de sécurité est conçu pour décourager les criminels ordinaires, pas d'anciens assassins des Spetsnaz.

La difficulté, ce sera de déjouer la sécurité dans la résidence d'Arslan. On pourrait aisément la confondre avec n'importe quelle autre demeure de cette riche communauté, mais elle est protégée par des détecteurs de mouvement et une véritable armée de gardes du corps. Des scanners rétiniens, des capteurs de poids, des alarmes silencieuses, des génératrices de secours – ici, on ne lésine pas sur la sécurité, et c'est bien compréhensible.

Quand vous trahissez l'oligarque impitoyable qui vous a donné le pouvoir, vous devez vous attendre au pire.

Une fois à l'intérieur du complexe fortifié, nous nous dirigeons vers la résidence d'Arslan en prenant soin de rester hors de portée des caméras de surveillance disposées de manière stratégique aux intersections et devant la majeure partie des vastes villas de luxe. Les voisins de notre cible – d'autres politiciens véreux et riches hommes d'affaires turcs – ont aussi des ennemis, bien qu'aucun ne soit aussi puissant que l'oligarque ukrainien qui nous a engagés.

Nous n'allons pas jusqu'à la propriété d'Arslan – les caméras seraient impossibles à éviter –, mais ce n'est pas nécessaire. Il ne nous faut que deux minutes pour désactiver les alarmes de la bâtisse de deux étages au bout de la rue d'Arslan – la résidence d'un magnat de l'immobilier actuellement en vacances en Thaïlande. Une fois que les alarmes sont éteintes, nous montons sur le toit et installons une caméra à longue portée afin d'observer tout ce qui se passe chez notre cible. Ensuite, nous répétons la manœuvre à l'autre bout de la rue, puis dans deux autres résidences à un pâté de maisons de distance, afin d'avoir une vue à 360 degrés sur la maison d'Arslan.

Le moyen le plus simple et le plus sûr de tuer l'homme politique serait de l'abattre de loin avec un fusil de précision. Malheureusement, les vitres de la demeure sont blindées et chaque fois que notre cible est à découvert, elle est entourée de gardes du corps. La deuxième option serait de faire sauter son véhicule, mais il en change régulièrement et sans habitude prédéfinie – d'autant plus que les voitures sont constamment sous surveillance, même quand elles sont garées dans la rue. Chaque livraison sur le pas de sa porte est minutieusement passée au crible, tout comme les personnes qui entrent et sortent de la résidence.

Au premier coup d'œil, le bastion d'Arslan semble imprenable, mais nous sommes plus malins. On se sent toujours en sécurité chez soi, et c'est une faiblesse à exploiter.

Laissant les caméras sur place, Ilya et moi rebroussons chemin vers la sortie, rejoignant l'intersection où Yan et Anton nous ont déposés. Nous nous retirons ensuite pour finir la nuit dans une maison de particulier que nous avons louée sous de fausses identités, et nous organisons des tours de garde pour étudier les vidéos enregistrées par nos caméras.

Yan est le premier, suivi par Anton, ce qui me permet de dormir pendant six bonnes heures avant de prendre la relève pour trois heures de surveillance. Ilya, ce chanceux, a tiré la longue paille cette fois et peut fermer l'œil pendant neuf heures d'affilée.

En plein milieu de mon service, je repère du mouvement à l'intérieur de la maison. Malgré les volets fermés, on aperçoit de la lumière dans la chambre principale au premier étage, puis d'autres pièces s'éclairent au rez-de-chaussée.

La maisonnée d'Arslan se réveille.

Son personnel domestique est réduit au minimum, avec une gouvernante, deux femmes de chambre et un majordome/garde du corps qui vivent à demeure. Leurs appartements sont au rez-de-chaussée, ce qui joue en notre faveur. Les autres agents de sécurité – vingt-quatre au total – sont postés dans un corps de garde à l'arrière du domaine. Pour ne pas gêner les voisins, ils sortent par petits groupes à intervalles aléatoires afin d'effectuer des patrouilles dans la rue et dans le magnifique jardin paysager autour de la maison.

Les yeux rivés sur l'écran, j'inscris les heures et note l'ordre dans lequel les lumières se sont éclairées à l'étage. Les gens fonctionnent par habitude, même ceux à qui leurs gardes du corps ont recommandé d'être aussi imprévisibles que possible.

— Garde un œil sur l'heure de son départ, dis-je à Ilya quand il vient me remplacer. Nous savons qu'il quitte la maison à des heures différentes chaque jour, mais je veux savoir combien de temps s'écoule entre le moment où la lumière apparaît et son départ.

Ilya hoche la tête et s'assoit devant l'ordinateur pendant que je retourne dans une chambre pour un somme. Une migraine carabinée me martèle les tempes et j'ai besoin de repos pour avoir les idées claires pendant la préparation de notre attaque.

Pourtant, dès que je ferme les yeux, mon esprit retourne auprès de Sara et notre séparation orageuse. J'ai essayé de ne pas y penser, de me concentrer exclusivement sur la mission, mais je ne peux m'empêcher de revoir son air blessé quand je lui ai avoué mes intentions… quand j'ai confirmé que les préservatifs oubliés n'étaient pas un accident.

Je n'en avais pas pris conscience moi-même jusqu'à cet instant précis, je ne savais pas que j'avais cédé à mes désirs les plus profonds avant d'entendre les mots franchir mes propres lèvres. Pourtant, j'ai tout de suite su que c'était la vérité. Je n'ai peut-être pas cherché délibérément à la mettre enceinte, pourtant ce n'était pas non plus une faute d'inattention. À un niveau primaire et instinctif, j'ai *choisi* de la remplir de ma semence, de la faire mienne de la plus viscérale des manières.

La seule fois dans ma vie où j'ai négligé la contraception, c'était à Daryevo, il y a des années, quand Tamila m'a séduit avant mon réveil.

J'ouvre les yeux et regarde fixement le plafond de cette chambre inconnue. Malgré la réaction de Sara, je me sens plus léger, comme si un poids avait été ôté de ma poitrine. C'est libérateur d'accepter sa part d'ombre, de se libérer de tous ses dilemmes moraux. Je me demande pourquoi j'ai résisté si longtemps, pourquoi ai-je tant essayé de me battre pour son amour alors qu'elle persistait à me détester ?

Maintenant, il me paraît évident que, quoi que je fasse, Sara n'oubliera pas le passé. Si tel est le cas, autant lui donner une autre raison de me haïr.

Bien décidé, je ferme les paupières et entreprends de détendre mes muscles contractés.

Quand je rentrerai, finis les préservatifs. D'un biais ou d'un autre, Sara portera mon enfant.

Si elle ne peut pas m'aimer, elle aimera au moins une partie de moi.

Il me faut plusieurs minutes pour me ressaisir après le départ de Peter, et quand je me dirige vers la cuisine pour discuter avec Yulia, Kent est de retour. Poliment, mais fermement, il me raccompagne jusqu'à ma chambre.

— Vous devriez vous reposer, me dit-il.

Mais à son air implacable, je devine qu'il fera usage de la force physique pour m'y contraindre s'il le faut. Il n'a aucune intention de m'aider, c'est évident.

— Merci pour votre hospitalité, dis-je d'un ton neutre quand nous arrivons devant ma chambre.

Il hoche la tête, ses yeux clairs insondables.

— Bonne nuit, Sara, dit-il.

Lorsqu'il referme la porte derrière lui, j'entends le léger déclic d'un verrou que l'on tourne. J'attends trente secondes avant d'essayer la poignée pour confirmer mes soupçons.

Évidemment, je suis enfermée.

Prenant une grande inspiration pour me calmer, je rejoins la grande fenêtre. La partie inférieure devrait pouvoir coulisser vers le haut, mais j'ai beau essayer de la pousser, l'épaisse vitre ne cède pas d'un pouce. Elle est scellée ou simplement trop lourde pour être soulevée. Du verre blindé, peut-être ? Ce serait logique, étant donné la profession de Kent.

Quoi qu'il en soit, la fenêtre est inutilisable.

Ensuite, j'explore le fenestron de la salle de bain. Il est constitué du même verre épais que la vitre de la chambre et présente deux problèmes supplémentaires : il est trop étroit pour me permettre de passer, et je ne remarque aucun mécanisme d'ouverture.

Frustrée, j'abandonne les fenêtres pour fouiller la commode et le placard à la recherche d'un téléphone oublié ou d'une vieille tablette. Mes chances d'en trouver sont maigres, mais chez moi, les gens laissaient traîner leurs appareils électroniques un peu partout, et il est possible que Kent et sa femme aient eux aussi cette mauvaise habitude. Après tout, c'est leur maison, et elle n'a pas vocation à servir de prison.

Du moins, je l'espère.

Sans surprise, je ne trouve rien. Le placard et la commode contiennent juste ce que l'on peut attendre dans une chambre d'amis : du linge de maison, des serviettes et des articles de toilette intacts dans leurs emballages.

Au comble de la fatigue et du découragement, je décide de prendre une douche avant de me reposer comme me l'a suggéré Kent.

Avec un peu de chance, je pourrai parler à Yulia demain.

Au point où j'en suis, c'est encore ma meilleure option, si ce n'est la seule.

À ma grande déception, je ne vois pas Yulia le jour suivant et je n'ai pas le droit de sortir de ma chambre. C'est Kent en personne qui m'apporte mes repas – des restes du dîner et de nouveaux plats savoureux indubitablement cuisinés par son épouse – et revient chercher le plateau une heure plus tard. J'ignore s'il essaie volontairement de me tenir à l'écart de Yulia, ou si c'est juste une coïncidence malheureuse, mais le soir venu, j'ai les nerfs en pelote et la frustration se mêle à mon inquiétude grandissante pour Peter. Je n'ai que quelques livres que Kent m'a apportés à l'heure du déjeuner, ce qui ne suffit pas à détourner mon attention des dangers que l'équipe de Peter affronte peut-être en ce moment même.

— Vous avez des nouvelles ? Ils vont bien ? je demande à Kent quand il m'apporte le dîner.

Le trafiquant d'armes au visage de marbre m'intimide, mais je suis décidée à ne rien laisser transparaître.

Après tout, je vis avec quatre criminels tout aussi dangereux depuis des mois.

À ma question, Kent a l'air légèrement amusé.

— Vous voulez savoir comment ils vont ?

Je hoche la tête en sentant mes joues virer au rouge. Je comprends ce qu'il doit penser. Étant donné le traitement que m'a réservé Kent jusqu'à présent, il sait de toute évidence que je ne suis pas ici de mon plein gré. Et pourtant, j'aime encore lui laisser croire que je souffre du syndrome de Stockholm plutôt que de rester dans l'incertitude, à me ronger les sangs pour Peter pendant toute la nuit.

— Ils vont bien, me dit Kent en déposant le plateau sur la commode.

Son visage retrouve aussitôt sa neutralité, mais une lueur amusée s'attarde dans les profondeurs glaciales de ses yeux.

— Peter m'a envoyé un message il y a deux heures pour me demander de vos nouvelles. Pour l'instant, ils font des repérages en vue de l'attaque. Je doute qu'il arrive quelque chose ce soir. Vous pouvez dormir tranquille.

Je pousse un soupir de soulagement.

— Merci.

Il hoche la tête et se retourne pour partir, mais je décide de tenter ma chance.

— Attendez, Lucas… Où est Yulia ? Je ne l'ai pas vue de toute la journée et j'aimerais la remercier pour tous ces plats délicieux.

Il me dévisage d'un air insondable.

— Je lui transmettrai vos remerciements.

Je devrais saisir l'allusion et me comporter en détenue modèle et obéissante, mais je refuse de céder aussi facilement.

— J'aimerais mieux le faire en personne, si vous voulez bien, dis-je avec un sourire légèrement embarrassé. Est-elle vraiment si occupée ? J'aimerais lui demander quelque chose… des affaires de femmes, vous voyez…

— Ah, répond Kent d'un air amusé. Yulia m'a demandé de vous dire que vous trouverez des tampons et autres produits féminins dans le placard sous le lavabo.

— Oh, ce n'est pas ça du tout, m'empressé-je de répondre même si c'était en effet ce que je voulais lui faire croire. C'est autre chose.

Il hausse les sourcils.

— Oh ? Et qu'est-ce que c'est ?

Zut. Je pensais que, comme la plupart des hommes, il serait gêné de m'entendre évoquer les fonctions biologiques féminines. Le cerveau en ébullition, je réponds du tac au tac :

— C'est une crème pour quelque chose. Mais ça ne fait rien, je suis sûre que ça guérira tout seul.

Son expression est immuable quand il insiste :

— Dites-moi de quelle crème il s'agit, et je verrai si nous pouvons vous en trouver.

— *Monistat*, lui dis-je sans sourciller, même si je viens de citer un traitement populaire contre les infections vaginales. Le nom générique est *miconazole*. C'est pour...

— Les infections. Je sais.

Il n'a pas l'air embarrassé le moins du monde.

— J'en demanderai pour vous.

— D'accord, merci, dis-je en grinçant des dents.

Décidément, il a la ferme intention de me tenir à distance de Yulia, ce qui ne fait que renforcer ma détermination à lui parler.

———————

Le jour suivant se déroule de la même manière. Je reste enfermée dans ma chambre du matin au soir. La seule différence, cette fois, c'est qu'à l'heure du dîner Kent me donne volontairement des nouvelles de Peter.

— Ils prévoient d'attaquer après-demain, dans la matinée, dit-il en déposant mon plateau sur la commode. Je vous tiendrai au courant s'il y a du changement.

Je pose sur le trafiquant d'armes un œil morose.

— D'accord, merci.

J'ai l'impression d'avoir une hache – aux mouvements très lents – suspendue au-dessus de la tête. Je redoute à la fois l'échec de cette opération en Turquie et son succès. Si quelque chose tourne mal, je perdrai Peter et retrouverai mon ancienne vie, et s'il revient indemne, je serai liée à lui à tout jamais, retenue par un enfant qu'il a l'intention de me faire de force.

La seule solution, c'est de m'échapper avant le retour de Peter, et je ne vois pas comment c'est possible si je vis en recluse, encore plus isolée qu'au Japon.

Kent s'en va et je dîne en pilote automatique, à peine consciente des plats aux riches saveurs. Sur le plateau, avec les assiettes sous cloche, se trouve le tube de crème que j'ai demandé – dont je n'ai absolument aucune utilité et qui me servait uniquement à justifier mon besoin de parler à Yulia. Maintenant, ça fait deux jours et je suis plus convaincue que jamais que la belle blonde pourrait compatir, si seulement j'avais l'occasion de lui exposer ma situation.

Après avoir terminé mon repas, j'examine la crème et remarque négligemment que la boîte est légèrement différente de celle que j'ai l'habitude de voir aux États-Unis.

Bien sûr, ça n'a rien d'étonnant. Je suis en Europe. La pilule du lendemain au Japon n'était pas non plus identique à celle dont j'avais l'habitude.

La pilule du lendemain...

Prenant une vive inspiration, je me lève d'un bond, incapable de contenir mon excitation soudaine. Je me demande pourquoi je n'y ai pas pensé plus tôt, mais si Kent a accepté de me donner cette crème, il y a des chances qu'il accède à une autre demande – comme, par exemple, la pilule dont j'ai tant besoin.

Mon premier réflexe est de me ruer vers la porte pour tambouriner jusqu'à ce que mon geôlier arrive, afin de mettre mon plan à exécution au plus vite. Mais ce ne serait pas raisonnable. Un enthousiasme excessif lui mettrait la puce à l'oreille et il risquerait même d'interroger Peter à ce sujet.

J'inspire pour me calmer et je me force à m'asseoir afin d'attendre sagement le retour de Kent. Pour optimiser mes chances de succès, je dois la jouer fine.

Il ne faut pas donner l'impression que c'est un autre stratagème pour m'entretenir avec Yulia.

L'attente me paraît interminable, même si l'horloge m'indique qu'une heure à peine s'est écoulée. Enfin, Kent ouvre la porte et je me lance.

— Au fait, dis-je sur le ton le plus désinvolte dont je suis capable. Yulia est toujours occupée ? J'aimerais *vraiment* lui parler.

Le trafiquant d'armes me regarde froidement.

— Pourquoi ? C'est une autre affaire de femmes ?

J'essaie de paraître gênée.

— Oui, pour tout dire. Je suis désolée, j'ai oublié de vous en parler hier, mais j'en ai vraiment besoin.

— Et de quoi s'agit-il ?

— *Plan B.*

Je prends l'air le plus innocent possible.

— Vous savez ce que c'est ? Il existe d'autres marques aussi, comme *Next Choice, My Way…*

— Je vois. Vous l'aurez bientôt.

Et après avoir soulevé prestement le plateau, il s'en va.

Cette nuit-là, je tourne et me retourne dans le lit, tourmentée d'inquiétude pour les opérations à venir de Peter et le fait que, malgré ma petite victoire de ce soir, la pilule ne fera que retarder l'inévitable. Chaque fois que je me laisse aller à un sommeil léger, je me réveille le cœur battant, saisie de panique. Ça me fait penser aux deux premiers mois après l'attaque de Peter dans ma cuisine, quand j'étais taraudée chaque nuit par des cauchemars de torture et d'hommes impitoyables aux yeux gris.

Enfin, j'abandonne l'idée de fermer l'œil et je me lève pour aller aux toilettes. Aussi insensé que ce soit, j'ai envie de Peter à mes côtés en cet instant. J'ai envie de sa chaleur dans l'obscurité et de ses bras puissants qui me serrent contre lui. J'ai envie d'entendre sa voix grave m'appeler « ptichka » et me dire à quel point il m'aime.

Mon tourmenteur me manque. Il manque à toutes les fibres de mon être, même si je redoute son retour.

Je m'approche du lavabo, allume la lampe et regarde mon visage blême dans le miroir. Mes yeux sont injectés de sang et cernés de noir, et mes cheveux ne ressemblent à rien. Je parie que si Peter me voyait, il ne serait plus aussi passionné.

Bien sûr, ça voudrait dire qu'il est obsédé par mon apparence – une supposition aussi grossière qu'inexacte. Je sais que je suis séduisante, mais je n'ai pas la beauté d'une femme comme Yulia. Non, ce qui aimante Peter chez moi – et vice versa – est bien plus profond que l'attirance physique. Il le sait, et je le sais aussi. Nous nous correspondons comme deux morceaux de porcelaine brisés, réunis par une force puissante… quelque chose de sombre, un besoin pervers qui fait appel à nos défauts mutuels.

Je m'apprête à tourner le robinet pour me laver le visage lorsqu'un bruit me parvient.

Je m'immobilise et tends l'oreille. C'est alors que je l'entends à nouveau.

Un gémissement de femme, profond et guttural, suivi par un grognement masculin étouffé.

Mon visage s'empourpre quand je comprends ce que j'écoute.

Cette salle de bain doit se trouver sous la chambre de Lucas et Yulia, et l'évent d'aération communique sans doute entre les deux étages.

Je sais que je devrais retourner au lit pour leur laisser leur intimité, mais mes jambes refusent de bouger. Au moins, c'est plus divertissant que les romans policiers que m'a donnés Kent pour m'occuper. J'ai l'impression d'être une perverse, mais malgré mes joues rouges, je ne peux m'empêcher d'écouter les bruits monter en puissance à l'étage, jusqu'à culminer dans un orgasme commun.

Quand le silence retombe enfin, j'ouvre le robinet avec des mains tremblantes et asperge mon visage brûlant. C'était une mauvaise idée, car non seulement j'ai violé la vie privée de mes hôtes/geôliers, mais maintenant je suis tellement excitée que j'aurai du mal à trouver le sommeil. Mes tétons sont durs et mon sexe est humide de désir.

Peter me manque plus que jamais.

Avec un gémissement, je retourne au lit. Comme je m'y attendais, je n'arrive pas à me rendormir et je glisse la main sous la couverture pour me donner du plaisir jusqu'à jouir sans avoir cessé un instant de penser à lui.

***

Malgré ma nuit blanche, je me lève tôt le lendemain matin. Je vais me laver les dents quand j'entends des bruits de pas à l'étage, suivis par des voix tendues.

On dirait que les Kent se disputent.

Atrocement curieuse, je pose la brosse à dents et écoute.

D'abord, leurs voix sont trop étouffées, comme s'ils se trouvaient de l'autre côté de la pièce, mais elles s'approchent de la ventilation – et les battements de mon cœur s'accélèrent quand je comprends le sujet de leur dispute.

Moi.

— Comment peux-tu en être sûr ? s'exclame Yulia avec véhémence. C'est la veuve de son ennemi. Il a tué son mari et l'a enlevée. En quoi ce n'est pas de la maltraitance ? Dans le meilleur des cas, il l'a quand même privée de tous ses choix et a gâché sa carrière. Cette femme est médecin – *médecin*, Lucas. Elle n'est pas comme toi et moi. Elle n'a jamais fait partie de ce monde…

— Et maintenant, elle y est, l'interrompt Kent d'une voix sèche. De toute façon, ça ne nous regarde pas. Je lui dois une faveur, et il se trouve que c'est elle.

— *Elle*, c'est un être humain, pas une faveur. Laisse-moi au moins lui parler, savoir s'il la maltraite ou…

— Pourquoi ? Tu ferais quoi ? Tu la libèrerais pour finir sur sa liste de cibles ? Tu sais à quel genre de personnes son équipe s'en prend ces derniers temps. Nous avons bien assez de nos problèmes avec Novak.

— Oui, évidemment, répond Yulia avec contrariété. Mais c'est une civile innocente, Lucas, et une invitée dans cette maison. Je veux m'assurer que tu as raison et que c'est ce qu'elle veut, parce que sinon, je ne pourrai pas me regarder en face. Tu peux le comprendre ?

Son mari garde le silence pendant un moment et je me mords le pouce, le cœur battant, tandis que je guette sa réponse. J'avais raison de placer mes espoirs en Yulia : elle compatit à mon sort.

— Je comprends, dit-il enfin. Mais je ne peux rien y faire. Je refuse que tu mettes ta vie en danger pour cette femme.

— Mais…

— Mais rien. Sokolov m'a demandé de la protéger en attendant son retour, et c'est précisément ce que je compte faire.

— Lucas…

La voix de Yulia est plus douce, presque caressante.

— Laisse-moi juste lui parler. C'est tout ce que je demande. Je ne ferai rien sans ton accord. Je ne suis pas bête et je n'ai pas plus envie que toi de me mettre Peter à dos. Je veux juste m'assurer qu'elle va bien… la rassurer si elle a peur. Ça ne peut pas faire de mal, si ? Une petite discussion.

Kent ne répond pas, mais je discerne des froissements de tissu, suivis par un bruit métallique sur le sol – une boucle de ceinture, peut-être ?

— Yulia… fait Kent d'une voix chargée. Ma belle, tu n'es pas obligée de… Oh, putain. Putain de merde…

Ses paroles se terminent par un gémissement et je rougis quand je comprends ce qui se passe.

Une fois de plus, j'ai l'impression d'être une perverse, mais je garde le silence – pour savoir s'ils parlent à nouveau de moi, comme j'essaie de m'en persuader. Or je ne perçois que des bruits de sexe pendant les dix minutes qui suivent et, à contrecœur, je termine de me brosser les dents avant de retourner dans ma chambre.

Peut-être – je dis bien peut-être –, la tactique de persuasion de Yulia portera ses fruits et m'offrira une échappatoire.

En tout cas, maintenant j'ai bon espoir.

Nous passons la journée précédant l'attaque à revoir les différentes versions du plan, calculant les probabilités de réussite et trouvant des solutions aux problèmes éventuels. Notre plan est risqué, mais il a de bonnes chances de fonctionner – si nous trouvons le timing idéal.

Le soir, nous sommes fin prêts, et c'est tant mieux, car l'oligarque ukrainien commence à s'impatienter. Dans deux jours, Arslan doit voter une loi qui anéantira les affaires de notre client en Turquie, et nous devons passer à l'action avant que ça se produise.

Alors que je referme mon ordinateur pour prendre quelques heures de repos avant mon prochain tour de garde, Anton m'appelle d'une voix inhabituellement excitée.

— Regarde ça, dit-il.

L'adrénaline déferle dans mes veines quand j'aperçois un nouvel e-mail de nos hackers.

Je m'empresse de le parcourir sur l'écran d'Anton et affiche un sourire cruel.

Mon adversaire a enfin commis une erreur.

La femme de Walter Henderson III, Bonnie, a visité un vignoble à Marlborough, en Nouvelle-Zélande – nous l'avons appris grâce à une photo postée sur Instagram par l'innocent propriétaire du vignoble en question. Le programme de reconnaissance faciale de nos pirates informatiques l'a identifiée quelques heures à peine après sa publication.

— Préparez-vous, dis-je à Anton et aux jumeaux après avoir terminé la lecture du message. Quand nous aurons terminé, demain, nous mettrons le cap sur la Nouvelle-Zélande.

— Et Sara ? demande Ilya. Tu comptes la laisser chez Kent ?

J'hésite avant de secouer la tête.

— Non.

Je ne supporte pas d'être séparé d'elle une journée de plus.

— Elle nous accompagnera.

Et avant de me coucher, j'appelle Lucas pour prendre de ses nouvelles.

CHAPITRE 46

Je passe la journée à faire les cent pas dans ma chambre, de plus en plus anxieuse à chaque instant. Quand arrive l'heure du dîner, je suis à deux doigts de m'arracher les cheveux.

Dans moins de douze heures, la mission périlleuse de Peter commencera, et Yulia n'est toujours pas venue discuter avec moi – pas plus que son mari ne m'a donné la pilule qu'il m'avait promise.

— Je devrais l'avoir plus tard dans la journée, m'a-t-il dit quand il m'a apporté mon déjeuner. Ou demain, peut-être.

Demain, il sera trop tard, mais je me tais pour ne pas alerter mon geôlier sur l'importance que revêt cette pilule à mes yeux. Dans le pire des cas, je peux toujours la conserver pour un usage futur, en priant afin que ma phase féconde n'ait pas été trop fertile ce mois-ci.

Des coups légers contre la porte me tirent de mes pensées.

— Sara ? demande une voix de femme. Je peux entrer ?

Mon cœur bondit de joie.

— Oui ! Je t'en prie, entre.

La porte s'ouvre et Yulia entre à reculons dans la pièce, avec un lourd plateau chargé d'assiettes recouvertes.

— Attends, je vais t'aider.

Je me précipite vers elle et l'aide à poser le plateau sur la commode sans cacher mon excitation.

Elle me sourit.

— Merci. Comment se passe ton séjour jusqu'à présent ?

— Bien, je réponds en souriant. Et la cuisine est délicieuse, bien sûr. Merci pour tout.

Les yeux bleus de Yulia rayonnent de plaisir.

— De rien. Et le reste ? Tu as tout ce qu'il te faut ? Lucas m'a dit que tu avais demandé un ou deux médicaments…

Je hoche la tête avant de me décider. Peter rentre peut-être demain et je n'ai pas de temps à perdre. Par ailleurs, je sais déjà que Yulia est de mon côté.

— J'ai besoin de la pilule du lendemain, dis-je de but en blanc. Et aujourd'hui, c'est le dernier jour pour la prendre.

Sa jolie bouche s'arrondit d'étonnement.

— Oh. Waouh. Lucas ne m'a rien dit. Il a envoyé l'un de ses gardes en ville aujourd'hui pour faire quelques emplettes, mais je sais qu'il s'est passé quelque chose et que l'homme a été retenu. Laisse-moi vérifier s'il a pu l'acheter, d'accord ?

— Attends, dis-je en attrapant le bras fin de Yulia quand elle se retourne pour partir. S'il te plaît. J'ai besoin de ton aide.

Elle prend un air circonspect.

— Qu'est-ce que tu veux dire ?

Je laisse retomber ma main.

— Je dois partir. Maintenant. Ce soir. Avant le retour de Peter. S'il te plaît, c'est très important. Je ne suis pas sa petite amie, je suis sa prisonnière. Il m'a enlevée, et maintenant il…

— Attends, Sara. S'il te plaît.

Elle lève la main, paume en avant. Bien que ses manières demeurent mesurées, je me rends compte qu'elle est bouleversée. Elle ne s'attendait sans doute pas à ce que je l'implore si ouvertement.

— Il te maltraite ? Il t'a fait du mal ? demande-t-elle avec précaution.

— Il m'a tailladée avec un couteau et il m'a torturée, dis-je.

Aussitôt j'éprouve une pointe de culpabilité en voyant l'horreur sur le visage de Yulia. Je devrais probablement mentionner que les tortures ont eu lieu avant le début de notre relation telle qu'elle est aujourd'hui, mais si je veux obtenir son aide, je ne peux pas me permettre d'embellir ma captivité.

Aussi attentionnée et compatissante que soit Yulia, je ne peux pas oublier que c'est l'épouse d'un trafiquant d'armes et que sa vision de la moralité diffère peut-être de la plupart des gens.

— Il veut aussi me forcer à porter son enfant, ajouté-je pour enfoncer le clou pendant qu'elle est encore sous le choc. C'est pour ça que j'ai absolument besoin de la pilule du lendemain aujourd'hui. Dans deux heures, le délai de trente-six heures sera passé. Bien sûr, la pilule ne me sera d'aucune utilité si je suis toujours ici quand Peter reviendra. Il fera ce qu'il veut de moi, et personne ne l'arrêtera. S'il te plaît, Yulia.

Une fois de plus, je lui prends le bras.

— Tu n'es pas obligée de me laisser fuir. Laisse-moi simplement passer un appel ou envoyer un e-mail. Personne ne saura que c'est toi qui m'as aidée. S'il te plaît.

Elle blêmit un peu plus à chacune de mes phrases. Je me sens mal, car je comprends la position impossible dans laquelle je la place. Elle semble fermer les yeux sur les affaires sordides de son mari, mais Yulia n'est pas comme lui – ou du moins, elle a suffisamment d'empathie pour se mettre à ma place. En même temps, elle sait à quel point Peter est dangereux et ce qu'elle risquerait en trahissant sa confiance.

— Es-tu… commence-t-elle avant de se racler la gorge. Es-tu avec lui de ton plein gré ? Le premier soir, pendant le dîner, j'ai senti une tension entre vous, mais la manière dont il te regardait… Puis ton expression quand vous vous êtes quittés… Je faisais des allers-retours entre la table et la cuisine, mais j'ai cru voir… Me suis-je trompée ? Il te fait du mal ? Il te force constamment ?

Mon visage s'embrase tant la question me paraît intime, et je baisse à nouveau la tête.

— Ce n'est pas… Enfin, il m'a enlevée, que crois-tu ?

Je suis étonnée par sa moue dubitative.

— Je crois que c'est parfois complexe, dit-elle au bout d'un moment. Toutes les relations ne suivent pas le même chemin, et parfois…

Elle s'arrête, comme si elle se ravisait.

Je la regarde en fronçant les sourcils. Il y a un sous-entendu, pourtant quel qu'il soit, je ne peux pas me permettre de m'y attarder. Je dois la convaincre de m'aider avant qu'il soit trop tard.

— Yulia, s'il te plaît, lui dis-je. C'est ma seule chance. *Tu* es ma seule chance. Si je suis encore ici à son retour, je ne reverrai plus jamais mes parents, je n'aurai plus jamais aucun contrôle sur ma propre vie… S'il te plaît. Je sais que tu comprends ma situation. Peter Sokolov a tué mon mari et m'a torturée. Il m'a harcelée et kidnappée, et il me garde prisonnière depuis près de cinq mois. Je dois partir avant qu'il revienne, et il te suffit de me donner accès à un téléphone. Rien qu'une seconde. Je pourrais contacter le FBI, et…

— Et toutes les agences des forces de l'ordre encercleront notre maison, déclare alors Kent en poussant la porte sans frapper.

Sa mâchoire est crispée de colère et ses yeux clairs ne sont plus que deux fentes quand il traverse la chambre pour attraper la main de Yulia avec une telle force que les jointures de ses doigts blanchissent.

— Viens, dit-il à sa femme en serrant les dents.

Au désespoir, je le regarde qui l'entraîne hors de la chambre.

— Je suis désolée, articule-t-elle avant qu'il claque la porte, m'enfermant une fois de plus à l'intérieur.

Cette fois, je sais que c'est fini. J'ai perdu ma seule chance de m'évader.

Je pleure pendant deux heures avant de m'endormir – pour plonger dans une série de cauchemars. Je ne sais pas pourquoi ça recommence, mais quand je me réveille, toute tremblante et en sueur après un autre rêve réaliste dans lequel je me noyais dans l'évier de ma cuisine, je sais que je ne parviendrai pas à me rendormir ce soir.

Je rejette la couverture et bascule mes jambes au bord du lit pour me lever. Soudain, le verrou produit un léger déclic et la porte tourne en silence sur ses gonds.

Stupéfaite, je ramène la couverture devant mon corps pour me couvrir, mais personne n'entre.

Enveloppant la couverture autour de moi, je me précipite vers la porte. Au bout du couloir, j'aperçois une grande silhouette élancée disparaître au coin, ses cheveux blonds brillant comme un phare au clair de lune.

Yulia.

Elle est revenue pour moi.

J'ignore comment elle a pu agir en cachette de son mari, mais je ne perds pas de temps à m'interroger sur ma chance. J'enfile en hâte une robe et une paire de sandales et me faufile dans le couloir en direction de la cuisine en prenant soin de ne faire aucun bruit.

Je dois trouver un ordinateur – n'importe quoi qui me permette d'entrer en contact avec le monde extérieur.

— Tiens.

On me fourre brusquement un jeu de clés dans la main et je réprime un cri quand Yulia surgit devant moi comme si elle s'était détachée du mur sur ma droite. À la lueur de la lune qui traverse la baie vitrée, son visage pâle semble provenir d'un autre monde.

— La Mercedes est juste devant, murmure-t-elle d'un ton pressant sans me laisser le temps de me remettre de ma surprise. J'ai désactivé les alarmes du périmètre, ouvert les grilles automatiques et envoyé les drones en direction de la plage. Tu as dix minutes, c'est compris ? Il y a une station-service à sept kilomètres au sud-ouest. Va directement là-bas et tu trouveras un téléphone.

Je hoche la tête, le cœur battant, en serrant les clés qu'elle m'a données.

— Merci. Merci beaucoup.

— Vas-y.

Après un dernier coup d'œil inquiet dans son dos, Yulia me pousse vers la porte d'entrée et je ne perds pas une seconde.

Les clés à la main, je m'élance hors de la maison et monte dans la voiture.

— Cinq minutes, murmuré-je dans mon casque. Prépare-toi.

Ça fait précisément vingt minutes que les lumières sont apparues au premier étage de la résidence d'Arslan. Ce qui signifie que notre cible va franchir la porte d'entrée et monter dans son véhicule blindé dans cinq à dix minutes. Comme nous l'avions espéré, il aime ses habitudes et sa routine est toujours la même chaque matin de la semaine. Son heure de départ varie parfois, ainsi que le trajet qu'il emprunte et l'endroit où ses gardes du corps garent sa voiture, mais ce moment qu'il passe chez lui – quand il prend son petit déjeuner dans un cadre familier qu'il croit parfaitement sûr – est entièrement prévisible.

Dans quelques minutes, il y aura un court laps de temps pendant lequel il sera dehors avec ses gardes du corps, et c'est là que nous frapperons.

— Le lance-grenades est chargé et Ilya a préparé la voiture, m'annonce Yan dans le casque.

Il est sur le toit de la maison qui se situe de l'autre côté de la rue par rapport à celle où Anton et moi nous trouvons.

— Bien.

Je jette un œil vers Anton, à plat ventre à côté de moi, l'œil dans le viseur de son fusil de précision.

— Tu es prêt ?

Il hoche la tête sans quitter sa cible des yeux.

— Je vais viser la tête au cas où ils porteraient des gilets pare-balles.

— D'accord.

Je reporte mon attention sur mon propre M110 et ajuste mon viseur. Les tirs à la tête sont délicats, surtout une fois que votre cible a commencé à réagir, mais c'est le meilleur moyen de s'assurer la mort.

On trouve trop souvent des gilets pare-balles cachés sous les vêtements de nos jours.

Les secondes s'égrènent, chacune plus longue que la précédente. C'est facile de s'impatienter dans un moment comme celui-ci, alors je me concentre sur ma respiration régulière et je fais en sorte que rien ne se dresse dans la ligne de mire.

C'est trop important pour rater mon coup.

Spontanément, Sara s'impose à mon esprit. Je me demande ce qu'elle fait, si elle dort toujours ou si elle est déjà debout. Aussi excitante que soit cette mission – et elle l'est, je ne mentirai pas –, je préfèrerais être chez nous, au Japon, son corps chaud et nu dans mes bras quand elle se réveille.

En seulement quelques mois, mon bel oiseau est devenu plus important que tout à mes yeux et ma passion pour elle a étouffé tout ce qui m'intéressait autrefois.

Le bruit d'une porte qui s'ouvre me tire de mes pensées.

— Il arrive, murmure Yan dans le casque.

Je me force à me concentrer. Je me préoccuperai de Sara plus tard.

Si nous survivons à cette journée, évidemment.

Dix minutes. Les pneus de la voiture crissent quand je démarre dans la longue allée et franchis en trombe le portail ouvert, si violemment agrippée au volant que mes doigts s'enfoncent dans le cuir.

Je n'ai que dix minutes.

En partant du principe que les estimations de Yulia étaient justes. Je ne sais pas comment elle a échappé à son dangereux mari pour désactiver toutes ces mesures de sécurité, mais il est possible qu'il soit déjà à mes trousses.

Il n'y a aucun lampadaire sur cette route à une voie, aucun panneau – rien ne m'indique où je vais. La lune et les phares de ma voiture sont les seules sources de lumière. Je n'ai aucune idée de la direction du sud-ouest, si bien qu'en atteignant une route à deux voies, je tourne au hasard sur ma gauche, instinctivement.

Si j'ai choisi le mauvais sens, je suis foutue.

J'ai l'impression que mon cœur va exploser dans ma poitrine et ma respiration résonne à mes oreilles. De la sueur se forme sous mes aisselles et coule le long de mes flancs. Mon genou tremble quand j'appuie sur la pédale d'accélération, pied au plancher. Rouler du côté gauche de la route avec le volant du même côté, c'est particulièrement troublant pour une Américaine telle que moi, mais je n'ose pas ralentir.

Huit minutes.

Sept minutes.

Je peux le faire.

Je peux y arriver.

Les phares d'une voiture en sens inverse m'aveuglent et mon taux d'adrénaline monte en flèche. Est-ce Kent ? Ses gardes ?

La voiture passe sans s'arrêter et je pousse un soupir de soulagement, décollant le pied de la pédale d'accélération lorsque la route tourne brusquement devant moi. Je ne voudrais surtout pas perdre le contrôle et traverser la glissière de sécurité, comme George l'a fait ce terrible soir. De toute façon, même à vitesse réduite, je roule quand même à 110 km/h. Si la station-service n'est qu'à sept kilomètres, je devrais l'atteindre en un rien de temps.

Une autre minute s'écoule avant le prochain virage. C'est alors que je les aperçois.

D'autres phares, derrière moi cette fois.

Cramponnant le volant, j'enfonce l'accélérateur.

La voiture accélère à son tour.

J'ai l'estomac noué. Du coin de l'œil, j'aperçois un panneau de limitation de vitesse. 50 km/h – soixante, non, *soixante-dix* km/h de moins que ma vitesse actuelle. Et si cette voiture gagne du terrain, c'est qu'elle roule encore plus vite.

C'est officiel.

Je suis poursuivie.

La route serpente et j'étouffe un cri quand une autre voiture me croise à toute vitesse, m'aveuglant de ses phares pendant une seconde déterminante. L'aile de mon véhicule érafle la rampe de sécurité, projetant des étincelles dans un crissement de métal. J'ouvre la bouche et relâche la pédale d'accélération tout en tournant le volant pour éviter la rambarde, ramenant la voiture au milieu de la route sinueuse.

Les phares des poursuivants se rapprochent alors que de nouveaux virages s'annoncent, et j'aperçois deux véhicules derrière moi, volumineux et noir. Deux 4x4. À présent, mon pouls gronde furieusement dans mes oreilles et mes mains sont si moites qu'elles glissent sur le volant. Luttant contre la panique, j'enfonce à nouveau l'accélérateur, mais les voitures redoublent de vitesse. Quand la route redevient droite, l'une d'elles s'avance sur le côté tandis que l'autre vient se rabattre juste devant moi.

Le désespoir me tient dans un étau de glace.

C'est fini.

Ils m'ont eue.

En tremblant, je décolle mon pied de la pédale.

C'était ma seule chance d'évasion, et je l'ai laissé filer.

Le 4x4 de tête réduit lui aussi sa vitesse, tandis que l'autre se range derrière moi. Ils savent que je n'ai pas d'autre choix que d'obtempérer.

C'est officiellement terminé.

J'ai perdu.

Le 4x4 devant moi ralentit encore plus, me forçant à freiner. Mon compteur affiche 40 km/h, puis 35… puis 30. À présent, je suis presque à l'arrêt et je me rends compte que c'est exactement ce qu'ils cherchent.

Ils vont me faire sortir de la voiture et me ramener chez Kent, où je resterai enfermée jusqu'au retour de Peter.

L'avenir s'étend devant moi, aussi noir et dangereux que cette route sinueuse. Sans espoir d'évasion, sans choix, je serai la propriété de Peter, tout comme notre enfant. Je ne reverrai jamais mes amis et ma famille, je n'aiderai plus jamais les femmes à accoucher. Alors que mes parents se font vieux, je ne serai pas là pour eux et ils ne connaîtront jamais leurs petits-enfants.

Je n'aurai que Peter, et ce qui m'effraie le plus, c'est que cet avenir n'est pas dénué d'attrait.

Je le vois nettement : la façon dont il s'occupera de moi, la tendresse dans ses yeux quand il tiendra notre bébé dans ses bras. Il m'aimera avec une intensité qui m'écorchera l'âme et, enfin, mon propre amour malsain renaîtra de ses cendres. Et au bout d'un moment, tout me paraîtra normal, mon manque total de liberté tout comme la violence de son métier.

Nous serons une famille, comme il le souhaite, et tandis que je vois le compteur descendre au-dessous de quinze, je sais que je ne peux pas le permettre.

Je ne peux pas céder à la part la plus sombre de mon être, celle qui désire cet avenir tourmenté.

Un autre virage sur la route, d'autres phares dans notre direction. Les battements frénétiques de mon cœur s'apaisent et une étrange sérénité m'envahit quand je tends la main et attache ma ceinture. J'ai moins d'une seconde pour agir, et je dois l'employer à bon escient.

Relâchant la pédale de frein, je serre le volant aussi fort que possible et, lorsque la voiture en approche nous croise dans une bourrasque et un éclat éblouissant, je braque sur la droite et m'engage sur la voie inverse, pied au plancher.

La voiture s'élance dans un soubresaut et dépasse le 4x4 qui me barrait la route. J'entends presque mes poursuivants jurer quand je les abandonne dans un nuage de poussière, ma Mercedes furtive prenant de la vitesse avec le vrombissement furieux d'un moteur 8 chevaux. Le compteur grimpe à 100… 110… 120… 130…

Des étincelles fusent quand le métal de la carrosserie râpe à nouveau contre celui de la glissière de sécurité, mais cette fois, je garde le pied sûr et corrige juste ma direction pour maintenir le contrôle.

Je me dis que c'est un jeu vidéo. Rien qu'un jeu de vitesse où je conduis du mauvais côté de la route.

Une fois remis de ma brusque manœuvre, mes poursuivants reprennent la course, mais je n'ai pas l'intention de leur faciliter la tâche. Chaque fois qu'ils se rapprochent, je me place au milieu de la route pour les empêcher de me doubler. Je reste à une vitesse infernale, pied au plancher même dans les virages les plus serrés. Prétendre qu'il s'agit d'un jeu vidéo m'aide un peu – j'ai toujours été douée pour ça quand j'étais gamine.

Une minute de plus sur la route.
Deux.
Trois.

Je peux le faire.

Je peux y arriver.

Au loin, j'aperçois des lumières et mon rythme cardiaque s'accélère.

C'est la station-service. Forcément.

Mon plan est simple : m'arrêter net devant le magasin, sortir d'un bond et courir à l'intérieur en m'égosillant pour qu'on me donne un téléphone. Avec un peu de chance, les hommes de Kent auront trop peur des autorités pour s'emparer de moi en public, mais même s'ils m'attrapent, quelqu'un verra ce qui se passe et appellera la police – un employé de la station-service, d'autres conducteurs…

Ce n'est pas un plan formidable, mais je n'ai que ça.

La station-service se rapproche un peu plus chaque seconde. À mon soulagement, malgré l'heure matinale et mon impression d'être au milieu de nulle part, je vois une boutique illuminée avec quelques personnes à l'intérieur, ainsi que plusieurs voitures sur le parking.

J'espère juste que Kent n'aura pas envie de faire du grabuge si près de chez lui. Heureusement, les 4x4 ralentissent derrière moi, me laissant prendre de l'avance aux abords de la station-service.

Le triomphe déferle dans mes veines quand je libère l'accélérateur pour m'apprêter à mettre ma stratégie à exécution, à savoir m'arrêter et partir en courant.

J'y suis.

Même s'ils m'attrapent avant que j'atteigne un téléphone, mon enlèvement ne passera pas inaperçu.

Je suis à moins de cent mètres de la station-service quand ça se produit.

Un chien déboule sur la route, juste devant moi.

Je réagis par instinct et tourne le volant en appuyant sur le frein. Lorsque ma voiture percute la rampe de sécurité, une dernière pensée incohérente me frappe.

J'espère que Peter et ses hommes rentreront sains et saufs de leur mission.

— **M**aintenant ! je hurle dans le casque audio.

Yan tire avec son lance-grenades, tandis que les gardes du corps d'Arslan escortent leur patron jusqu'à sa voiture.

Boum !

Pendant un moment, je ne perçois que l'éclat aveuglant du missile qui explose et le sifflement dans mes oreilles, puis je les vois.

Les gardes du corps survivants se dispersent comme des cafards, tandis que d'autres sortent en courant de leurs baraquements pour affronter la menace.

— À toi, dis-je à Anton, qui commence alors à les abattre un par un, son fusil de précision semi-automatique faisant son office avec une efficacité redoutable.

Je le rejoins et, bientôt, une dizaine de cadavres jonchent le sol, la tête explosée par nos balles.

— À deux heures ! s'écrie Yan dans les écouteurs.

Je repère du mouvement au sol. Un garde est accroupi, à couvert derrière le véhicule en feu. Il a son bras dans le dos d'un homme qu'il protège.

La colère s'empare de moi quand je le reconnais.

Deniz Arslan.

Notre cible est encore en vie.

Il est couvert de sang et de terre, mais il marche – ses gardes du corps sont encore meilleurs qu'on le pensait.

— C'est Arslan ! je gronde dans le casque en changeant de position pour orienter mon viseur au-delà des restes en flammes de la voiture.

Je dois atteindre ce fils de pute.

Il doit mourir aujourd'hui.

Au loin, les sirènes hurlent et d'autres gardes du corps affluent dans le jardin d'Arslan. Il nous reste quelques minutes, voire quelques secondes, pour accomplir notre mission.

Sourd aux bruits qui m'entourent et aux cognements de mon cœur dans mes tempes, je me concentre et appuie sur la détente.

Le protecteur d'Arslan tombe et sa cervelle gicle sur l'homme politique lorsque je tire une seconde fois.

— Fait chier !

Par un coup du sort, ma cible tombe et roule – pile au bon moment.

Je pousse un juron à travers mes dents et tire à nouveau. J'entends le rugissement en rafales de l'arme d'Anton à côté de la mienne.

Avec une satisfaction macabre, je vois deux de nos balles transpercer le crâne d'Arslan, faisant voler son cerveau en éclats.

C'est fini.

Le politicien corrompu est mort.

— Attention ! s'écrie Yan.

Je me lève d'un bond en entendant un hélicoptère au loin.

Comme je m'y attendais, nous allons être pris en chasse.

Il ne nous faut que quelques secondes, à Anton et à moi, pour descendre du toit du voisin et rejoindre Yan en contrebas, dans la rue. De là, nous ne sommes qu'à quelques pâtés de maisons de la palissade du lotissement, et nous détalons le plus vite possible tandis que le hurlement des sirènes se rapproche. L'hélicoptère arrive à grande vitesse, lui aussi.

— Ilya ? Dis-moi que tu es là ! ordonné-je, à bout de souffle, tout en courant à en perdre haleine dans la rue.

— Prêt, je vous attends, répond-il. Vous feriez mieux de vous dépêcher. Ça sera bientôt de la folie par ici.

Serrant les dents, je presse le pas. Yan et Anton en font de même, tandis qu'un véhicule surgit dans un crissement de pneus à moins d'une rue derrière nous.

Les derniers gardes du corps d'Arslan nous rattrapent.

La barrière de trois mètres de haut se profile droit devant et des gardiens du domaine apparaissent sur la route, armés jusqu'aux dents.

— Maintenant ! je crie à Yan.

Il sort alors une grenade et arrache la goupille avec les dents sans ralentir un seul instant.

Les gardes s'éparpillent quand Yan lance la grenade, et Anton et moi dégainons nos armes pour tirer dans le tas sans distinction.

Nous ne sommes pas obligés de tous les tuer, il suffit de les écarter de notre chemin.

À présent, nous sommes devant la barrière et je saute, m'accrochant à une branche pour me hisser. C'est précisément pour ce genre de cas que nous nous entraînons. Nous devons être plus endurants que la plupart des athlètes. Mes muscles hurlent de douleur alors que je reste suspendu à une main, tendant l'autre bras pour aider Anton à grimper. Quand ce dernier escalade en haut de la barricade, il me hisse à son tour avant de se pencher pour aider Yan. Pendant ce temps, je les couvre avec des coups de feu nourris.

Une autre grenade de Yan explose dans une détonation assourdissante, repoussant les gardes tandis que nous bondissons au pied de la barrière. Prenant nos jambes à nos cous, nous repartons au pas de course.

Nous devons absolument rallier le point de rendez-vous.

C'est le seul moyen de nous en sortir.

Le rugissement de l'hélicoptère s'intensifie au-dessus de nos têtes et les sirènes de police hurlent plus fort que jamais.

— Maintenant, Ilya ! m'écrié-je dans le casque.

Sa voiture surgit en trombe à l'angle de la rue et ralentit juste assez pour nous laisser monter.

Nous quittons le lotissement d'Arslan et empruntons les routes de traverse en direction d'un tunnel. Quand les bruits de la poursuite s'estompent, nous échangeons de véhicule et filons tout droit vers notre avion.

Nous avons réussi.

Notre cible est morte, et personne n'a été blessé.

Fou de joie, j'appelle Lucas dès que notre avion décolle.

— C'est terminé, dis-je quand il décroche. Nous sommes en chemin, tu peux dire à Sara de se tenir prête. Nous passons la chercher avant de faire un petit détour par la Nouvelle-Zélande.

Pendant un moment, seul le silence me répond. Puis Lucas prend la parole.

— Peter… fait-il d'une voix grave. À propos de Sara… Je crains qu'il y ait eu un accident.

CHAPITRE 50

PETER

Mon cœur se change en bloc de glace et mes poumons se pétrifient quand j'entends Lucas. Sara, un accident – c'est impossible, impensable.

C'est mon pire cauchemar devenu réalité.

Lucas me parle, à propos d'une voiture et d'un chien, mais je ne comprends pas. Un grondement m'emplit les oreilles. Je pense à cette autre fois où l'on m'a donné de mauvaises nouvelles par téléphone.

La pestilence de la mort, les longs cils de Tamila roussis et collés par le sang, la petite main de Pasha refermée autour d'une voiture en jouet... Ma vision s'obscurcit et je perds toute perception tandis que l'angoisse me déchire, décimant tout à l'intérieur de moi.

Parcourir une pile de cadavres, entendre le bourdonnement des mouches, savoir que je n'étais pas là pour les sauver...

Je suis incapable de respirer, d'éprouver autre chose que cette horreur qui me retourne les boyaux.

Un accident de voiture. Sara. Son corps écrasé dans un tas de tôle froissée.

La douleur est trop insoutenable, trop intense à supporter. Je ne peux pas me la représenter morte, je n'imagine pas son étincelle vitale s'éteindre.

Un liquide rouge et chaud coule le long de mon avant-bras. Je prends vaguement conscience que mes doigts sont tellement crispés autour du téléphone que je me suis retourné un ongle. Mais je ne tiens pas compte de la douleur. Rien n'a d'importance, si ce n'est cette souffrance qui me creuse la poitrine.

Je ne peux pas perdre Sara.

Je n'y survivrai pas.

—… alors elle pourrait avoir une commotion cérébrale, mais les docteurs ne pensent pas que…

— Une commotion cérébrale ?

Je me raccroche au seul mot qui me paraît incohérent. Mes pensées sont disjointes et lentes, paralysées par la stupeur et un chagrin abyssal.

— De quoi parles-tu ?

— Les médecins estiment que ce n'est pas très grave, dit Lucas d'une voix légèrement exaspérée. Tu n'écoutais pas ? Elle a une vilaine plaie au front, mais ils s'assureront qu'il n'y ait aucune cicatrice. Et bien sûr, je me charge des factures, c'est le moins que je peux faire étant donné les circonstances.

— Aucune cicatrice ?

J'ai un moment de flottement. Le désespoir qui me possède est trop lourd, trop absolu, mais mes synapses finissent par se réveiller. Je prends une longue inspiration et ajoute d'une voix rauque :

— Elle est… vivante ?

— Quoi ?

Lucas semble perplexe.

— Oui, bien sûr. Je te l'ai dit, elle a une épaule luxée et peut-être une commotion cérébrale. Tu captes mal ou quoi ? Oui, évidemment que Sara est vivante. Sa voiture a heurté la glissière de sécurité, et elle s'est ouvert la tête et démis l'épaule. Nous l'avons emmenée à la clinique en Suisse – celle qu'utilise Esguerra, tu te rappelles ? Peter, est-ce que tu m'écoutes ?

Je l'écoute, mais je ne peux pas le lui dire. Les muscles de ma gorge se sont bloqués par un réflexe spasmodique, tout comme le reste de mon corps. Le soulagement est si intense qu'il me déchire comme les éclats d'une mine, aussi douloureux à sa façon que l'angoisse qui m'oppressait juste avant. Je ne me rappelle pas avoir pleuré quand j'ai perdu mon fils, mais à présent mes joues sont humides. Les larmes accablantes creusent des sillons à vif sur ce qu'il reste de mon cœur.

Je n'ai pas perdu Sara.

Elle est vivante.

Blessée en mon absence, mais vivante.

— Peter ? Tu m'entends ? fait la voix de Lucas, plus forte cette fois. Putain, mec, tu m'entends ?

— J'arrive, dis-je d'un ton chargé.

Une fois que j'ai raccroché, je demande à Anton de faire cap sur la Suisse.

Je flotte dans une somnolence obscure, mes sens alternant entre une conscience engourdie et le néant absolu. Quand je suis assez cohérente pour réfléchir, je me rends compte de la douleur, mais je parviens aussi à m'attacher à d'autres stimuli… comme des voix.

— Comment as-tu osé faire ça ? Tu te rends compte de ce qu'il fera quand il rentrera ? Nous étions censés la *protéger*.

C'est une voix d'homme sévère, sur le ton de la réprimande. Je connais l'homme à qui cette voix appartient, mais la douleur lancinante dans mes tempes devient insoutenable chaque fois que j'essaie de me rappeler son nom.

— Ce sont *tes* gardes qui l'ont prise en chasse. Tu aurais pu la laisser partir, objecte une femme.

Elle a l'air bouleversée. Je sais que son prénom est étranger et exotique, mais je suis trop embourbée pour m'en souvenir.

— Il abusait d'elle, Lucas…

Oui, Lucas, c'est ça, je me rappelle avec soulagement. Lucas Kent, le trafiquant d'armes qui habite à Chypre.

— Abusait d'elle ? Putain, il vénère le sol qu'elle foule. Tu n'as pas vu comment il la regarde ?

Kent semble à deux doigts de commettre un meurtre.

— Je t'ai dit qu'il m'appelait tous les jours pour savoir si elle mangeait, si elle dormait… si elle était *satisfaite*. Ça te fait penser à un homme qui torturerait une femme ? Et elle m'a demandé de *ses* nouvelles. Une femme qui déteste son ravisseur s'inquiéterait pour lui, d'après toi ?

— Non, mais…

— Mais rien du tout ! Même s'il la torture tous les soirs, ça ne nous regarde pas, bordel ! Je lui rendais un service, et maintenant on aura de la chance si on ne finit pas sur sa liste.

— Lucas, s'il te plaît.

La femme au prénom exotique – l'épouse de Kent, la belle blonde, d'après mes souvenirs – a l'air encore plus émue.

— C'était un accident, rien de plus. Il comprendra. Laisse-moi lui parler, lui expliquer ce qui s'est passé…

— Non, dit Kent d'un ton résigné. Je ne veux pas qu'il sache que tu es impliquée là-dedans. Tu rentreras à la maison avant qu'il arrive. Et moi, je vais emprunter quelques dizaines de gardes à Esguerra jusqu'à ce qu'on puisse en embaucher d'autres nous-mêmes.

— Et toi ? demande la femme de Kent.

L'inquiétude que je remarque dans sa voix accentue la douleur nauséeuse qui me comprime la tête dans un étau. En grimaçant, j'essaie de prendre une position plus confortable et je dois étouffer un cri quand une douleur me transperce l'épaule gauche.

— Je vais rester ici jusqu'à ce qu'il atterrisse, déclare Kent.

Je prends de petites inspirations pour atténuer la douleur lancinante. J'essaie d'ouvrir les yeux, mais quelque chose m'en empêche et je n'ose pas bouger pour savoir ce dont il s'agit.

— Et s'il essaie de te tuer ? objecte la femme de Kent. Si tu as raison, s'il ne veut rien entendre…

— Je conserve une dizaine de gardes avec moi, et puis il sera bien assez occupé avec *elle*.

Je sens que Kent reporte son attention sur moi, puis il ajoute :

— Je crois que je viens de la voir bouger. Les antalgiques doivent s'estomper. Appelle vite les infirmières.

J'entends des bruits de pas précipités et, une minute plus tard, je flotte à nouveau dans un néant ouaté.

Quand je refais surface, c'est en sentant une main de femme me caresser doucement les cheveux. C'est d'autant plus agréable que ma tête me fait l'effet d'un ballon rempli de ciment.

— Je suis vraiment désolée, Sara, murmure une voix.

Cette fois, son prénom me revient. Yulia – c'est ainsi que s'appelle la femme de Kent.

— Je dois partir maintenant, mais je veux que tu saches à quel point je suis désolée. Je croyais que tu aurais plus de temps pour t'enfuir, mais Lucas me soupçonnait d'essayer de t'aider et il a mis en place des alarmes supplémentaires dans le périmètre. Je suis vraiment désolée. Je ne voulais pas que ça arrive. J'espère que tu me crois.

J'ouvre la bouche pour la remercier, mais je ne parviens qu'à tousser lamentablement. J'ai la gorge aussi sèche qu'un désert et les élancements sont insoutenables dans ma tête en béton. J'ai aussi l'impression d'avoir quelque chose devant le visage qui m'empêche d'ouvrir les yeux. Un épais bandage sur le front, peut-être ?

— Tiens. Tu dois avoir soif.

Une paille me touche les lèvres et je l'accepte volontiers pour aspirer goulûment le liquide tiède.

— Que s'est-il passé ? Où suis-je ? je demande d'une voix éraillée après avoir vidé le verre d'eau.

Ma voix est faible et rauque, mais au moins, je suis à nouveau capable de parler.

— Tu es dans une clinique privée en Suisse, m'explique aimablement Yulia. Tu as eu un accident de voiture. Tu t'en souviens ?

Je hoche la tête avant de le regretter aussitôt.

— Oui, dis-je en haletant, laissant passer une vague de douleur étourdissante. J'ai vu un chien et…

— Oui, c'est exact.

Elle a l'air soulagée. Est-ce pour ça que je souffre d'une blessure à la tête ? Je me demande si c'est grave.

Brusquement, mes poumons se figent. Je viens de me rappeler quelque chose de bien plus important.

Je demande d'un ton fébrile :

— Où est Peter ? Est-il…

— Je le crains, dit Yulia.

Mon cœur s'effrite quand j'entends le regret dans sa voix.

— Je suis désolée, poursuit-elle avec la même intonation. Il arrive. Je n'ai rien pu faire.

Une timide inspiration me gonfle les poumons.

— Tu veux dire qu'il va… bien ?

J'ai la voix tendue. Une bouffée d'adrénaline m'envahit et j'ai le bout des doigts qui pique.

— Il n'a pas été blessé ?

Un moment de silence s'en suit, puis Yulia me dit lentement :

— Non, il n'a rien. Sara… est-ce que tu viens de me demander ça parce que tu as peur qu'il n'ait *pas* été blessé, ou qu'il l'ait été, au contraire ?

Devant mon absence éloquente de réponse, elle clarifie :

— As-tu des sentiments pour cet homme ?

J'humecte mes lèvres craquelées, consciente d'un sentiment de culpabilité indésirable. Je ne voulais pas mentir à Yulia ni profiter de sa gentillesse, mais c'est pourtant ce que j'ai fait en mettant l'accent sur les aspects négatifs de ma relation complexe avec Peter.

Non seulement je n'ai pas réussi à m'évader, mais je lui ai causé tout un tas d'ennuis. Le pire, c'est que je suis secrètement soulagée d'avoir échoué, contente de ne pas avoir pu échapper à Peter et à cet avenir que je souhaite et redoute à la fois.

— C'est… compliqué, dis-je enfin, me faisant l'écho de ce qu'elle m'a dit ce jour-là.

Elle prend une profonde inspiration et se lève.

— Je vois.

— Yulia, attends ! m'exclamé-je en entendant ses pas qui s'éloignent, mais il est trop tard.

Elle est partie, et bientôt, les médicaments m'assomment à nouveau.

CHAPITRE 52

PETER

Une épaule luxée et une entaille au front.

En toute logique, je sais qu'aucune de ces blessures ne menace le pronostic vital, mais tandis que je regarde Sara dans son lit d'hôpital, son visage pâle contusionné et à demi couvert d'un bandage, la peur et la rage s'enflamment dans ma poitrine, défiant toute tentative de logique.

Les quatre heures de vol jusqu'à la Suisse ont été parmi les plus longues de ma vie. Après avoir changé de cap, j'ai rappelé Lucas pour lui demander plus de détails et d'explications, et même s'il m'a répété à maintes reprises que l'état de santé de Sara était stable et qu'elle était soignée par les meilleurs médecins d'Europe, je ne l'ai pas vraiment cru jusqu'à ce que je la voie.

Le destin ne m'a jamais épargné jusqu'à présent.

Assis au bord de son lit, je serre précautionneusement sa main dans les miennes et je sens la chaleur fragile de sa peau et la délicatesse de ses os fluets. Mes propres mains tremblent et j'ai les émotions trop à fleur de peau pour les maîtriser.

Un chien.

Elle a failli mourir à cause d'un putain de chien.

Mon cœur se fend à nouveau avec une douleur aussi intense que lorsque je la croyais morte. Si la rampe de sécurité n'avait pas été aussi solide, si la voiture n'avait pas eu d'air-bags, si l'éclat de verre qui lui a entaillé le front s'était fiché dans son œil… Je frissonne en me représentant toutes les façons cruelles dont elle aurait pu mourir et les blessures graves qu'elle a risquées.

Et tout cela à cause de moi.

Je ne peux pas me soustraire à cette réalité brutale, je ne peux pas refouler la culpabilité étouffante.

Je n'étais pas là, et Sara s'est enfuie.

Elle a volé une voiture et elle s'est échappée vers la liberté, si impatiente de s'éloigner de moi que la vie et la mort n'avaient presque plus d'importance à ses yeux.

La fureur qui bout dans ma poitrine n'est qu'à moitié dirigée vers Lucas. Il paiera pour sa négligence, évidemment, mais je ne peux pas décemment rejeter sur lui l'entière responsabilité de cette histoire.

Elle m'est largement imputable.

C'est mon propre besoin égoïste de la garder avec moi, de la mettre en cage et de la posséder, qui a conduit Sara à prendre ce risque. J'ai failli tuer la femme que j'aime et j'ignore comment me racheter.

Je ne sais même pas, aujourd'hui encore, si je suis capable de la libérer.

Ses lèvres gonflées s'écartent et elle expire lentement. Je me laisse tomber à genoux sur le sol, posant le dos de sa main contre ma joue qu'une barbe de quelques jours a rendue rugueuse, et je ferme les yeux. Sa peau est si douce, ses doigts si petits comparés aux miens. Mon cœur se serre douloureusement. J'ai l'impression de suffoquer, de me noyer dans l'attente et le désespoir. Pourquoi ne m'aimerait-elle pas, tout simplement ? Pourquoi ne peut-elle accepter que nous soyons faits l'un pour l'autre ? Par moments, j'ai cru que c'était possible, j'étais certain qu'elle s'en approchait.

Et peut-être était-ce le cas. Peut-être est-ce encore possible. Le monstre qui m'habite gronde en exigeant que je la retienne, que je la garde quoi qu'il en coûte… quelles que soient les conséquences qu'elle subisse. Avec le temps, elle changera et comprendra que c'était écrit.

Que, si elle veut bien me donner une chance, je peux la rendre heureuse… elle et l'enfant dont j'ai si désespérément envie.

Un faible gémissement me tire de mes pensées et j'ouvre les yeux pour voir bouger les lèvres de Sara.

— P… Peter ? murmure-t-elle.

Une supernova explose dans ma poitrine. Un seul mot et mon monde tout entier est un millier de degrés plus chaud, un million de watts plus lumineux. La douleur et le chagrin sont balayés, les ténèbres qui aspiraient mon âme se dissipent.

— Oui, ptichka, je réponds d'une voix rauque en pressant sa main contre mes lèvres. Je suis là.

Ses doigts fins frémissent quand je les embrasse un par un.

— Es-tu… Est-ce que tout va bien ?

Elle a l'air groggy, sous l'effet des analgésiques.

— Quelqu'un a été blessé ?

Une pointe douloureuse me transperce le cœur.

— Non, mon amour. Personne n'est blessé à part toi.

— C'est bien.

Ses lèvres ébauchent un petit sourire béat.

— Je suis contente.

Je prends une inspiration brève. Une fois de plus, la culpabilité et l'angoisse me submergent. Dans un sens, ce serait plus facile si Sara me haïssait, si elle n'éprouvait à mon égard que de l'aversion et de la crainte. Je pourrais alors m'en aller, me couper de mon obsession pour la laisser vivre sa vie pendant que je retourne dans le vide froid qu'est la mienne. Mais Sara ne me déteste pas, c'est encore plus complexe.

Elle a besoin de moi. Elle me l'a avoué.

— Pourquoi t'es-tu enfuie ? demandé-je dans un souffle, sans quitter des yeux les hématomes sur son menton. C'est à cause de ce que j'ai dit à propos des préservatifs ? Tu redoutes à ce point d'avoir un enfant avec moi ?

Je dois comprendre ce qui l'a poussée à agir de la sorte.

Je dois savoir s'il reste un espoir.

Ses doigts se crispent dans ma main.

— Je… oui. Je veux dire, non. Je ne sais pas. Ce n'est pas ce que je veux, mais peut-être…

Elle parle d'une voix traînante, toujours sous l'effet des antalgiques.

— Mais peut-être… ? j'insiste, le cœur cognant douloureusement dans ma poitrine.

— Mais peut-être dans une autre vie, je l'aurais voulu.

Sa voix faiblit et se change en un murmure rauque.

— Dans un autre monde, un monde où je serais née pour t'appartenir, ce serait différent. Tu ne serais pas un assassin fugitif… Tu ne m'aurais pas enlevée après avoir tué George. Tu serais mon mari et je serais ton épouse attentionnée, et nous aurions un chien derrière une clôture blanche… Nous emmènerions nos enfants au parc et nous fêterions les anniversaires de mes parents… Il y aurait des amis, des barbecues et de la musique… Et tu m'aimerais vraiment… Tu m'aimerais tellement que tu ne m'aurais pas volé ma vie.

Je ferme vivement les yeux quand ses paroles s'enfoncent en moi comme la lame d'un tueur. Son aveu induit par les médicaments ne devrait pas me faire mal, je devrais être heureux qu'elle veuille vivre tout cela avec moi. Mais je ne peux m'empêcher de penser que je ne la possèderai jamais vraiment, que je ne lui donnerai jamais la vie qu'elle souhaite. Même si je réussis à faire de nous une famille, même si Sara se réchauffe à mon contact au fil des ans, le passé nous séparera toujours comme un fossé infranchissable, car le style de vie d'un fugitif est une source éternelle de tourments et de stress. Il n'y a aucun barbecue ni clôtures blanches dans notre avenir, pas de chiens ni de bambins qui jouent dans le jardin.

Elle aimera notre enfant, mais ce n'est pas ce qui la rendra heureuse.

Je pourrais lui donner tout ce qu'elle désire, mais ça ne serait pas suffisant.

Un signal sonore retentit doucement tandis que le souffle de Sara devient plus régulier, et j'ouvre les yeux pour la découvrir à nouveau endormie. Les antalgiques l'aident à se reposer et à guérir.

J'expire faiblement en sentant un poids improbable comprimer mes poumons douloureux.

Je devrais me lever, donner des ordres à mes hommes et les envoyer à la recherche de Henderson, mais je ne peux m'y résoudre.

Je ne suis capable de rien, si ce n'est m'agenouiller au chevet de Sara et lui tenir la main tandis qu'un obscur néant m'envahit.

Quand j'ouvre à nouveau les yeux, sans épais bandage cette fois, Peter est là, assis sur une chaise à côté de mon lit, un ordinateur sur les genoux. Il a l'air épuisé, plus vidé que jamais. Des cernes noirs bordent ses yeux injectés de sang et ses joues couvertes d'une barbe naissante sont hâves, comme s'il avait perdu du poids. Il travaille sur son portable, mais dès que je bouge, son regard se tourne vers le mien comme du métal vers un aimant.

— Tu es réveillée.

Sa voix est éraillée et il repousse son ordinateur pour se lever.

— Comment te sens-tu, ptichka ? Tu as besoin de quelque chose ? Tiens, de l'eau.

Il prend un verre avec une paille sur la table à côté de mon lit et se penche vers moi pour m'aider à m'asseoir à demi, puis il dépose la paille contre mes lèvres.

Je suis encore un peu engourdie par les médicaments, et j'aspire presque toute l'eau d'un seul trait.

— J'ai dormi combien de temps ? dis-je d'une voix cassée quand il écarte le gobelet.

Malgré l'eau, j'ai l'impression que ma gorge a été frottée avec du papier de verre et ma bouche est si sèche que ma langue me colle aux joues.

— Trois jours, répond Peter en s'asseyant au bord de mon lit. Les médecins se sont dit que ça accélèrerait ta guérison.

Je passe ma langue sur mes lèvres gercées et sens un renflement douloureux sur le côté. Maintenant que j'ai repris mes esprits, je me rends compte qu'il y a toujours un bandage sur mon front – je le sens qui appuie sur mes sourcils – et mon épaule gauche est encore raide et endolorie.

— C'est grave ? je demande en essayant de bouger, ce qui m'arrache une grimace.

La mâchoire de Peter se contracte.

— Un éclat de verre t'a entaillé profondément le front et tu t'es démis l'épaule gauche. Heureusement, tu avais bouclé ta ceinture et l'air-bag a absorbé la majeure partie de l'impact. Mais tu es couverte d'hématomes, y compris sur le visage.

Sa voix se durcit quand il parle et son propre visage se contracte de douleur.

Clignant des paupières pour chasser un soudain assaut de larmes, je tends prudemment la main droite et touche le bandage en travers de mon front. Je devrais sans doute m'inquiéter de cette affreuse cicatrice, mais je suis accaparée par la détresse que je devine au fond du regard argenté de Peter.

Je lui ai fait du mal, à cet homme dangereux et indomptable.

Je lui ai fait du mal alors qu'il avait pourtant déjà tellement subi, alors même qu'il ne connaît que la souffrance.

— Ça ne laissera aucune marque, me dit-il d'une voix rauque en suivant mon geste. Ils ont les meilleurs chirurgiens plastiques ici, et ils vont pouvoir tout réparer. Je te le promets, mon amour – je vais tout arranger.

Je le dévisage. Une vague d'émotions me pique les yeux. C'est peut-être l'effet des antidouleurs, mais je ne supporte pas le chagrin de son regard, l'idée que je lui ai fait du mal. Parce que, contrairement à ce dont j'aimerais me persuader, je suis follement heureuse de le voir, soulagée qu'il n'ait pas été tué, au point de vouloir tomber à genoux pour pleurer toutes les larmes de mon corps.

Si je devais choisir entre lui et ma liberté en cet instant, je cèderais tout pour le garder dans ma vie.

Quelqu'un frappe à la porte et deux infirmières entrent dans la pièce. Je prends une inspiration fiévreuse tandis que Peter se redresse.

— Attends !

Sans prêter attention à la douleur et au vertige qui me saisissent, je m'assois dans le lit et attrape son poignet tatoué.

— Reste avec moi… S'il te plaît, Peter, reste.

Aussitôt, il s'assoit et prend ma main dans sa grande paume.

— Bien sûr.

Sa voix est grave et douce, aussi chaude que la flamme noire qui danse dans ses yeux.

— Tout ce que tu voudras, mon amour.

Il reste avec moi pendant que les infirmières changent le bandage sur ma tête. Quand elles essaient de le chasser en déclarant que j'ai besoin de repos, je le supplie de rester et de me serrer contre lui. Je sais que c'est incohérent, mais j'ai oublié le bon sens et la raison. Je ne peux pas abandonner mes tentatives d'évasion – je dois au moins ça à mon futur enfant et à mes parents –, mais pour le moment, j'ai besoin de Peter à mes côtés.

J'ai envie de me blottir dans ses bras pour ne jamais partir.

Il reste avec moi pendant toute la journée et la nuit qui suit, me câlinant avec tendresse pendant mon sommeil, et quand je me réveille le lendemain matin, je renvoie les infirmières et il m'aide à me doucher avant de m'installer sur ses genoux pour regarder la télévision.

Je reste ainsi accrochée à lui pendant les deux jours suivants, incapable de le lâcher, et il ne m'oppose aucune résistance, même s'il doit me trouver bizarre. Il reste tant de non-dits entre nous, tant de choses que nous n'avons pas résolues, mais la seule qui compte pour l'instant, c'est sa présence.

Il est à moi quoi qu'il arrive, pour l'amour et pour la haine.

***

À ma grande contrariété, je guéris lentement. La plaie qui me barre le front exige une autre opération pour limiter la cicatrice et mon épaule me fait mal à chaque geste. Après une semaine à la clinique, cependant, je refuse de passer toute la journée dans ma chambre et Peter est à deux doigts de tuer le médecin qui m'autorise à me lever et à marcher dans le couloir sans surveillance.

Ou du moins, sans sa surveillance.

Je ne suis pas la seule à me comporter de manière irrationnelle après l'accident. D'après ce que m'ont dit les infirmières, Peter ne m'a pas quittée des yeux plus de quelques minutes depuis son arrivée à la clinique. Il essaie même de m'accompagner aux toilettes au motif que les analgésiques me donnent le tournis. Devant mon refus catégorique, il insiste pour qu'au moins l'une des infirmières soit présente, afin qu'il puisse être tout de suite informé si quelque chose ne va pas. Il doit bien avoir conscience que son degré d'inquiétude est complètement insensé, mais comme moi, c'est au-delà de ses forces.

— Je veux savoir que tu es saine et sauve. Je dois te voir, te toucher en permanence, explique-t-il d'un air sévère quand je lui jure que je me sens mieux et qu'il peut me laisser pendant une heure pour aller en réunion avec ses hommes.

— Tu deviens fou, lui a dit Anton devant moi hier, quand Peter a annulé un appel important avec un client potentiel pour pouvoir assister à mon changement de bandage. Sara est surveillée par huit infirmières, et au moins quatre docteurs. Tu crois vraiment qu'elle a besoin de toi ici ?

À vrai dire, j'ai besoin de lui, mais j'ai gardé le silence pour ne pas aggraver notre folie mutuelle. Je suis pratiquement certaine que Peter n'a pas négligé ses responsabilités envers l'équipe – chaque fois que je me réveille, je le découvre sur son ordinateur portable ou en train de discuter affaires avec ses hommes –, mais les infirmières m'ont dit que toutes les réunions des Russes avaient eu lieu dans la chambre attenante à la mienne pendant mon sommeil et que Peter venait jeter un œil sur moi toutes les dix minutes.

— Votre mari est très dévoué, s'extasie une jeune infirmière allemande alors que Peter lui a demandé de veiller sur moi le temps qu'il prenne sa douche. J'aimerais que mon fiancé soit aussi fou de moi.

Je suis tentée de rectifier, de lui dire que Peter est mon ravisseur, pas mon mari, pourtant je ne veux pas briser sa jolie bulle. De toute façon, ça ne servirait à rien. Les docteurs et le personnel soignant de cette clinique doivent recevoir de coquettes sommes en échange de leur discrétion, car pour l'instant aucune des personnes à qui je me suis adressée jusqu'à présent n'a semblé disposée à appeler les autorités. Je n'ai pas vraiment essayé de les convaincre. Non seulement suis-je incapable de m'éloigner de mon ravisseur, à un point pathologique, mais je me sens déjà au plus mal d'avoir causé des ennuis à Yulia.

J'espère de toutes mes forces que Peter n'ajoutera pas son nom ni celui de Lucas sur sa liste.

J'envisage de lui en parler, de lui expliquer qu'ils ne sont absolument pas responsables de mon accident, mais chaque fois que les hommes de Peter évoquent Chypre ou les Kent, son regard devient si brûlant et menaçant que je n'ose pas aborder cette question. Pour le moment, Peter semble uniquement concentré sur ma santé et je préfère qu'il en reste là.

Je ne veux pas que mon chevalier blanc se lance dans d'autres déchaînements de violence – alors que tout est de ma faute.

Nous n'avons toujours pas parlé de ma tentative d'évasion ni des événements qui l'ont précédée. Ni lui ni moi n'avons pu nous y résoudre. J'ignore si Peter a toujours l'intention de me mettre enceinte de force, ni même s'il le sait lui-même. Quoi qu'il en soit, il ne m'a pas touchée – pas de manière sexuelle, du moins.

D'abord, je m'en suis réjouie – je n'étais pas en condition pour coucher avec lui pendant les premiers jours –, mais maintenant que je me sens mieux, je commence à m'interroger. Mon ravisseur a toujours envie de moi, je peux sentir son érection quand je me laisse aller dans ses bras. Mais il ne tente rien et se contente de m'embrasser sur les lèvres. Je me suis renseignée auprès des médecins pour avoir la confirmation que c'est sans danger, mais il continue de s'abstenir et je sais qu'il s'en veut pour la collision. Nous n'avons peut-être pas parlé de ce qui est arrivé, mais ça n'en demeure pas moins une barrière entre nous, mes blessures nous rappelant constamment ce qui s'est passé cette nuit-là. Je vois le tourment dans ses yeux quand il regarde mes hématomes qui s'estompent, cette même culpabilité angoissée qui m'a dévorée après l'accident de George.

Ce qui s'est passé nous a peut-être rapprochés, mais je vois bien que Peter est déchiré.

Après dix jours passés à la clinique, Sara insiste pour se promener toute seule et je la laisse faire, même si Yan pirate chaque fois les caméras de sécurité des couloirs pour me permettre de la surveiller sur mon ordinateur.

Mon obsession pour Sara est telle qu'elle supplante tout, même ma soif de vengeance. J'ai réussi à envoyer mon équipe en Nouvelle-Zélande quelques heures après notre arrivée à la clinique, mais comme on pouvait s'y attendre, le temps qu'ils arrivent, Henderson avait compris l'erreur de sa femme et s'était à nouveau volatilisé. En temps normal, ça m'aurait rendu fou de rage, mais je n'ai pas pu mobiliser suffisamment d'énergie pour ça. J'en suis toujours incapable. Même Lucas, qui est prudemment rentré chez lui avant que j'arrive à la clinique, ne figure toujours pas sur mon radar pour sa négligence envers Sara. J'ai bien l'intention de le lui faire payer, mais pour l'instant, la seule chose qui compte c'est qu'elle soit en vie et en convalescence.

Maintenant, je veille sur elle en permanence, jour et nuit. J'en suis arrivé au point où je mange et dors à peine. Je ne sais pas quoi faire, comment apaiser cette peur obsessionnelle pour sa sécurité. Chaque fois que je ferme les yeux, je rêve du moment où Lucas m'a annoncé qu'elle était blessée, mais cette fois, quand j'arrive à l'hôpital, je découvre qu'il a menti et qu'elle est en train de mourir.

C'est mon nouveau cauchemar et je ne peux le faire cesser, pas plus que je ne peux me résoudre à la laisser rentrer chez elle.

C'est ce que je devrais faire, j'en suis conscient. Garder Sara avec moi la détruira. Je le vois, à présent, aussi clairement que les points de suture sur son front. Même si parfois, elle semblait heureuse au Japon, son cœur saignait à l'intérieur. La séparation d'avec sa famille et la perte de sa carrière sont des blessures qui ne guériront peut-être jamais entièrement. Ici, à la clinique, elle essaie d'aider les médecins avec leurs autres patients – quand elle ne leur demande pas d'appeler le FBI, bien sûr.

Mon petit oiseau n'a pas abandonné l'idée de s'envoler et je crains qu'elle ne baisse jamais les bras.

Ses conversations téléphoniques avec ses parents n'aident pas. Je l'ai autorisée à leur parler tous les jours de la semaine, mais ça ne fait qu'empirer les choses. Maintenant, ça fait cinq mois que Sara est partie, et elle a beau leur affirmer le contraire, sa famille est convaincue qu'elle est retenue contre son gré.

— Pourquoi ne rentres-tu pas ? demande sa mère, frustrée, tandis que j'épie l'une de leurs discussions. Si tu ne fais que voyager avec cet homme, tu ne devrais avoir aucun problème pour rentrer nous rendre une petite visite. Tu sais qu'on t'a déjà remplacée à l'hôpital, n'est-ce pas ? Ton père et moi, nous les avons suppliés d'attendre, mais ils étaient débordés. Et ton amie Marsha – elle appelle toutes les semaines pour avoir de tes nouvelles. Pourquoi ne l'as-tu pas appelée, elle ou quelqu'un d'autre de l'hôpital ? Ils sont tous inquiets pour toi, ma chérie, et nous aussi. Et le cœur de ton père…

Elle se tait, mais Sara a eu le temps de blêmir sous ses bleus.

— Quoi, le cœur de papa ?

Sa voix prend un accent de panique.

— S'il te plaît, maman, que se passe-t-il avec le cœur de papa ?

— Eh bien, il ne rajeunit pas, et moi non plus, dit Lorna Weisman.

J'entends Sara pousser un soupir de soulagement quand elle comprend que sa mère ne faisait allusion à aucun incident en particulier. Mes hackers gardent un œil sur les dossiers médicaux des Weisman, et s'il y avait eu des complications j'en aurais parlé à Sara. Malgré tout, je me rends compte qu'elle a eu peur. C'est l'une des plus grandes craintes de Sara : qu'il arrive quelque chose à ses parents pendant son absence… qu'elle ne puisse pas aider les gens qu'elle aime plus que tout au monde, parce qu'elle est ma prisonnière, de l'autre côté du globe.

— S'il te plaît, maman, ne parle pas de malheur, dit-elle en prenant une fausse intonation guillerette. Je vais bien, et j'essaierai de rentrer à la maison pour vous rendre visite bientôt.

— Quand ? demande sa mère. Donne-nous une date.

Sara jette un œil dans ma direction.

— Je ne peux pas. Pas encore.

— Pourquoi ? Parce qu'il refusera ?

— Non, maman. Je te l'ai déjà expliqué. Toutes les histoires du FBI sont un énorme malentendu, mais tant que ce ne sera pas réglé, Peter ne peut pas partir…

— Balivernes !

C'est son père qui vient d'intervenir. Il devait écouter la conversation sur haut-parleur.

— Il ne peut pas, mais toi, tu peux – et tu devrais. S'il ne te retient pas captive, alors rentre à la maison. Éloigne-toi de ce criminel. Tu sais qu'on pense qu'il a tué des gens ? Bien sûr, on ne nous dit pas tout, mais nous avons entendu deux ou trois choses et…

— Papa, je dois y aller. Je suis désolée. On se parle plus tard dans la semaine, d'accord ? Je vous aime !

Sara raccroche sans laisser à son père le temps d'ajouter un mot, et bien que son visage demeure prudemment impassible, je sens qu'elle est au bord des larmes. Lentement, je m'approche de son lit et, prenant soin de ne pas appuyer sur son épaule blessée, je l'attire sur mes genoux.

Et je l'étreins tandis qu'elle éclate en sanglots. Mon propre désespoir est à son comble, car je sais que je vais devoir prendre une décision.

Je ne peux pas la laisser partir, mais je ne peux pas non plus la garder.

Ce qui rend mon dilemme encore plus difficile, c'est que depuis l'accident quelque chose a changé entre nous. Je le sens, et c'est ce qui étouffe mes nobles élans chaque fois qu'ils surviennent. Ce que j'ai toujours voulu – que Sara partage mes sentiments – semble enfin être à portée de ma main. La manière dont elle s'accroche à moi, dont elle me regarde ces temps-ci, tout cela nourrit mon besoin compulsif de la garder près de moi, de la serrer très fort pour ne plus jamais la lâcher.

Je veux la garder éternellement dans une cage dorée et m'assurer qu'elle soit toujours en sécurité.

Je veux la protéger contre tout, y compris mes propres envies malsaines.

— Les docteurs ont dit que j'allais bien, tu sais, murmure-t-elle ce soir-là en glissant sa main fine sous la couverture pour la refermer autour de ma queue tendue. Laisse-moi…

— Non.

Au prix d'un douloureux effort, je repousse doucement sa main, même si toutes les cellules de mon corps protestent de perdre sa caresse volontaire.

— Pas ce soir, ptichka. Tu n'es pas encore guérie.

Les médecins ont peut-être autorisé des activités sexuelles modérées, mais je me connais et l'intensité de mon désir pour Sara me terrifie. Mon besoin est trop violent, trop incontrôlable. Je ne veux pas courir le risque de la toucher tant qu'elle ne sera pas intégralement sur pied et je me contrains à attendre qu'elle aille mieux.

Jusqu'à ce que je puisse surmonter mon hésitation insupportable et prendre une décision.

À la fin de la deuxième semaine, les points de suture de Sara commencent à se résorber et les médecins nous annoncent de but en blanc qu'elle n'a plus aucune raison de rester à la clinique. L'un d'eux ose même souligner que dans un hôpital normal, on aurait laissé partir Sara au bout d'une nuit. Je me fous de leur opinion, évidemment, mais ce n'est pas le cas de Sara.

Elle en a assez de rester à la clinique et elle est prête à s'en aller n'importe où, même chez nous, au Japon.

— Je t'en prie, Peter, ça suffit. Je vais parfaitement bien, insiste-t-elle.

Je finis par céder et demande à Anton de préparer l'avion pour demain matin.

— Il était temps, bordel ! ronchonne-t-il. On commençait à croire que tu avais décidé de prendre ta retraite et de t'installer ici.

Je réprime l'envie d'aboyer, parce qu'il a tout à fait raison. Depuis l'accident de Sara, j'ai tout suspendu, ignorant les offres d'emploi qui n'ont cessé de me parvenir. Notre célébrité auprès de la pègre ne cesse de s'étendre, et nous devons maintenant songer à capitaliser.

Encore quelques missions comme celle de la Turquie, et mes coéquipiers et moi nous pourrons bel et bien prendre notre retraite.

Nous aurons assez d'argent pour échapper aux autorités jusqu'à la fin de nos jours.

Il est tard ce soir-là quand je me lève pour consulter mes e-mails. Comme d'habitude, ma boîte est inondée de messages, à la fois de mes clients actuels et potentiels. Certaines offres sont risibles – cinq cent mille dollars pour éliminer un mafieux local, un million d'euros pour supprimer un oncle fortuné –, mais beaucoup valent la peine d'y réfléchir.

J'ai presque terminé de passer tous mes messages en revue quand un nouvel e-mail arrive. Je l'ouvre – et reste bouche bée devant le montant qui s'affiche.

Cent millions d'euros.

Quatre fois plus que notre mission la plus lucrative à ce jour.

C'est une proposition de Danilo Novak, le trafiquant d'armes serbe qui intervient de temps à autre dans les affaires de Kent et d'Esguerra. Et si le montant aurait suffi à éveiller mon attention, le nom de la cible achève de me convaincre.

Novak me demande d'éliminer Julian Esguerra, mon ancien employeur – l'homme qui a juré de me tuer pour lui avoir sauvé la vie tout en mettant en danger celle de sa femme.

Sidéré, je relis le message en songeant à ses nombreuses implications. Entre les lignes, je comprends que Novak a des intérêts en jeu qui réduiraient la difficulté du coup, le faisant passer d'impossible à terriblement dangereux.

Néanmoins, si nous acceptions cette mission, Esguerra serait la cible la plus délicate que nous ayons jamais eue.

Mais cette mission suffirait à elle seule à nous garantir la liberté financière à vie.

Assis devant mon écran d'ordinateur, j'entrevois une autre éventualité – tout aussi dangereuse, mais infiniment plus séduisante.

Si je joue bien mes cartes, cette mission pourrait bien être la réponse à tout.

Je pourrais garder Sara… et lui offrir la vie qu'elle désire.

Merci d'avoir lu ce livre ! Si vous pouviez laisser un avis de lecture, je vous en serais très reconnaissante. L'histoire de Peter et Sara se termine avec *Mon Destin*. Si vous souhaitez être informé de sa parution, veuillez-vous abonner à ma liste de nouvelles parutions à www.annazaires.com/book-series/francais/.

Si vous avez aimé *Mon Tourmenteur*, vous aimerez probablement les livres suivants :

- *Trilogie L'Enlèvement* – L'histoire de Julian et Nora, où Peter apparaît comme personnage secondaire pour obtenir sa liste
- *Trilogie Capture-Moi* – L'histoire de Lucas et Yulia
- *La trilogie Mia et Korum* – Une romance sombre de science-fiction
- *La captive des Krinars* – Une romance de science-fiction autonome

Collaborations avec mon mari, Dima Zales :
- *Série Les Dimensions de l'esprit* – Fantastique urbain
- *Trilogie Les Derniers Humains* – Science-fiction dystopique/postapocalyptique
- *Le Code arcane*– Fantastique épique

Tournez maintenant la page pour un aperçu de *L'Enlèvement* et *Capture-Moi* et de *La captive des Krinars.*

EXTRAIT DE L'ENLÈVEMENT

Note de l'auteure : *L'Enlèvement* est une trilogie érotique sombre sur Nora et Julian Esguerra. Les trois livres sont maintenant disponibles.

Kidnappée. Séquestrée sur une île privée.

Je n'aurais jamais cru que cela puisse m'arriver. Je n'ai jamais imaginé qu'une rencontre fortuite la veille de mon dix-huitième anniversaire pourrait ainsi changer ma vie.

Désormais, je lui appartiens. J'appartiens à Julian. Un homme aussi impitoyable que beau. Un homme dont les caresses me consument. Un homme dont la tendresse me fait plus de mal que sa cruauté.

Mon ravisseur est une énigme. Je ne sais ni qui il est ni pourquoi il m'a enlevée. Il y a des ténèbres en lui, des ténèbres qui me font peur tout en m'attirant.

Je m'appelle Nora Leston, et voici mon histoire.

AVERTISSEMENT : Ce roman n'est pas un roman traditionnel. Il traite de sujets troublants comme le consentement discutable et le syndrome de Stockholm et les scènes de sexe y sont explicites. Ce roman est destiné à des lecteurs âgés de plus de dix-huit ans. L'auteur n'approuve ni ne tolère le comportement de ses personnages.

C'est le soir maintenant. Chaque minute qui passe accroit mon anxiété à la pensée de revoir mon ravisseur.

Le roman que je lis ne m'intéresse plus. Je l'ai posé et je tourne en rond dans la pièce.

Je porte les vêtements que Beth m'a donnés tout à l'heure. Ce n'est pas ce que j'aurais choisi de porter, mais c'est toujours mieux qu'un peignoir de bain. Un panty sexy en dentelle blanche et un soutien-gorge assorti, voilà mes sous-vêtements. Et une jolie robe d'été bleu qui se boutonne sur le devant. Étrangement, tout est exactement à ma taille. Est-ce qu'il m'a espionnée pendant un certain temps ? Et tout appris de moi, y compris la taille de mes vêtements ?

Cette pensée me rend malade.

J'essaie de ne pas penser à ce qui va arriver, mais c'est impossible. Je ne sais pas pourquoi je suis convaincue qu'il va venir me voir ce soir. Peut-être a-t-il tout un harem dissimulé dans cette île et qu'il rend visite à une femme différente chaque jour de la semaine comme le faisaient les sultans.

Et pourtant je sais qu'il va bientôt arriver. La nuit dernière n'a fait qu'aiguiser son appétit. Je sais qu'il n'en a pas fini avec moi. Loin de là.

Finalement, la porte s'ouvre.

Il entre en maître des lieux. Ce qui est précisément le cas.

De nouveau, je suis frappée par sa beauté virile. Avec un visage comme le sien, il aurait pu être modèle ou acteur de cinéma. S'il y avait un peu de justice dans ce monde, il aurait été petit ou il aurait d'autres imperfections en contrepartie de ce visage.

Mais non. Il est grand et musclé, parfaitement proportionné. En me souvenant de ce que j'ai ressenti quand il était en moi, mon excitation se réveille bien malgré moi.

De nouveau, il porte un jean et un tee-shirt. Gris cette fois-ci. Il semble préférer s'habiller simplement et il a raison. Il n'a pas besoin que ses vêtements le mettent en valeur.

Il me sourit. Un sourire d'ange déchu, à la fois sombre et séducteur.

— Bonsoir, Nora.

Je ne sais que lui dire, alors je laisse échapper la première chose qui me vient à l'esprit.

— Combien de temps allez-vous me garder ici ?

Il penche légèrement la tête sur le côté.

— Ici, dans cette pièce ? Ou sur cette île ?

— Les deux.

— Beth te fera visiter demain, elle t'emmènera nager si tu veux, dit-il en s'approchant de moi. Tu ne seras pas enfermée, sauf si tu fais une bêtise.

— Quel genre de bêtise ? ai-je demandé, le cœur battant en le voyant s'arrêter près de moi et lever la main pour me caresser les cheveux.

— Essayer de faire du mal à Beth ou de te faire du mal. Sa voix est douce, son regard hypnotique quand il baisse les yeux sur moi. Étrangement, sa manière de me caresser les cheveux m'aide à me détendre.

Je cligne des yeux pour tenter de rompre le charme.

— Et sur cette île ? Combien de temps allez-vous m'y garder ?

Sa main caresse mon visage, se pose sur ma joue. En m'apercevant que je me frotte contre sa main comme un chat que l'on caresse, je me raidis immédiatement.

Ses lèvres dessinent un sourire entendu. Ce salaud sait l'effet qu'il a sur moi.

— Longtemps, j'espère, dit-il.

Sans savoir pourquoi, ça ne m'étonne pas. Il n'aurait pas pris la peine de m'amener jusqu'ici pour me baiser deux ou trois fois. Je suis terrifiée, mais pas surprise.

Je prends mon courage à deux mains et pose la question qui s'ensuit logiquement.

— Pourquoi m'avoir kidnappée ?

Il cesse de sourire. Il ne répond pas et se contente de me regarder, ses yeux bleus restent mystérieux.

Je commence à trembler.

— Vous allez me tuer ?

— Non, Nora, je ne vais pas te tuer.

Sa réponse me rassure, mais évidemment c'est peut-être un mensonge.

— Allez-vous me vendre ? J'ai du mal à le dire. Comme prostituée, ou alors quelque chose de ce genre ?

— Non, dit-il d'une voix douce. Jamais de la vie. Tu es à moi et rien qu'à moi.

Je suis un peu plus calme, mais il reste encore quelque chose que j'ai besoin de savoir.

— Allez-vous me faire du mal ?

Il ne répond pas immédiatement. Une lueur obscure traverse son regard.

— Probablement, dit-il à voix basse.

Alors il s'est penché sur moi et m'a embrassée, ses lèvres sur les miennes étaient douces, douces et ardentes.

Pendant un instant, je suis restée figée, inerte. Je croyais ce qu'il disait. Je savais qu'il disait la vérité en disant qu'il allait me faire du mal. Il y a quelque chose chez lui qui me terrifie, qui m'a terrifiée depuis le début.

Il ne ressemble pas aux garçons avec lesquels je suis sortie. Il est capable de tout.

Et je suis entièrement à sa merci.

Je pense essayer de lui résister de nouveau. Ce serait normal dans ma situation. Ce serait courageux.

Et pourtant je ne le fais pas.

Je sens les ténèbres en lui. Il y a quelque chose de mauvais en lui. Sa beauté extérieure dissimule quelque chose de monstrueux.

Je ne peux pas lui permettre de donner libre cours au mal. Je ne sais pas ce qui arriverait si je le faisais.

Alors je m'immobilise dans ses bras et je le laisse m'embrasser.

Et quand il me soulève et me porte sur le lit, je n'essaie nullement de lui résister.

Au contraire, je ferme les yeux et m'abandonne à mes sensations.

L'Enlèvement est déjà disponible . Allez visiter mon site http://www.annazaires.com/book-series/francais/ pour en apprendre plus et vous inscrire sur ma liste de diffusion.

Note de l'auteur: *Capture-Moi* est le premier volume du sombre roman d'amour de Yulia et de Lucas. L'extrait que vous allez lire est écrit du point de vue de Yulia. La scène a lieu à Moscou où Lucas et Julian se sont rendus pour rencontrer de hauts fonctionnaires russes.

Elle a eu peur de lui au premier coup d'œil.

Yulia Tzakova a l'habitude des hommes dangereux. Elle a grandi avec eux. Et elle a survécu. Mais quand elle rencontre Lucas Kent, elle comprend que cet ancien soldat risque d'être le plus dangereux de tous.

Une nuit a suffi. C'était l'occasion de se rattraper après avoir raté sa mission et d'obtenir des renseignements sur le patron de Kent, un trafiquant d'armes. Quand son avion est abattu ce devrait être la fin de l'histoire.

Alors qu'elle ne vient que de commencer.

Il la désire au premier coup d'œil.

Lucas Kent a toujours aimé les blondes aux longues jambes et Yulia Tzakova est de toute beauté. L'interprète russe a eu beau essayer de séduire son patron elle arrive dans le lit de Lucas et il fera tout pour l'y retrouver.

Puis son avion est abattu et il apprend la vérité.

Elle l'a trahi.

Elle doit payer.

———

Il entre dans mon appartement dès que la porte s'ouvre. Ni hésitation ni salutation, il se contente d'entrer.

Prise au dépourvu, je recule d'un pas, tout à coup l'entrée me semble si petite qu'elle en est oppressante. J'avais oublié à quel point il est grand, à quel point ses épaules sont larges. Je suis grande pour une femme, du moins suffisamment pour passer pour un mannequin si un contrat le demande, mais il me domine d'une tête. Avec le gros anorak qu'il porte, il prend presque toute la place dans l'entrée.

Toujours sans dire un mot il ferme la porte derrière lui et s'avance vers moi. Instinctivement, je recule, j'ai l'impression d'être une proie traquée.

— Bonsoir, Yulia, murmure-t-il en s'arrêtant quand nous arrivons dans la pièce principale. Son regard pâle fixe mon visage. Je ne m'attendais pas à vous voir comme ça.

J'avale ma salive, mon pouls s'accélère.

— Je viens juste de prendre un bain. Je veux paraitre calme et sûre de moi, mais il me déconcerte complètement. Je n'attendais personne.

— Effectivement, je m'en rends compte. Un léger sourire apparaît sur ses lèvres et en adoucit la dureté. Et pourtant vous m'avez laissé entrer. Pourquoi ?

— Parce que je ne voulais pas continuer à parler avec la porte fermée. Je respire pour retrouver mon calme. Puis-je vous offrir du thé ? C'est idiot de dire ça étant donnée la raison de sa présence ici, mais j'ai besoin de quelques instants pour reprendre une certaine contenance.

Il hausse les sourcils.

— Du thé ? Non merci.

— Alors voulez-vous me donner votre veste ? Je n'arrive pas à cesser de jouer la carte de l'hospitalité, la courtoisie me permet de cacher mon anxiété. Elle semble très chaude.

Ses yeux glacials ont un éclair d'amusement.

— Bien sûr. Il enlève son anorak et me le tend. Il n'a plus qu'un pull noir et un jean sombre glissé dans des bottes d'hiver noires. Son jean est moulant et révèle des cuisses musclées et des mollets puissants, et à sa ceinture je vois un revolver dans son étui.

En le voyant, ma respiration s'affole et je dois faire un véritable effort pour empêcher mes mains de trembler en prenant sa veste pour la mettre dans ma minuscule penderie. Il n'est pas surprenant qu'il soit armé, c'est le contraire qui le serait, mais son arme me rappelle brutalement qui est Lucas Kent.

Ce qu'il fait.

J'essaie de me dire que ce n'est pas grave pour calmer mes nerfs à vif. J'ai l'habitude des hommes dangereux. J'ai été élevée parmi eux. Cet homme est comme eux. Je coucherai avec lui, j'obtiendrai les informations que je pourrai et puis il disparaîtra de ma vie.

Voilà, c'est ça. Plus vite, ça sera fait, plus vite ça sera fini.

En fermant la porte de la penderie, j'affiche un sourire d'emprunt et me retourne pour lui faire face, enfin prête pour jouer le rôle de la séductrice sûre d'elle.

Sauf qu'il est déjà près de moi, il a traversé la pièce sans un bruit.

De nouveau, mon pouls s'affole, la contenance que je viens de retrouver me fait défaut une fois de plus. Il est si près que je peux voir les stries grises de ses yeux bleu pâle, si près qu'il peut me toucher.

Et une seconde plus tard, il me touche.

En levant la main, il caresse ma joue.

Je le fixe, la réaction de mon propre corps me trouble. Ma peau s'embrase, mes tétons se durcissent, ma respiration s'accélère. Il n'est pas logique de désirer cet inconnu dur et impitoyable. Son patron est plus beau que lui, plus frappant, et pourtant, c'est Kent qui provoque mon désir. Et il n'a encore touché que mon visage. Ce devrait être sans importance et pourtant c'est intime.

Intime et très déconcertant.

De nouveau, j'avale ma salive.

— M. Kent, Lucas, vous êtes sûr que je ne peux pas vous offrir quelque chose à boire ? Peut-être, un café ou… ma phrase s'interrompt et la surprise me faire perdre le souffle, quand il attrape la ceinture de mon peignoir et tire dessus, aussi nonchalamment que s'il ouvrait un paquet.

— Non. Il regarde tomber le peignoir qui révèle mon corps nu. Pas de café.

Les trois livres de la trilogie *Capture-Moi* sont maintenant disponibles. Pour en savoir plus, veuillez visiter mon site web à http://www.annazaires.com/book-series/francais/.

Note de l'auteure : *La captive des Krinars* est une longue histoire d'amour autonome qui se passe environ cinq ans avant la trilogie *Les Chroniques Krinar*.

Emily Ross ne pensait jamais survivre à sa chute mortelle dans la jungle costaricaine, et elle ne pensait jamais qu'elle s'éveillerait dans une insolite demeure futuriste, captive de l'homme le plus magnifique qu'elle ait jamais vu. Un homme qui semble plus qu'humain…

Zaron est sur Terre pour préparer l'invasion des Krinars… et pour oublier la terrible tragédie qui a déchiré sa vie. Pourtant, lorsqu'il découvre le corps brisé d'une jeune humaine, tout change. Pour la première fois depuis des années, il ressent autre chose que de la rage et de la souffrance, et Emily en est la cause. La laisser partir compromettrait sa mission, mais la garder pourrait le détruire à nouveau.

Je ne veux pas mourir. Je ne veux pas mourir. Je vous en prie, je ne veux pas mourir.

Elle répétait sans cesse ces mots dans sa tête, une prière désespérée qui resterait à jamais sans réponse. Ses doigts glissèrent un autre centimètre sur la planche en bois brut, ses ongles se brisant alors qu'elle tentait de raffermir sa prise.

Emily Ross s'accrochait par ses ongles, littéralement, à un vieux pont brisé. Des dizaines de mètres plus bas, l'eau se ruait contre les rochers, le torrent de montagne en crue après les dernières pluies.

Ces pluies étaient en partie la cause de sa situation actuelle. Si le bois du pont avait été sec, elle aurait pu éviter de glisser et de se fouler la cheville. Et elle ne se serait certainement pas écrasée contre la rambarde, celle-ci cédant sous son poids.

Seule une dernière tentative désespérée de s'agripper l'avait empêchée de chuter vers sa mort. En tombant, sa main droite avait agrippé une petite saillie sur le rebord du pont, la retenant dans les airs à des dizaines de mètres au-dessus de rocs durs.

Je ne veux pas mourir. Je ne veux pas mourir. Je vous en prie, je ne veux pas mourir.

Quelle injustice ! Ça ne devait pas se passer ainsi. Elle était en vacances, sa période de récupération. Comment pouvait-elle mourir maintenant ? Alors qu'elle n'avait pas encore commencé à vivre ?

Des images des deux dernières années s'imposèrent à son esprit, comme les présentations PowerPoint qu'elle avait passé tant de temps à réaliser. Chaque longue soirée, chaque week-end au bureau… ça n'avait rien changé. Elle avait perdu son emploi au cours des mises à pied et elle était maintenant sur le point de perdre la vie.

Non, non !

Emily battit des jambes, ses ongles s'enfonçant davantage dans le bois. Son autre bras s'étira vers le pont. Ça ne se passerait pas comme ça. Elle ne se laisserait pas faire. Elle avait travaillé trop durement pour se laisser vaincre par un stupide pont en pleine jungle.

Du sang coula le long de son bras alors que le bois dur arrachait la peau de ses doigts, mais elle ignora la douleur. Sa seule chance de survie était d'attraper le rebord du pont de son autre main, pour pouvoir se remonter. Personne ne viendrait l'aider, personne ne la sauverait si elle échouait.

La possibilité de mourir seule dans la forêt tropicale n'avait pas effleuré Emily lorsqu'elle s'était lancée dans cette randonnée. Elle était une habituée des randonnées et du camping. Et, même après l'enfer des deux dernières années, elle était encore en bonne forme, forte de la course à pied et des sports qu'elle avait pratiqués tout au long du lycée et de l'université. Le Costa Rica était considéré comme une destination sûre, avec un faible taux de criminalité et une population conviviale. C'était également un endroit bon marché, un facteur plus qu'important pour ses économies à la dérive.

Elle avait réservé ce voyage *avant*. Avant que le marché décline, avant une autre série de mises à pied qui avait touché des milliers de travailleurs de Wall Street. Avant qu'Emily ne retourne au bureau le lundi, l'œil hagard après un week-end à travailler, pour en ressortir le jour même avec toutes ses possessions dans une minuscule boîte de carton.

Avant que sa relation amoureuse de quatre ans ne s'effondre.

Ses premières vacances en deux ans, et elle allait mourir.

Non, ne pense pas ainsi. Ça n'arrivera pas.

Emily savait pourtant qu'elle se mentait. Elle pouvait sentir ses doigts glisser, la douleur cuisante de son bras et de son épaule droits forcés de soutenir le poids de tout son corps. Sa main gauche n'était qu'à quelques centimètres du rebord du pont, mais ces centimètres auraient tout aussi bien pu être des kilomètres. Sa poigne n'était jamais assez solide pour qu'elle puisse se soulever avec un seul bras.

Vas-y, Emily ! Ne pense pas, vas-y !

Rassemblant toutes ses forces, elle balança ses jambes dans le vide, utilisant son élan pour soulever son corps pendant une fraction de seconde. Sa main gauche agrippa la planche saillante, s'y accrochant… et le délicat morceau de bois se brisa, la faisant crier de terreur et de surprise.

La dernière pensée d'Emily avant que son corps ne percute les rochers fut l'espoir que sa mort serait instantanée.

L'odeur de la végétation, riche et âcre, taquinait l'odorat de Zaron. Il inspira profondément, laissant l'air humide emplir ses poumons. L'air était propre ici, dans ce coin reculé de la Terre, presque aussi propre que sa planète.

Il en avait besoin. Il avait besoin de l'air frais, de l'isolation. Au cours des six derniers mois, il avait tenté de fuir ses pensées, de vivre dans le moment présent, mais il avait échoué. Même le sang et le sexe ne lui suffisaient plus. Il pouvait se distraire en s'envoyant en l'air, mais la douleur revenait toujours après, aussi puissante.

Finalement, cela s'était révélé trop pour lui. La saleté, la foule, la puanteur de l'humanité. Lorsqu'il n'était pas perdu dans un brouillard d'extase, il était dégoûté, ses sens submergés par trop de temps passé dans les villes humaines. C'était mieux ici, où il pouvait respirer sans inhaler de poison, où il pouvait respirer la vie, et non des produits chimiques. Dans quelques années, tout serait différent, et il tenterait peut-être à nouveau de vivre dans une ville humaine, mais pas tout de suite.

Pas avant qu'ils ne soient établis ici.

C'était la tâche de Zaron : superviser les colonies. Après plusieurs décennies à étudier la faune et la flore sur Terre, il n'avait pas hésité lorsque le Conseil avait demandé son aide pour la prochaine colonisation. Tout était mieux que de rester chez lui, où la présence de Larita se faisait sentir partout.

Il n'y avait pas de souvenirs ici. Malgré toutes les similitudes avec Krina, cette planète était étrange et exotique. Sept milliards d'*Homo sapiens* sur Terre, un nombre inconcevable, et ils se multipliaient à une vitesse vertigineuse.

Leur courte existence et leur manque de vision à long terme les amenaient à brûler les ressources de leur planète sans égard pour l'avenir. À certains égards, ils lui rappelaient une espèce de criquets, *Schistocerca gregaria*, qu'il avait étudiée plusieurs années plus tôt.

Bien sûr, les humains étaient plus intelligents que des insectes. Certains, comme Einstein, se rapprochaient même des Krinars dans certains aspects de leur raisonnement. Ça ne surprenait pas vraiment Zaron ; il avait toujours pensé que c'était possiblement l'objectif de la grande expérimentation des Anciens.

Marchant à travers la forêt costaricaine, il se prit à penser à sa tâche. Cette partie de la planète était prometteuse ; il était facile d'imaginer des plantes comestibles de Krina fleurir ici. Il avait mené des tests poussés sur le sol et il avait quelques idées sur la manière de le rendre encore plus hospitalier pour la flore Krinar.

Alentour, la forêt était luxuriante et verte, emplie de la fragrance des héliconies en floraison, du bruissement des feuilles et des cris des oiseaux natifs. Au loin, il pouvait entendre le cri d'un *Alouatta palliata*, un singe hurleur natif du Costa Rica, et autre chose.

Les sourcils froncés, Zaron écouta attentivement, mais le son ne se répéta pas.

Curieux, il se dirigea dans cette direction, ses instincts de chasseur en alerte. Pendant une seconde, le son lui avait semblé être un cri de femme.

Se déplaçant avec aise à travers la végétation dense, Zaron accéléra la cadence, sautant par-dessus une petite crique et les arbustes sur son chemin. Dans ce coin reculé, loin des humains, il pouvait se déplacer comme un Krinar sans devoir s'inquiéter d'être aperçu. En quelques minutes, il fut assez près pour détecter l'odeur. Âcre et cuivrée, l'odeur lui mit l'eau à la bouche et il sentit son sexe remuer.

Du sang.

Du sang humain.

Une fois à destination, Zaron s'arrêta, observant la scène devant lui.

Devant lui se trouvait une rivière, un ruisseau de montagne gonflé par les pluies récentes. Et sur les larges rochers noirs au milieu, sous un vieux pont de bois traversant la gorge, se trouvait un corps.

Le corps brisé et tordu d'une jeune humaine.

La captive des Krinars est maintenant disponible . Veuillez visiter mon site web à
http://www.annazaires.com/book-series/francais/ pour en savoir plus et vous abonner à ma liste électronique de nouvelles parutions.